青藤之凉

Cane

梅吉/著

【蓝色伤痕文学系列01】

你不明白，喜欢一个人是宿命，即使注定是劫难，那也在劫难逃。

春风文艺出版社

图书在版编目（CIP）数据

青藤之凉／梅吉著．—沈阳：春风文艺出版社，2009.6（2011.6重印）
ISBN 978-7-5313-3528-3

Ⅰ．青… Ⅱ．梅… Ⅲ．长篇小说—中国—当代 Ⅳ．I 247.5

中国版本图书馆 CIP 数据核字（2009）第 073115 号

青藤之凉

责任编辑 杨学会 王晓娣
责任校对 陈 杰
装帧设计 粉粉猫
图片绘制 东 子 夏 叉
选题策划 花火工作室
特约编辑 胡晨艳 廖 妍
幅面尺寸 145mm×210mm
字 数 232 千字
印 张 8
版 次 2009 年 6 月第 1 版
印 次 2011年 6 月第 2 次

出版发行 春风文艺出版社
地 址 沈阳市和平区十一纬路 25 号
邮 编 110003
网 址 www.chinachunfeng.net
购书热线 024-23284402
印 刷 湖南新华精品印务有限公司

ISBN 978-7-5313-3528-3 定价：16.80 元

常年法律顾问：陈光 举报电话：024-23284391
如有质量问题，请与印刷厂联系调换。 联系电话：0731-8282222

|前 言|

如果爱，请深爱

文/梅吉

这个故事，总是让我噙满眼泪，总是让我的情绪，大片，大片的忧伤。

以至于在写的过程中，曾情绪崩溃，失声痛哭。

他们是我凭空臆造的人物，他们是我给的人生，命运，爱和恨。

可是我如此强烈地觉得，他们活着，是活生生的人物。是我的孩子。

看着我的孩子受苦，受累。看着他们的每一次心碎，我都非常难过。

这个故事，名为《青藤之凉》。

我喜欢这个名字，淡淡地带着一种凉薄的气息，事实上，整个故事都在一种悲伤的气氛里。

那些留在青春里的记忆，仿如一株夏日里盛放的青色藤蔓，触手冰凉。

“我”的两段感情，忧伤而纯美的暗恋，明明相爱却无法在一起的苦恋。纠葛着亲密朋友的自杀，穿梭着报复，阴谋，秘密……

但这些都是在深爱的前提下。他们那么地爱，却在错误的时机里，爱上了那个不该被爱的人。

四个人的命运，在我的手里，推来搡去。看着他们每一个人，我都心疼。

那些日子，我总睡不好。每晚在浅浅中前行，醒来，便长时间地难以入眠。脑海里，都是林夕颜、夏小淼、顾堇修，还有沈青禾。我总是看见他们，总是触碰到他们，总是听见他们的声音。

或欢喜，或哭泣。或奔跑，或放肆。

其实好多次，我都不忍给他们太过纠葛的人生，只是原定的章节统统地被推翻掉，我总是在故事的前行里，突然就转了过去。转到了很远的距离，远离初衷。我想，自己是太过残忍了，要给他们这样薄凉的人生，要让他们在疼痛里备受煎熬。可也许，因为我们感觉到疼痛，才明白，是爱了。

我总在他们的身上看到了自己的影子，看到我的青春，看到了过往的那些风。它一直地吹，在我的记忆，刻骨铭心。

我会想起过往里，我那些小心翼翼、颤颤巍巍、卑微如尘的心情，想起我曾深深迷恋的少年，即使他已经是个模糊的印象，如一张泛黄的照片，看不真切，但我始终记得，我曾有过的心情，那是我青春里的枝丫，曾，蓬勃而忧伤。

如此地疲惫。因为跟着我故事里的人，走着他们的人生，经历着他们的青春，就好像，我还在穿行，在那些夏季的阳光里，一边微笑，一边哭泣。

写完最后一个字，是这个城市的傍晚。

是夏，很多很多的阳光。看着天空中，那些晚霞，我没有喜悦，没有完成一个作品时该有的幸福。

是很多的荒凉，和悲伤。

一直到最后，我给了他们的，也是一个分离的结局。

即使寻找到各自的人生，但爱情，却没有成行。会有遗憾，这样的，那样的遗憾，但也许留有遗憾的青春才是真实的，那些斑驳的伤痕，在某一瞬间，才会触动了我们。

人海那么沉，我们遇到一个喜欢的人，或者被一个人喜欢，都是一种神秘的缘分。是冥冥中的那些感应，在互相放着讯息，瞧，是遇到了，被遇到了。而我，总是带着一颗虔诚的心，来待着这些缘分。

一直喜欢一种小菊，一簇簇一簇簇的，有着淡蓝，有着淡紫……单纯而美好。后来便知道了，这些花的名字是矢车菊，也知道了，矢车菊的话语是：遇到幸福。原来如此。幸福应该是这样的，满满的，淡淡的，每一眼，都带着阳光的味道。

我喜欢阳光，很执著地喜欢。我总是不合上窗帘地坐在窗口打字，我喜欢当我沉思的时候，当我从那些文字里抬起头的时候，会一眼就见到它们。这些温暖，会让潮湿的心情，低落的情绪，变得清新起来，会让我，生长成一个明亮的女子。

我一直是一个信奉爱情的女子。我喜欢单纯而简单的爱情，像晨雾里的一滴水，像最新鲜的橡皮树，也像一块棉花糖，那么柔软而甜蜜。即使在这些爱情里，会有伤害，会有无数的伤口被割裂开来，那也是因为，爱。

如果爱，请深爱。这样的人生，才是酣畅淋漓，这样的爱情，才是清白无辜的。

而我，会为了我的这些孩子，而觉得，欢喜，骄傲。

这才是过往，是明媚而忧伤的青春。

我，曾来过。

|目　录|contents

|目　录|contents

【第一章】

喜欢是一枚子弹，被击中了

1．夏小淼的初恋很突然

2．像夏天里最热的光在学校里横行

3．他天然的痞气和溶洞之旅

4．印在沈青禾衣前的唇彩

5．我结结巴巴心里慌乱得要命

1. 夏小淼的初恋很突然

夏小淼的初恋来得很突然，像一场夏季里的暴雨，夹着命运席卷而来。

是个有些闷热的夜晚，我和夏小淼去街边的烧烤店吃烧烤，土豆、藕、排骨……几瓶啤酒。夏小淼拿起酒瓶仰起头来往嘴里咕噜咕噜地灌，有带着泡沫的液体顺着她的嘴角流了下来。我没拦她，她发起疯来是这样的。

是太了解夏小淼了，她想做什么你别拦她，越是拦越是适得其反。她的青春期就是叛逆，就是对峙，就是随心所欲。

何况她今天是有理由郁结的。她和她妈狠狠地吵了一架，是看到她妈又和区大爷“眉来眼去”，她觉得她妈给她丢人了。做个寡妇就不能安分守己地做吗？还有，她跟傅春树又闹分手了。我知道夏小淼不喜欢他，喜欢一个人怎么会舍得让对方受苦呢？她想要的不过是一些温暖，傅春树可以像待女皇一样地待着她，可以任她使唤差遣，她在这些任意妄为里有着古怪的欢喜。

其实区大爷也不是大爷，夏小淼故意把他往老里喊去，提醒他别打她妈的主意。其实夏小淼的爸爸去世已经很多年了，她妈再嫁也是应该的，可夏小淼的心里只有一个死理，她，她妈她爸才是一家人。

我见过区大爷扛着一罐煤气哼哧哼哧地上四楼的模样，夏小淼把他拦在门口，冷着脸说这罐煤气放门口就行了。她硬是没有让他进屋来。

有时候我觉得夏小淼是没心没肺的，她的身上有那么多的暗器，一枚一枚地伤了别人。但夏小淼对我很好。

看着夏小淼喝闷酒，我胡思乱想的时候街对面有一群人哗啦地奔了过来。很混乱的一个场面，似乎是一个男生和一群人在斗殴，挨揍的那个渐渐不抵，被逼到了一个角落里。经过此处的路人纷纷躲闪，生怕会被殃及。我扫过去一眼，世态炎凉，现在哪里有什么“英雄”？

我没料到的是夏小淼却要做那个英雄。她把最后一瓶啤酒大口喝掉，然后站起来，把她的裙子撩起来在一边扎了一个结，再把酒瓶子往桌沿上“啪”地砸下去，酒瓶就裂成了两半，她握着另一半杀气腾腾地朝街对面走过去。

我没来得及拦住她，虽然知道拦也是徒劳。我只看见夏小淼挥舞着碎酒瓶，冲到了被包围住的人群里，他们显然也被吓到了，不知道她是从哪里冒出来的，她的彪悍慑住了他们。

但到底是个女孩，怎样做也被看成是虚张声势。围着的人开始散开堵在夏小淼的四周，她手里拿着碎酒瓶，狠狠地瞪着他们，老娘今天心情不好，算你们倒霉！

说完大吼一声，举着碎酒瓶朝一个人刺了过去，对方显然没想到夏小淼是动了真格，电光火石间朝旁边躲闪了一下。我的心都要跳出来了，幸好，没有伤到人。其他人根本不敢过来，只是保持着一定的距离对峙。

而刚才还被逼到角落里的人，奋起身来朝前面奔跑去。这群人这才意识到博弈的主角弄错了，开始放弃夏小淼，追着前面的人跑开。

夏小淼愣住，跺跺脚，朝前面嚷，给我回来，还没开打呢，跑啥？跑啥呀！

在我还没有反应前，她和被围住的人已经跑开了。

我傻了一样站在街这边，半晌后，我才想起夏小淼。

她刚才做了什么？

她简直不要命了。从来都是英雄救美，但她这一回成了美救英雄。

我在街上转了几圈，也没看见夏小淼，偶尔面前窜过去一条流浪狗，我的心里就一惊，夏小淼会不会出事？她受伤了还是别人受伤了？

走得累了，我决定回家去看看，也许夏小淼已经回去了。

灯是暗的，门是关上的，看来夏小淼并没有回来。

我推开门的时候，有个高大的身影在我面前晃了一下。有恐惧在我的瞳孔里被放大，我的嗓子失控一样地喊出了声，那个人两步就奔了过来，圈住我的身体，捂住我的嘴。我拼命地挣扎，踢打。

灯一下就雪亮了。

夏小淼端着一杯水看着我。

我茫然不知所措地看着她，不明白到底怎么回事？她稀松平常地朝我笑，她说，林夕颜，别怕，他是顾堇修。

我胡乱地应着，因为嘴巴被捂住了根本说不出话来，只能瞪着眼睛。

你别叫了，我就把你放开。声音在我的背后，我只能点头。

他的手终于松开，我喘着气迅速地退后几步，挨到夏小淼的身边去，警惕地看着面前的陌生人。他微微仰着下巴，扬着嘴唇，戏谑地看着我，即使他的脸上有些淤青，但不可否认，他长得很好，修长，挺拔，还有很薄的嘴唇。

你没事吧？我转过身，问夏小淼。她的脸上有一些红晕，眼里的郁结已经散去，带着的是暗暗的欢喜。

让他暂时在这里待一下吧，那些人还在追他，我们好不容易才逃脱出来……刚才真是险呀！夏小淼嘻嘻地笑，一点也没有“逃”出来的惊心动魄的模样。

我有些生气，想想刚才还在街上担心着她，可她竟然带着一个陌生的人到家里来，不想和她多说，我转过身，朝楼上走去。

喂，我叫顾堇修。他在我身后说。

知道了，刚才夏小淼已经说过他的名字了。

半晌后，夏小淼蹑手蹑脚地走了进来，拉过被子，躺在我的旁边。

她用脚碰碰我，我不理她，缩了缩脚。她再碰，我还是不理，翻了个身子。

林夕颜，我恋爱了。夏小淼的声音在我耳边。

什么时候？我问。

刚才。

就刚才那一会儿？

就刚才那一会儿。

我转过身，看着她清澈的眼睛，她的脸上带着喜悦，那种很隐忍，又很娇羞的笑容，她伸出手抱住我，她说，林夕颜，我爱上他了。

这是我从来没有见过的夏小淼，而她也忘记了，她还有傅春树，即使她不喜欢他，她只当他是一个热水袋用来暖手，却不用来暖心的那种。我想，夏小淼是认真的了，认真的人眼里才有这样的情绪。

那么顾堇修呢？他会是怎样的一个人？我对他的印象不好，在街上与小混混斗殴，自己也不过是小混混吧，还有他的眼睛，桀骜而阴沉，脸上都是戏谑的笑容，应该是个花心而且难以捉摸的人。夏小淼这一次认真的感情，能有怎样的未来？

我的心里，有那么沉的担忧，却如一口深井般，发不出声来。我知道，夏小淼从来是一个不需要被建议的人，她只是执拗地按照自己的想法去做，她是这样一个不管不顾的人。

那天晚上，她一直就这样，在我快要睡着的时候摇醒我，告诉我，她恋爱了，她爱上了一个叫顾堇修的人，她说，不是她遇到了爱情，而是爱情遇到了她，在遇见的时候能够看到命运，看到自己内心窒息一样的悸动。

这是她人生的奇迹，她说。也许是的吧，那一天，她心情不好，她泄愤一样地想去打一场架，却爱上了被救下的人。

她一直给我描述她当时的心情，她牵着他的手，在墨黑的夜色里奔跑，风呼呼的声音，他转过身来的时候，她的心突然电光火石地被撞了一下。

原来爱情是这样来临的，被狠狠地击中心脏，蓦地语结。

傅春树来找过夏小淼，他抱着大束玫瑰站在校门口，他的脸上是谄媚的笑容，他说，夏小淼，你原谅我吧！他跟在她的身后说好话，他以为他们的这次“分手”是像以前那样，只是夏小淼在使性子罢了，他只要低三下四地去哄，去求，就会好了。

但这一次他已经求了很多次了，玫瑰从十九朵到九十九朵都没有用，夏小淼铁了心要和他决裂。她甚至语重心长地对他说，傅春树你就别傻了，我这是为你好，我不喜欢你，从来就不喜欢你，和我在一起没好处。

傅春树的眼里就涌起了泪水，因为哭泣他的脸扭曲得厉害，平时英俊的他就变得不堪了。他这样卑微，这样作践自己，不管夏小淼怎样的声色俱厉，怎样的冷漠疏远。我想，原来不被爱的那个人是这样的，即使低到尘土里也开不出一朵花来。

几日后，夏小淼又做了一件很疯狂的事，她要踢足球。她组织了一支女子足球队，还订了统一的队服，像模像样的。我很快就知道为什么了，是因为顾堇修。

他总在傍晚的时候，在翠微街旁边的军区大院里踢球。夏小淼第一次去的时候，抹了透明的唇彩，晶莹透明，很娇艳。我守在看台上，托着腮发呆，然后我看见顾堇修了。他和他的队员，夏小淼和她的队员，他们本来在球场的两边，但很快就混乱了起来，两边的队员穿插在一起，抢球和摔倒，夏小淼像小马驹一样地奔跑，她大声地呼喊大声地欢笑，夕阳的余晖在她的脸上抹出金灿灿的颜色，她故意把球一遍一遍地踢到顾堇修面前，带着些调皮的引诱，当顾堇修为了避开她失掉球的时候，夏小淼就冲他吐吐舌头做一个鬼脸。

我知道了，这一次不同。和所有的都不同，夏小淼遇到了她心仪的人。

她开始很用力气地去喜欢，用很张扬的方式走近、靠近。她身上那些矜持和骄傲都在这个人的面前低下去了，她只想去引起他的注意。只想把最美、最好的一面展露出来。

我有些隐约的不安，怕她受伤。

就像他踢球一样，即便是不小心砸到了夏小淼的身上，他却没有任何歉意的表示，还有些火大地冲夏小淼发脾气，捣什么乱？

他把夏小淼费尽心思的靠近当做是捣乱了。他都已经忘记了，夏小淼曾经救过他。

我对他的印象就更加不好了，自大，狂妄，没心没肺。

夏小淼终于被吼得停了下来，她沮丧不已地坐到我面前。她说，林夕颜，我是不是很难看？

只是当顾堇修走过来的时候，她的身体又变成风帆，迎了上去。

这个周末我们有比赛，要来看吗？他说。眼睛瞟了一下我，很轻很快地掠了过去。我埋下头，看地上的蚂蚁。

我有些尴尬，大约觉得他约她，而我在，好像不大好。

夏小淼大声地说好，声音有些颤。

我从来没有见过如此慌乱紧张的夏小淼，她一向那么张扬那么彪悍，即使被校长逮到抽烟也没有任何慌乱的迹象。可是现在，她的不知所措连我都感觉到了。

夏小淼那个周末去看了球赛，我没去。她那天穿了一条粗麻的米黄色裙子，是爸爸从国外带回给我的礼物，但我很失望，他从来就没有注意到，我已经不喜欢穿裙子了。我喜欢穿裤子，让自己看上去更加简单，再简单。

虽然那条裙子很美，很有质感。手工的缀饰把夏小淼的身材裹得曲线毕露。我盯着她的胸部看，那么饱满圆润，鼓鼓地。而我，依然没有任何发育的迹象。

她对着镜子不停地甩着裙摆转圈，有如烟波流转。

她还用了电卷棒把头发卷成了大波浪，这样盛大的装扮只是为了去看顾堇修的球赛。他到底有什么魅力？

从夏小淼那里我知道了。

他和她是同类人，他们都有着破坏性的本质。叛逆，横行，骄

傲，毫无顾忌。他住在军区大院里，爷爷是个将军，父亲也是军人。可他却一点也没有继承军人的严谨，打架、逃课、抽烟、惹是生非，身边永远有一帮狐朋狗友和他为伍。

他花心，薄情。交往的女友至少有一打，但最长的不会超过三个星期，没有女孩可以驾驭他。他是一匹野性十足的马，不会轻易地妥协。

女孩们都传言，不能靠近顾堇修，会受伤，很受伤。

即使这样，你也要喜欢他吗？我问夏小淼。

你不明白，喜欢一个人是宿命，即使注定是劫难，那也在劫难逃。夏小淼一边抽烟，一边说。

那么，我呢？

如果喜欢上沈青禾是我的劫难，那我还会想去认识他吗？

2．像夏天里最热的光在学校里横行

彼时，是十六岁的夏季。

我还是一个瘦溜，头发有些自然卷的女生，喜欢穿衬衣和七分裤，永远的帆布鞋。我的书包里除了课本，还有几本漫画书，几块水果糖和一个MP4。

长相和成绩一样，平平。

没有什么好被记得，如果非要找出什么，那应该是，我有一个很耀眼的朋友，夏小淼。

夏小淼的胸围是34B，削得很薄的碎发，笑起来的时候，面颊上会有两个浅浅的酒窝。我敢打赌，学校里有大半的男生都喜欢夏小淼，她站在一群干瘪的女生中，饱满得如一只水蜜桃。有男生在宿舍里说，最大的梦想是掐一掐夏小淼的脸，一定能掐出水来的吧。

夏小淼不仅漂亮，也有让人嫉妒的好成绩。是那种，不怎么用功读书，回回考试都能拿第一。她像一只漂亮的蝴蝶，走到哪里，都潋滟不已。而我，林夕颜，只是一株含羞草。

同学说，夏小淼和我在一起，不过为了更衬托她。但这有什么关系呢，我喜欢夏小淼，喜欢她把校服裙穿到最短，喜欢她站在楼顶一边看天一边抽烟，还喜欢她在课堂上听得不耐烦时，将椅子往后一推，旁若无人的离开的那种气势。

是的，夏小淼不是那种很乖的学生。

她叛逆，张扬，喧嚣而吵闹，像夏天里最热的那道光芒一样在学校里横行。我是带着些许的崇拜及虚荣和夏小淼做朋友的，我永远也不可能像她那样肆无忌惮，那样爱憎分明。

我小心谨慎，不瘟不火。

我看见夏小淼手臂上的狼图腾时，吓了一跳。可又觉得美，她眉毛一挑，笑得咯咯的，林夕颜，这不是真的文身，是贴纸。

她拉过我的右手，在上面贴了一张蝴蝶的文身纸。其实我不想要蝴蝶的花纹，想要更野性一点的图案，比如狼，比如蛇，但夏小淼说那不适合我。

有知了的声音把夏天吵翻了天，翠微街两旁粗大斑斑的梧桐树被滚烫的阳光烘烤出一些香气，我和夏小淼坐在翠微广场，闲聊，发呆，打望。

打望，这是夏小淼用的一个词。

她喜欢漂亮的男孩，看见他们的时候，夏小淼像一只瞄上猎物的狩猎者一样站起来，拍拍裙子上的灰，自信满满地走过去。她的腰际扭呀扭，走出一路的风情来，十六岁的夏小淼已经懂得用一个女人的姿态去撩拨别人。

她睨着眼睛冲他们笑，然后回头来指指我。再然后男生就和她一起走过来。

我知道，她会对他们说，那边的那个女孩想要认识你。然后他们就一起回头看向了我。

他们当然不想认识我，夏小淼这样说的目的不过为了找个由头。

她骨子里很清高，不喜欢一开始就被他们看穿目的，她喜欢别人主动，她很享受被追逐的过程。

他们也会顺着她说的来认识我，然后开始一路追探夏小淼的信息。

夏小淼并不承认他们是她的男朋友，也不认为她在恋爱。那些喜欢夏小淼的男生是她的“熟人”，他们对她死心塌地，争风吃醋，像是夏小淼的感情后宫，虽然她没有给过他们中的谁一个名分。

她游戏其中，乐在其中。我一直觉得夏小淼不过是太缺少关爱了，她没有爸爸，和妈妈的感情总是不好，所以她喜欢从别人那里得爱，很多很多的爱，像一个黑洞，怎样也满足不了。她喜欢男孩围着她，喜欢别人不断地痴情，她会带着一些残酷的胜利感。

我一直以为傅春树应该是最有希望成为夏小淼男朋友的人。他追夏小淼追得很紧，每天一封情书，天天守在我们学校门口苦等，夏小淼有时候会让他帮忙做功课或者安排他帮她打扫卫生，他很欢喜，以为她是喜欢他的。

但夏小淼常常要和他“分手”，她让他滚。有时候我也在，她让他滚的时候，他的脸上露出很痛苦的模样，他说，求你，求求你！他没有尊严，他的样子实在可怜。连我都被他的痴情所感动，但夏小淼却无动于衷。

还有一次，他想去牵夏小淼的手，被她一巴掌扇过去。夏小淼就是这样的，翻脸比翻书还快，绝情起来比刀还利。

那个时候，夏小淼还和一所航空大学的大二学生书信频繁。那个叫萧石的男孩我见过照片，他穿着蓝色的航空服，戴着军帽，非常帅气。他的照片被女生们传了个遍，夏小淼在一片艳羡的目光里不以为然地说，萧石让我考北京的大学，真是的，我又没承诺他什么。

我觉得她和萧石交往，不过是一种虚荣。他的信封上总赫然留着那所大学的名字，这足以让同学们羡慕不已了。他给她寄复习资料，整理出的笔记，大学的介绍。其实这些于夏小淼来说，根本用不上，她不会去做那些复习资料，也不会看他的笔记，她把它们扔给周围的女生，看她们雀跃欢喜地挣来挣去，很满足。

那个时候我就一直在想，夏小淼会喜欢上怎样的男孩呢？她这么高傲，这么美，谁能让她臣服？只是没有想到会是顾堇修，会是那个坏坏的小子顾堇修。只是一眼，就跌落了自己的心，真的很让人吃惊。

喜欢上顾堇修后，夏小淼便没有再给萧石回过信，也没有再接受过其他男孩的约会。谁知道呢，原来夏小淼痴情起来，比谁都专一。

夏小淼住在翠微街最后面的一栋房子里。是很旧的筒子楼，几家合用一个厨房和卫生间。潮湿阴暗的墙面上长满了青苔，夏小淼的爸爸是因为工伤在她很小的时候就去世了。她妈没有再嫁，但她跟她妈处得极其不好，每每见面就吵，水火不相容。

她常常不回去住，她妈也不管。夏小淼说她很恨她，她以后一定要嫁个好人家，很幸福很幸福地生活，然后接她妈去看她住的大房子，开的名牌车。

她会来我家住，我家很大，二层的小洋房，前面是一个花园。我有一个很完整的家，爸爸和妈妈，他们很相爱，从来不争吵，家里永远是客客气气地，很温暖。只是，他们都很忙，很少在家。

我想唯有这一点，我在夏小淼面前，才有一些优越感吧。

我在花园的矮墙边种很多的朝颜花，不仅仅是因为它的花名里有一个“颜”字，更因为这些朝颜和我一样的普普通通。那个时候，夏小淼会坐在矮墙上，裙摆垂下来，遮住了她的脚踝，她会摘一朵两朵的朝颜花别在耳梢，在阳光下那么美地笑，像一幅画。

3．他天然的痞气和溶洞之旅

夏小淼受伤了，她的手臂被划开了一道口，缝了七针。

还是因为顾堇修。他又和别人打架了，起因不明。但不管谁对谁错夏小淼还是冲了进去。他总是这样惹事，而她，却为他拼命。我不明白为什么顾堇修要像一个喜欢打架的野孩子，到处惹事呢？

难道非要把年少过得动荡不安，才叫叛逆少年？

拆了线后，她的手臂上印出一条如蜈蚣一样狰狞的疤痕。她根本不听我让她不吃酱油的劝告，她说就是要留下疤痕，让顾堇修愧疚。她在疤痕的四周画上小小的玫瑰，一朵连着一朵，在夏小淼的手臂上开得很鲜艳。

傅春树也知道了顾堇修，但他还是没有死心，他来找我。他说林夕颜，她总会回来的，不是吗？她就是贪玩，等她玩够了就会回到我身边。他捂住他的脸，半晌后，我听到他沉闷而隐忍的哭声，我没有见过一个男孩哭成这样，这么伤心和绝望。他真的很喜欢夏小淼，她即使要天上的月亮，他也会把月亮摘来给她。

在我心里，更是厌烦顾堇修，若不是因为他，夏小淼不会不理傅春树，不会不给萧石回信，也不会让自己那么狼狈了。

所以，每每遇到他的时候，我便转过身去，不理。我想他同样也是不屑于理我，看见我的时候，也如空气透明一样，当做不存在。

夏小淼有些难过，她不希望她最好的朋友和最喜欢的男孩这样格格不入，她试图缓和我们的气氛，但我们总是懒散地敷衍着。

有时候我想，是因为嫉妒吧。我嫉妒夏小淼把越来越多的心思放在他的身上，嫉妒夏小淼开始喜欢一个人，也嫉妒夏小淼什么都比我早。

发育比我早，恋爱比我早。

可是夏小淼也越来越患得患失，即使她为他受伤，为他拼命，但顾堇修却没有给她“名分”，在他看来，她就是他的兄弟一样，一起作战的兄弟。他毫无顾忌地和其他女孩调情，接受她们的情书和礼物，和她们约会，牵手。

夏小淼一遍一遍地问我，我不好吗？不美吗？

可是没有等到我回答，她就先说了，我不会放弃。

我知道，她不会。

她一直就是那种下定了决心就会很努力的人。有一次班上一个同学和她打赌谁的滑板车滑得更好，那个时候她从来就没有碰过滑板车，可她竟然用了一个星期的时间就练熟了。虽然她的衣服遮住了一身的伤，但我知道，她不知道摔了多少次，撞了多少下，但她终于赢了。我觉得，夏小淼有些死心眼儿。不就是一个滑板比赛吗？那么拼命为什么？

可是她把她的死心眼儿用在了喜欢顾堇修上。

她迷恋他天然的痞气，迷恋他俊朗的外表，迷恋他的小腿肚子。她说他的小腿肚子很性感，然后她很大声地笑，好像要把什么情绪压下去。

她抽烟抽得更厉害了，烟雾缭绕的时候，她的样子很忧伤。

顾堇修他们要去登翠微山。他们说，翠微山的半山悬崖上有一个溶洞，里面视野开阔，景色很美，有泉水渗出，甘甜可口。

夏小淼拉着我去，想想这个夏天似乎有些无聊，我就答应了。

夏小淼穿着裙子出现，让顾堇修大为恼火。不过是爬山，只是爬山而已，她为什么那么臭美？夏小淼告诉我，她是故意穿得单薄，这样在冷的时候，顾堇修会把外套脱下来罩在她的身上，这样的小心思，不过是她想把他们的关系拉近一些。

上山前，顾堇修扔过来两只哨子。他说，如果走散了或者有什么危险，就吹哨子。

夏小淼欢喜地戴上，我揣进了裤兜里。觉得挂个哨子在胸前，很傻。

翠微山的深处，密林丛生，阳光稀疏。层层厚厚的枯叶踩上去会发出沙沙的声音，我们甚至看见了松鼠，拖着长长的尾巴从面前奔跑过去。

夏小淼提着裙子跟着追了几步，被树桩绊了一下，就摔了下去。顾堇修是第一个冲过去的，他一把把她提起来，面色微愠地冲她吼，说她不小心。夏小淼一点也没有生气，冲我眨眨眼睛，表示她没事。

中途，顾堇修的一个朋友陆凯接过了我的背包。他一直跟着我，有好几次我几乎要摔倒的时候他都会及时地扶住我，在经过陡峭的悬崖时，他就会小心地握着我的手，牵我过去。在顾堇修的朋友里，除了他，我觉得大家都很和气。

夏小淼贴在我的耳边说，那个陆凯大概对你有意思。

我的心里有些热，女孩的虚荣吧。即使不是喜欢，但也希望能受到关注，而且他原本也是好看的男孩。

走了大约六七个小时，我已经很累了，疲惫不堪。平日里我几乎不做运动，学校到家只有十分钟的路程，我连单车都不用骑。每次八百米考试我都是垫尾的人。

陆凯提议大家休息一下，我巴不得地点头，说好。

夏小淼给顾堇修拿水，开饼干。总是在他说不要后，她才会递给我。我的心里有些不快，夏小淼太重色轻友。

在路边有一些小花，毛茸茸的蓝，很美。夏小淼也看到了，她惊喜地走过去，我也跟在她的身后，当她往前踏了一步时，突然身子悬了空，向下坠，我想也没想地伸手去拽她，因为重力，我也跟着一个踉跄向前扑了下去。

原来这些茂密的小花藤蔓伸出路边生长，看上去像平平的，但却是一个天然的陷阱。

我滚下去的时候，有树枝刮到了我，我想顺手抓些什么，但除了一些枯叶根本就抓不住什么。然后我被重重地撞向了生长在陡坡上的一棵树，拦腰卡在那里才终于停了下来。因为撞击，我的背上火烧火燎地疼，看看四周，阴森暗淡，很恐怖。

我喊了喊夏小淼，没有声响。我急了，再喊。害怕她就这样摔了下去。

夏小淼，夏小淼。

我顾不得疼，想慢慢地朝下面滑一点，看看她在哪里。

可是根本无法挪动，坡很陡，而且根本没有可以抓住的藤蔓或者树枝，我只能停在那里，无法动弹。

我想起了哨子，之前顾堇修给我的哨子。

可是当我在口袋里翻了个遍，都没有找到它。是在摔下来的时候遗落了吧，我后悔不已。如果有哨子，我可以告诉上面的人我的位置，我也可以让夏小淼知道我在。可是，现在哨子竟然丢了。

听到微微的哨子响时，我惊喜不已。哨子声是从下面传来的，那一定是夏小淼，她跌下了更深的地方。

我听到顾堇修喊我的名字了，慌忙地答应。我知道，他们一定会来救我们的。

他从上面缓缓地滑了下来。

林夕颜。

我答应，是，是我，我在这里。

他的声音很焦灼，他说，别怕，我就来。

我不怕。

有五分钟，或者更长的时间，他终于滑到了我的面前，很暗的光线里我看不清他的脸，然后他伸出手，一把把我揽了过去。我被他突然的举动吓住了，他竟然抱住了我，他的衣服都湿透了，身体有些微微的战栗。

他的声音哽咽不清，他说，林夕颜，林夕颜。

我猛然地醒来，夏小淼还在下面。

我使劲地推了他一把，躲开了他。他的嘴唇动了一下，但欲言又止。我的心突然有些紧张，急急地说夏小淼在下面，你先去救她上来。

我被刚才的状况弄得不知所措，我没有想过我第一次和一个男孩拥抱竟然是在这样的情景里，我也没有想过，会是顾堇修。怎么能是他，怎么会是他？

我一直想象，这样的亲密应该是给我喜欢的人，可是现在却被顾堇修拿去了。

这让我沮丧。

顾堇修复杂地看了我一眼，用尽量稀松的语气对我说，你就待在原地，不要乱动，还有，不要害怕。

因为有哨声，所以他很快就能确定夏小淼的位置。

一会儿，他带着夏小淼上来了。夏小淼看见我，脸上挤出笑容，没事的，有顾堇修在。

她腿上被树枝划了一道口子，自己撕了裙边包扎上了。

我让顾堇修先送夏小淼上去，我在下面先等一下。

然后我看见了，顾堇修的右手和夏小淼的左手用她撕下的裙布绑在了一起。

他们上去后，我的心里安稳了一些。但是脑海里反复地出现顾堇修抱我的动作，他为什么会有那样的动作？想来想去，是因为担心吧。毕竟大家是朋友，如果我和夏小淼有事，他一定会很自责。

过了一会儿，顾堇修下来了。他把我的手和他的手捆在一起，一点一点地带着我向上挪。

我们再没有说话。

那个溶洞探险也放弃了。夏小淼的腿伤根本走不了那样的路，而我的背也很疼。

一路上，夏小淼都由顾堇修搀扶着。

回去后，我去医院那里检查，背上是软组织受伤，难怪那么疼。

4. 印在沈青禾衣前的唇彩

夏小淼的生日就要到了。

她打算在我家邀请一些朋友，开一个生日派对。

她从来不带除了我之外的人去她家，有时候别人问起，她就说她妈妈管得很严，从来不许她带朋友回家。

反正爸爸妈妈也不在家，我就同意了。爸爸妈妈是认识夏小淼的，她在大人面前总是露出很乖巧的一面，不说脏话，不抽烟，礼貌周到，善解人意。

妈妈说，林夕颜，你该跟夏小淼学一下，你是太内向了。

我和夏小淼用了整天的时间做准备，挂了气球，彩带，买了熟食和水果，还有啤酒。我去订了蛋糕，夏小淼快乐得像五百只鸭子一样地吵闹。

不停地喊我，不停地喊我，声音高昂。

她在我的衣柜里找了一条乔其纱的长裙，头发盘了起来，别上了水钻的小皇冠，像妖娥子一样地美，媚。

也只有夏小淼能把媚用到这样空灵了，举手投足，一颦一笑，都熠熠生辉。

连我都看痴了。

夏小淼把我按在梳妆台前，要为我上妆。可我总觉得别扭，像我这样干瘪的样子，化了妆也不见得美。

最后拗不过她，抹了些浅粉的唇彩。

让夏小淼在家里等客人，我去取蛋糕。回来的时候我想了想，买了一束玫瑰花。夏小淼喜欢玫瑰，热烈，奔放，鲜艳。如她一样。

推开门的时候，不知谁在脚下扔了个沙发垫，捧着花，我没看清，被绊了一下，一个踉跄向前扑过去，我闭上眼轻轻地低呼了一下，可是稳稳地被谁接住了。我睁开眼，发现我正落在一个人的胸口，唇彩清晰地印了在他胸口的衬衣上。

我慌乱地退了一步，仰起头来看他的脸。

我的心脏突然被重重地撞击了，然后蓦地语结。

我终于明白了夏小淼的心情，不是早，也不是晚，是这样的一个瞬间，被结结实实地击中了。

清风秀骨，空灵索然，漂亮却一点也不阴柔。

他有琥珀色的眼眸，深，柔，暖。

空气中带着很多芬芳的味道，所有的喧嚣都隐退了，我清晰地听到了自己的心跳，扑通，扑通。

夏小淼走到我面前时，我还恍惚地盯着他。难以置信。

他叫沈青禾。

夏小淼介绍。我傻傻地伸出手去，你好。我说。

他微微抿嘴有些戏谑地笑，伸出手来，在我的掌心拍打了一下，你好。

他戏谑的笑容让我开始懊恼自己，懊恼自己呆滞的表情，木然的动作，懊恼自己怎么会傻傻地伸出手去说你好，还懊恼我的口红蹭到了他的衣服上。

在他看来，我一定是一个冒失，呆板，无趣的女孩。

垂头丧气地回到餐厅，心里却始终平静不下来。把水果切得乱七八糟，直到顾堇修拍我的脑袋，切到手了！

我原本没有切到手，但被他吓了一跳，手一哆嗦，就切到了手。

嫣红的血流了出来，我瞪了他一眼，他赶紧把我的手抓过去，放在笼头下用水冲。

我不是故意吓你的。他说，有创可贴吗？

我有些赌气，生硬地说，没有。

他转身就出去了，我跑到房间里找了创可贴。夏小淼放了很热烈的音乐，大家都在屋子里跳舞，欢呼，吵闹。

她摇动婀娜的身体，翩跹得像蝴蝶一样美。

我看见沈青禾了，他坐在沙发的一端，微笑地看着舞池。

我也笑了，原来他和我一样，也喜欢当安静的看客。我们都有着安静的性格，这样，真好。

是的，真好。

喂。是顾堇修。

他手里拿着一盒创可贴，原来他出去给我买创可贴了。我把手举到他面前，不用了。

他的脸有些恼怒，我转过身，跑开了。

那天夜里，我失眠了。我穿上衣服，跑到花园里散步，然后再回来睡觉，再穿衣服，再出去，反复地折腾。

有很多的情绪，如干花一样，在我的脑海里，飘来荡去。

沈青禾的脸带着绝杀的杀伤力，就那样一路杀到了我的心里。

我觉得自己变得不一样了，呼吸不一样，心跳不一样，怎么也静不下来，静不下来。

原来，喜欢是这样猝不及防的一件事。

我装作毫不在意地问夏小淼，沈青禾是怎么认识的。

她在抹指甲油，透明的白，刷了过去，然后举到嘴边，鼓起腮吹气。

看他们踢球，他是顾堇修的哥哥。

什么？我惊得差一点点跌下沙发。

夏小淼白我一眼，反应怎么这么大？你喜欢他？

我嗫嚅，不，怎么会，他。

我不知道为什么想要掩饰，我从来没有对她说过我喜欢谁，骨子里带着一些悲凉的自卑。如我这样平凡普通的女孩，就算是喜欢上了，也是很荒凉的结局。不会有人喜欢我，不会有人越过夏小淼看见我。

以前我有一个邻居哥哥，小时候我们总是玩得很开心。玩过家家的游戏时，他回回都要我当他的新娘，我信任他，依赖他，以为我们可以一起长大。可是当我把夏小淼带回家时，他立刻转移了目标。他对她表现出前所未有的热情，他把我小时候的糗事当做玩笑一样地告诉她，可是在我看来，他是背叛了友谊。

他央求我给夏小淼送情书，被夏小淼拒绝后，他用很恶毒的语言来骂我。他偏执地以为，是我从中作梗，所以夏小淼才不喜欢他。

可是我的喜欢还是轰然地盛开了，像墙角那片朝颜，越过台阶，越过蔷薇，越过矮墙，一簇一簇，开得繁盛壮观。

5．我结结巴巴心里慌乱得要命

从夏小淼那里知道，沈青禾是顾堇修异卵同胞的哥哥，他早出生三分钟。因为是异卵，所以他们兄弟俩长得完全不一样，性格也是南辕北辙。

顾堇修叛逆，桀骜不驯。而沈青禾内敛，温文尔雅。沈青禾跟他爸爸姓，而顾堇修随他妈姓。他们在同一所学校，同一个班级。

沈青禾成绩优异，深得大人们的喜欢。

而顾堇修则是问题学生。他能混在那所重点中学里，全是因为他当将军的爷爷罢了。

我在心里，对沈青禾的喜欢又绝望了一些。

这样俊美、优秀、出众，把我们中间拉着很开的一个距离。夜里，我对着镜子一遍一遍地看自己的身体，我希望它饱满起来，希望它像一朵朝颜，瞬间开花。

可是我的身体，依然如豆芽一样的，青涩。我抱着膝盖坐在地板上，如水一样的月光落了下来，我的眼里，噙满了泪水。

我开始和夏小淼一起去看他们踢足球，我对她说是因为无聊。我的掩饰她没有丝毫的怀疑，相反，她使劲地撮合着我和陆凯。

我觉得我错过了好多的机会，如果第一次我就和夏小淼一起去看他们的比赛，那我也早早地认识了他，可是这又能怎样呢？

不过是认识罢了。

他们比赛的时候，我就和夏小淼坐在看台上。夏小淼染了水红色的头发，臂膀上贴狼图腾的文身，她说这样才可以配得上顾堇修，他们一样的飞。

顾堇修和夏小淼的关系似乎还停留在“兄弟”上，他们一起喝酒，一起抽烟，一起旷课打架，把整个夏天搅得青春激奋。

他把手搭在她的肩膀上，和她喝一罐啤酒。她站在他的单车后，挥着手大声地喊叫。她站在蔷薇树下，卷起手大声地喊他的名字。

她那样地直白，连喜欢，都没有迂回。

而我，林夕颜，却把喜欢卑微地藏了起来，小心谨慎，颤颤巍巍。坐在看台上的时候，我的目光始终落在沈青禾的身上，他跑得那么稳健，那么帅气，阳光那么绚烂，他的笑容如阳春白雪样干净，透明。

夏小淼轻浅地笑，她在看我。

她的语气里有着得意，我也看见了，顾堇修在进了一个球以后，朝看台这边看了一眼。而沈青禾在踢进一球后，也朝看台这边望了一眼，我的心里哆嗦了一下，他是在看我，还是在看夏小淼？

休息的时候，夏小淼递了饮料过去。我拿着一瓶，走到沈青禾的面前，心里鼓起了百般勇气，递过去。

幸好，他接过了，还笑着说谢谢。

我的脸腾地发起烧来，低下头去，生怕被谁发现。

我第一次学会了尾随。

我在沈青禾学校门口的书店里，假装翻书。其实眼睛一直看着校门口。

他出来了，穿着白色的球衣，挺拔的个子在人群里一眼就被认了出来。我把手里的书紧紧地抱着，很紧张。

我一直跟在他的身后，不远不近的距离。背景是很多的人，很多的车，可我却很容易辨认出他来。

他没有回头，幸好没有。

他那么好，连背影都好到了完美。我的目光痴痴地望了过去，原来暗恋是这样的心情，微微的苦，淡淡的甜，像一枚青柠的味道。

喂。你怎么在这里？

我的肩膀被拍了一下，吓了一跳，转过身，是顾堇修，骑着一辆单车停在面前。他诧异地看着我，你是来找我的?

我结结巴巴地说不出话来，心里慌乱得要命。

路过，有事……我说不清，又恼怒了起来。凭什么要向他解释。心里稳了一下，瞪他一眼，要你管。

我的语气有些冲，大概是觉得丢脸。

你去哪里？我送你吧！

我向前面走，他把单车骑在我旁边。

不需要。我说。

他愣了一下，然后骑着单车离开了，他骑得很快，像是在发脾气。

第一次看到顾堇修出现在门口时，我诧异极了。

他竟然找了一份早上送牛奶的工作，穿着橙黄色的制服，带着一顶鸭舌帽，自行车后面放着一个奶箱。牛奶是早订过的，我偶尔起得早，出去拿牛奶会遇到送牛奶的人。但这一天，当我乱着头发，打着哈欠拉开门的时候，看到了顾堇修。

你在这里做什么？该不会专门到我家来偷牛奶的吧？我瞪着他。

找死？我偷牛奶？他愤然地朝我挥挥拳头。真是一个狂妄的家伙，动不动就只知道舞拳头，想想第一次见到的时候，还是被夏小淼救下。

我轻蔑地丢过去一个眼神，好了，牛奶直接给我，你走。

他不看我，把牛奶重重地丢进墙壁上的铁皮奶盒里。然后转身大步离开。

我问夏小淼，顾堇修缺钱吗?

她诧异地说，不知道。

她问我怎么会这样说，我就告诉他顾堇修在送牛奶。她哦了一声，然后想起什么似的说，肯定最近又闯祸了。

市里举行奥数比赛，夏小淼被毫无悬念地选上了。后来我知道了，那一次沈青禾也去了。

还有，傅春树转校，因为太过痛苦，不想再面对夏小淼所以离开。夏小淼去送他，夏小淼居然伸出手来跟他握手，她说，对不起，以前我太坏了。

是在顾堇修那里懂得了，喜欢一个人是很辛苦，很辛苦的一件事。

【第二章】

我们站在爱情的入口，丢失了自己

1. 我的心满满地都是荒凉的荒
2. 原来爱情会让人变得轻贱
3. 他们有着一样的眼睛
4. 原来我比夏小淼还惨
5. 林夕颜你听清楚了我喜欢你

1．我的心满满地都是荒凉的荒

起初并不知道沈青禾也去市里了。我还是会去他的学校门口，躲在旁边的书店里假装翻书，为了不让老板看出端倪，我买了好几本书。

只是一连几天我都没有见到沈青禾。

夏小淼给我打电话，她在电话那边笑得很欢，她说，林夕颜，你猜我遇到谁了？我隐约地猜到了。

果然，她说，沈青禾。

他成绩那么好，一定也是代表他们学校去参赛的。

那天夜里，我在桌子上堆满了书，我告诉自己，要考很好的名次，这样才能和沈青禾并驾齐驱。我在冰箱里放了很多的木瓜，这是从书里看来的，木瓜可以丰胸。

我还是会在早上的时候遇上顾堇修，我对他热情了一些。有时候送完牛奶，我会请他坐在花园的朝颜花下，喝木瓜汁。

我猜想，他要是知道木瓜汁的功效，一定会气急败坏。

我对他突然的友善，不过因为他是沈青禾的弟弟，我想知道更多关于沈青禾的事。他的小时候，他的成长，那些我从来没有踏入过的时光里，他是怎样的模样？

我说，你和你哥怎么一点也不像，你们真的是双胞胎吗？

他白我一眼，废话。

我们的话题继续不下去，我用了很长的时间绕来绕去，都绕不到沈青禾那里。

最后，他站起来，拼命地看着我。

林夕颜，你喜欢他？你喜欢沈青禾？

我的脸好像被撕开了一层，火辣辣地，心里乱作一团。我不知道，第一个看穿我秘密的人，竟然是顾堇修。

我不停地否认，可是眼泪却委屈地流了下来。

我蹲在地上，拿一根小棍子戳来戳去，把一滴一滴落下去的眼泪用灰土埋了起来，好像这样就把伤心给盖上了。

我再起来的时候，顾堇修已经离开了。

我松了一口气，我不想被他看穿了，这让我很羞愧。

也许他心里也在嘲笑我吧，林夕颜你也不看你自己，你凭什么喜欢沈青禾?

整个上午我都蔫蔫的，我把自己关在房间里，在随手的本子上涂鸦。

等我停下来，我发现自己画了很多的眼睛。琥珀色的眼睛，那样安静地看着我。

我支着下巴，发了一会儿呆。

很多的情绪像齿轮一样，一种咬着另一种。

快到中午的时候，妈妈回来了。她这次是去上海办事处出差，走了近半个月了。在跟我说话的间隙，她就接了好几个电话，语速很快，很忙碌。

我心里很多的话突然就没有再说的念头，意兴阑珊地翻着妈妈带回来的礼物。蝴蝶的头花，牛仔短裙，一盒进口糖果。

是什么时候起，不再觉得自己是个小孩了呢？小时候，盼的就是礼物，那些花花绿绿的东西摆在面前，就雀跃不止，但现在想要的不过是他们留在我身边的时间。

再大的房子，再多的钱，又怎样？心是空的。

我有时候很想，像夏小淼和她妈一样，轰轰烈烈地吵一架，像两只兽一样彼此撕咬。这样的撕咬也是带着某种很亲密的关系，而我，只是这样疏远地看着他们，各自地忙碌。

在爸爸妈妈眼里，我绵柔的性格根本不用太过操心。他们也不指望我的成绩有多好，只要好好地读完高中，然后送我出国，这就是他们的安排。

夏小淼说这真好，一点心也不操就可以安然地长大。

而她，却要靠着自己的力量，才能有自己的人生。她根本不指望她妈，她觉得她是那么靠不住，靠不上。

妈妈在家里住了一个晚上，第二天又去了宁波。爸爸打电话说，隔一天回家。

我给夏小淼打电话，她住的宾馆房间。和她住一个房间的女孩说，她出去了，和沈青禾一起。

我惴惴不安地等了半个小时，再拨过去。但她还没有回来。

有无数的念头在我的脑海里盘旋，很纠结。

为了打消我继续拨电话的念头，我决定出去走一走。黛青色的天，昏暗的翠微街，有光和影在梧桐树下相互交缠，而我的心里，满满地，都是荒凉的荒。

不知不觉，我竟然走到了沈青禾家的军区大院。

我坐在石阶上，抱着膝盖，看前面的房子。其实我并不知道沈青禾的家是哪一栋，但我看着那些灯光的时候，会觉得心里安稳了些。

看到顾堇修骑着单车经过的时候，我把头低了下去，理了理领子，想要把自己藏起来。有些心虚，不想被认出。但他还是看见了我，把单车停到了我面前。

林夕颜，这么晚你还在外面晃什么？

我只好抬起头，讪讪地挤出一个笑容，散步，家里太热了。

我送你回去。

不，不用了。我赶紧摆手。

快上来！他的声音透着不许忤逆的霸气。

我瞪住他，但是几秒钟的对峙后，我乖乖地坐了上去。

这是我第一次坐别人的单车，竟然是顾堇修。以前看《玻璃之城》，总觉得在校园里，坐在喜欢的男孩单车后，是一件很浪漫的事。可是现在这个人，并不是我所喜欢的，如果是沈青禾，那该多好？

我和顾堇修一直都没有说话，两个人的相处总会觉得有些别扭。

想想就明白了，我和他太不同。他霸道、坏脾气、桀骜、任性。而我，安静、内向。我们是完全不同的两种人，怎么会有共同的话题？

2．原来爱情会让人变得轻贱

夏小淼回来了，奥数比赛她和沈青禾都拿了第二名。

学校举行的大会，夏小淼上台去领奖状。我站在一大片黑压压的学生里，暗淡无光，而夏小淼却是独一无二的光芒四射。我的心里，就灰了起来。

只是，隔了几天，她就得了一个记大过的处分。

因为顾堇修。

夏小淼回来的当天就让我陪他去找顾堇修。我很想问问她，那天晚上她和沈青禾去了哪里，怎么那么晚都没有回去。可是我到底没有问出口。

我变得很害怕知道真相。

她在“水格”酒吧找到了顾堇修，他和他的朋友在一起，还有几个不认识的女孩。有个女孩缠住顾堇修的胳膊，娇嗲地喊，修，修。他的手则张扬地放在她的腰肢上，并没有看夏小淼。

夏小淼走过去，一把揪扯着那个女孩的头发把她从顾堇修的身上拽了下来。女孩吃疼地尖叫开来，顾堇修没有动，陆凯他们赶紧过来想分开她们。

顾堇修低低地呵斥了一声，别管。他们就停了下来。

夏小淼和那个女孩纠缠在一起，撕扯、踢打。我是知道夏小淼很彪悍的，但如此彪悍的夏小淼我却从来没有见过。她的眼里带着浓浓的恨意，她的手臂挥下去的时候，很狠。

而顾堇修却面不改色地坐在吧台上，清冷的眼神，根本没有要劝架的意思。

其他人根本也不敢动，只是看着她们如两只为争夺猎物的兽一样，拼死相抵。

我气急，他为什么是这样残忍的人？

走到他面前，拉过他来，想也没想，就抬手，在他脸上掴了一个巴掌。很清脆的一声开在他的脸上，所有的人都愣了，夏小淼坐在那个女孩身上，手停了下来。

顾堇修的脸上清晰地有了五个手指印。他抬起头来只是轻轻地看了我一眼，但我知道他的内心肯定酝酿着一场暴风雨，这样的平静根本不是他的风格。

既然已经打了，我也豁出去了。

我瞪着他，咬牙切齿地说，顾堇修，你是人渣！

说完这一句，我就把夏小淼拽起来，拖着她走。她在我身后嚷，林夕颜，你凭什么打他？你凭什么打他呀？！

原来，爱情是这样的。你会变得很轻贱，不管对方怎样对你，不管对方怎样看你，你也昂着头，迎上去。所有的自尊都是垃圾，爱一个人的时候，是不要自尊的。

我是该说她痴情呢，还是说她不值呢？

而我呢？

我连站在沈青禾面前的勇气都没有，我连和他做朋友的力气都没有。我只能，站得远远地，看着他，偷偷地，想着他。我这样的喜欢，又比夏小淼高贵多少呢？

至少，她在拼命地争取。

争取，就有希望。

就会有奇迹。

一个傍晚，夏小淼被几个女孩围在了中间。是那天在酒吧那个挨打的女孩，她不服气，所以喊了更多的人来围堵夏小淼。

夏小淼用砖砸了一个女孩的头，被缝了四针。

她被记了大过，并且要赔大笔的医药费。我拿出爸妈走时留给我的生活费给了夏小淼，她妈肯定是不会给她钱的。

夏小淼躺在顶楼滚烫的水泥板上抽烟，有眼泪从她的眼角滑了下来。她用手狠狠地抹了过去，然后笑，林夕颜，夏天都要过去了，真没劲。

我的心里，变得很酸楚。

再多的阳光又怎样，这个夏天，凉薄无比。

即使被记大过，但夏小淼依然没有任何抱怨。她像没事一样要去看顾堇修踢球。上次打了顾堇修一个耳光后，我一直没有见过他。

我有些害怕见到他，说不清。

他一定是在心里记恨我了，一定会寻着机会报复回来吧。

忐忑不安，但太过想见沈青禾的心让我还是决定去看他们打球。在夏小淼看来，我会去看球，完全是因为陆凯。

让我失望的是，沈青禾并没有来。也是，他有很多培优班要上，怎么会有时间天天厮混在这里呢？我索然无味地望向一片，而夏小淼的目光一直都放在顾堇修的身上，那样的缱绻的眼神，整个脸都散发着光芒。是爱着的时候，才会有这样的目光吧，眼里，心里，都是对方的影子，即使他就在你的面前，你也会觉得那么渴望。

顺着夏小淼的目光，我看了看顾堇修，他把球踢得很生猛，晃过几名对方防守，以一个假动作骗过守门员，抬起一脚抽射，球进了！连对足球毫无兴趣的我，都觉得这个进球非常的漂亮。因为顾堇修的进球，场上的气氛变得有些火暴，身体冲撞了起来，当顾堇修把球踢到了另一队的一名球员身上。他们都朝顾堇修围了过去，这边队员也奔了上去。

他又惹是非了！

两边人开始推搡，吵闹，一触即发。

夏小淼站起来，嘴里狠狠地骂了句，妈的！

她在四周看了一下，就捡起一块砖冲了上去。我看她简直是疯了，才记了大过，如果再打架肯定要被退学了。

可是我知道，我阻拦不了她。

我眼巴巴地看着她像一头护犊的斗牛一样，冲了过去。在把砖举起来要砸下去的时候，顾堇修一把抓住了她的手。

幸好。我松了一口气。

以前夏小淼再怎样叛逆，也没有闯过大祸。可是在认识顾董修以后，她的人生开始打结了，她变得越来越出格，越来越不像她自己。

她把自己变成了一个斗士。随时都准备作战，为喜欢的那个人拼命。

回家的路上，我看见了沈青禾。

他在街的对面，挺拔帅气，穿着白色的衬衣，很安静的表情。我在风里奔跑了几步，想喊他的名字，也许是夏小淼刚才的勇气激励了我。可是疾速而过的车淹没了我的声音，我有些慌，红灯了，我过不去。

看着他渐行渐远，我的心哆嗦得厉害。

沈青禾，沈青禾。

我的心像被乱麻绳勒住了一样，很疼，很疼。

我朝着车流冲了上去，有司机在狂按喇叭。我什么都不顾了，很焦灼很焦灼地只想赶紧过去，害怕一个瞬间就把沈青禾弄丢了。

当我终于在车流里过了街时，却早已经没有了沈青禾的身影。

我颓然地蹲了下去，眼泪漫了上来。

刚刚堆起的勇气，像坍塌一块块积木一样，散落了一地。人说，初恋就是一块青涩的柠檬，带着百分之七十五的涩和百分之二十五的甜，可是我们明明知道是如此多的酸涩，却还是为了那百分之二十五的甜而奋不顾身。见到他的时候，是满心的欢喜，被他忽略的时候，是满腔的忧伤。原来，我们都还没有足够的承受，来面对这样的初恋。

3. 他们有着一样的眼睛

我开始写日记了，用很正的小楷写，满满地都是沈青禾的名字。一笔一画的时候，忧伤在暗夜里浮动，我总是不由得湿了眼。

想念沈青禾的时候，我就看我的右手，第一次见面，我伸出手去想和他握手，可他轻轻地拍了一下我的手。这以后，我的右手变得很尊贵了，我总觉得上面还留有他的温度。

我也开始很用心地学习，天天熬到深夜。夏小淼奇怪我为什么会突然用功起来，我一向对成绩都不太在意，中等的水平对我来说够了。

夏小淼说，林夕颜，你有心事。

我手里的笔停顿了一下，只是一下。轻轻地说，没有。

她不再追问，躺在我的床上翻漫画书。可是我知道她根本没有看进去，半天也没有听到她翻书的声音。

走，喝酒去。她把书往床上一扔，翻身起来。

我们没有换衣服，就穿着睡衣，趿拉着拖鞋就出了门。

夏小淼喊了一打啤酒。老板小心地问，都开吗?

她用力地点头，很豪迈地说，都开，都开。

她拿了一瓶放到我面前，喝，喝喝，林夕颜，为我们的十六岁干杯!

夏小淼点了烟，我从她嘴里直接拿了过来放进我的嘴里，抽了一口，然后拼命地咳嗽。我被呛到了，这什么味呀，一点也不好抽。

是不好抽。不过就是觉得样子很好看。夏小淼无谓地耸耸肩膀。

她又点了一支，慢慢就好了。

我们就那样喝酒，抽烟，无所顾忌地大声笑。我说数学老师长得真难看老不下雨以后体育课我都不上了，她说顾堇修是王八蛋顾堇修是浑蛋顾堇修是他妈的人渣!

对，他就是人渣。

不许你骂他！醉眼惺忪的夏小淼嚷着抗议。

你也骂了。

只许我骂，不许你骂。

好好好，留给你骂。我灌了一大口啤酒在嘴里，心里火辣辣地疼。

上次你和沈青禾去哪里了？我借着酒意，还是问出了我一直想问的。

哪次？她已经不记得了，吸了吸鼻子，又喝了一大口。

你们参加奥数比赛的那次。我的声音很轻，很紧张。

去散步了。

就这样?

嗯，就这样。

我松了一口气，心里安稳下来。

哦，他跟我说什么他喜欢我，太神经了！夏小淼扔过来这句话后，就一头栽在了桌子上，睡着了。

什么，你刚才说的什么？我拼命地摇她，摇她，声音颤得厉害，她只是嘟囔地挥了挥手，让我别理她。

其实我听清楚了，听清楚了她说的每一个字。

她说，沈青禾喜欢她。她说，沈青禾喜欢的人是她。

我的身体被薄薄地挑开了，有汩汩的疼痛不断地涌出。我坐在夏小淼的面前，坐在无边的黑暗里，潸然泪下。

他到底喜欢的人，还是她。

从来就没有奇迹，从来就没有传奇。他看到的人只有美艳如花的夏小淼，而林夕颜，林夕颜只是一株青涩的含羞草，黯然地躲在角落里。

疼痛的感觉，如最繁盛的青藤，生生扎进了我的心里。

我溺在了巨大的悲伤里，浮不上岸。我不停地挣扎，不停地呼喊，可是所有的声音都哽咽在了喉咙里，我只能无望地下坠，下坠，湿了脸。

一整夜，我都没有睡。我站在矮墙上，一遍一遍地往下跳，每一次跌下去，我的膝盖就被撞一下，那些疼像是自虐一样。

汗水就着泪水淌满了我的脸，我只是静默地跳下去，再跳下去，徒然地，奋力地做着这件事，直到最后一次我终于崴了脚。再也站不起来。

第二天我没有去上学，夏小淼也没有，她嚷着头疼。而我的脚肿得没有办法落地。

你昨天做贼去了？她用手戳戳我的脚，我疼得龇牙咧嘴。

嗯，采花去了。

我昨天好像听见你在哭。她看着我的脸。

你在做梦吧。

大概是的……你的脚应该去看看医生，我喊陆凯来吧。

喊他干吗？

但夏小淼根本就不听我的，她跑到楼下打电话。我听见了，她根本就没有打给陆凯，而是打给顾堇修，她让他转告陆凯我的脚崴了，肿得厉害。

我知道夏小淼不过是想给顾堇修打个电话，叹了一口气，趴在床上，昏昏地睡了过去。

我是被夏小淼拍醒的，站在我的面前的，还有沈青禾，正关切地看着我。我揉了揉眼睛，就看清楚了，不是沈青禾，是顾堇修。

他们为什么都有一样的琥珀色的眼睛呢？

他撩开我的被子，看了看我的脚。我往被子里缩了缩，还穿着睡衣呢，他也太不避嫌。

怎么会崴到？顾堇修问。

我不知道怎么回答，难道要告诉他，我是自己从墙上一遍一遍地跳下去，然后摔的？

问你呢！夏小淼看我不答理他，有些急。

不小心滚下楼了。我只得撒谎，脸有些烫。

有药酒吗？顾堇修转过头去问夏小淼。

夏小淼说，有的，我去找。

她离开后，房间里只有我和顾堇修两个人，他看上去有些不自在，转过身，顺手翻了翻我桌子上的课本，字够难看的，他说。脸上竟然有一些笑容。

夏小淼拿了药酒过来，他把我的脚拉过去，搁到他的腿上，手里倒了些药酒，轻轻地揉。我有些窘迫，这样突然地关心我还不适应。再说，夏小淼还在。

夏小淼说，顾堇修，你对我的朋友真好，谢谢你。

她坐到我的身边，扶住我的肩膀，笑，看来你们还是可以和平相处的。

我说，谢谢你。

看见顾堇修的时候，我就又想起昨天夜里夏小淼告诉我的话了。难过又生生地碾了过来，我在心里拍打自己，不是早知道他不会注意你的吗？不是早知道会是这样的结果吗？不是一开始就知道注定会是失败者吗？

爱情，原来是这样无可奈何的一件事，明知道不可为，却偏偏要为。

是傻了，痴了，神经了。

可是，顾堇修，顾堇修为什么有和沈青禾一样琥珀色的眼睛？我总在他的身上找沈青禾的影子，总是恍惚地失了神。

4. 原来我比夏小淼还惨

因为我的脚伤，爸爸提前出差回来了。

我竟然有些庆幸，有好些日子没有见到他了。

爸爸的手机在茶几上提示有短信，我见爸爸不在，就顺手打开来。只是那样一开，就把我炸住了。

什么时候回，想死你了。是个陌生的号。名字只有一个字“方”。

一看就是一个女人，娇嗲的语气，柔软无骨。爸爸的外遇，他有外遇了。他有了别的女人，他不要这个家了。

想了想，我抄下了那个号码，并且把刚才的短信息删掉了。

我该怎么办？

一直以为爸妈的关系很好。他们从来不吵，相敬如宾。他们的客气

在我看来，是因为相爱所以谦让。小时候，最喜欢的是一手拖着爸爸的手，一手拉着妈妈的手，蹦跳着去游乐园。那些美好的画面现在看来也崭新崭新的。可是，原来早已经在岁月里蒙上了厚厚的一层灰。

爸爸出去后，我想去找夏小淼。

这个时候，我很需要她。我根本不知道自己该怎么做，而已经是单亲家庭的她，也许会给我一些建议。

我的脑海里反复地想，他们会离婚吗？我是要跟着爸爸，还是要跟着妈妈？

我听夏小淼说过另一个同学的事。他的父母离婚，在法庭上争来吵去，不过是因为都不想要他，觉得孩子是包袱，会阻碍他们的再婚。他就坐在那里，安安静静地看着他们。走出法院的大门，他就撞到了车下。

在他看来，是父母遗弃了他，他的内心应该都是绝望吧。

而现在的我呢？他们会是争着要我，还是争着丢弃我？而妈妈呢？如果她知道了爸爸的背叛，又会受到怎样的打击。

凌乱的思绪让我的身体变成热锅上的蚂蚁，焦灼不安。

我只能一瘸一拐地去找夏小淼。脚疼得厉害，我扶着墙，蹦跳着像一只怪异的袋鼠。脚踝处阵阵的刺疼传来，眼泪就糊住了我的脸。

我觉得这个十六岁，过得如此的清凉寂寞。所有的人都变了，爸爸的外遇，夏小淼的痴狂，还有我，无可奈何的喜欢……

林夕颜，你要去哪里？

我转过身的时候，看见了顾堇修。而这时我的脸上还挂满了泪水，我用手背擦了擦，鼻涕也粘了上去。顾堇修皱了皱眉头，拿出一张纸巾一边擦我的手背，一边说，你怎么这么脏呀。

然后，他又拿刚擦了鼻涕的纸巾擦我的脸。

我躲闪了一下，觉得不卫生。

为什么哭？他问。

我抿着嘴，不打算告诉他。因为和他还不太熟，还因为觉得告诉他也没有用。

说呀！他又开始露出愠怒的表情。

我低着头，手拧着衬衣的边，把它弄皱，再展开，再弄皱。

烦死人了，快说！顾堇修好像失去了所有的耐性，大喊一声。我吓得浑身哆嗦了一下，在他的咄咄逼人里，我好不容易隐忍住的泪水磅礴而出。

过了半个小时，或者更久。我就那样站在墙边不停地抽泣，直到他用手支在墙上，把我围在一个小三角里，压低声音威胁道，你再哭，我就亲你了。

我的声音一下就收住了。

抬起头，在被他圈起的逼仄空间里，定定地看着他。

他松了一口气，垂下手。

而我的心，突然也松弛了下来。他的眼睛又让我想起沈青禾了，有那么一个恍惚，我希望靠我如此近的人，是沈青禾。

我和他坐在翠微公园的石凳上，断断续续地说了爸爸的事。而且我让他向我保证，绝对不告诉别人。

面前是翠微湖，我想起小时候爸爸妈妈带我来这里划船，想起我在草坪上奔跑，幸福而圆满。但是自从他们的生意越做越大，我得到的关怀就越来越少了。有时候守在那样大的房子里，会觉得自己只是一个守门的人。等着他回来，等着她回来。

他们不知道我想要的是什么，他们也不知道我在想什么。

顾堇修在湖边捡了一块石子，在水面上打了个漂亮的浮漂，转过身来对我说，林夕颜，我会帮你的。

只是当真相像洋葱一样，一层一层地剥开后，我还是被呛得疼痛不已。

原来他们早已离婚，各自有了家庭。不过是想等到我高中毕业，送我出国时才告诉我，只是我提前了两年发现了事实。

而如果知道顾堇修会因为这件事退学，我一定不会把他卷进来。真的，我不会。

顾堇修用了我写的电话给“方”打电话，他说是世纪百货的，上个月在那里的购物抽奖获得了第三名，需要地址好送礼物上门。

“方”信以为真地把地址给了顾堇修。

顾堇修说他会想办法让那个女人离开。他会保全我有一个完整的家庭。

我和顾堇修去过那个女人的小区，我看见爸爸的车停在楼下，等了一会儿，他和一个女人一起出来。她的肚子已经明显地凸起，他一手拿着她的皮包，一手揽住她的腰。我的身体瘫软得快要跌下去。

原来他没有真的“出差”，他只是在这里有了另外一个家，一个孩子。

直到顾堇修被关到派出所里，我才知道，他为了我，做了好多的事。他写了恐吓信给那个女人，在她家门口放死老鼠，泼番茄汁……他以为这样就可以逼退那个女人，保全我的幸福。

后来，保安发现了他。

夏小淼告诉我的时候，我在派出所不仅看到了顾堇修，还有爸爸和那个女人。

不过是一个夏天的光景，就知道了，我的幸福原来不过是伪装得很好的假象。

他们不愿意伤害我，所以把我扔弃在那间大房子里，偶尔回来看看，假装还是一家人。也或者，他们都不想要我，所以编造谎言让我安心地留在那里。

谁知道呢?

他们的想法，都是为我好，可我不觉得，这有什么好?

接受背叛比接受真相，更让我疼痛。

然后，我的家，没了。

原来，我比夏小淼还惨，她还有一个可以吵架，可以发脾气，可以为敌的妈妈。而我呢？在一场海市蜃楼里幻灭了所有的幸福。

5. 林夕颜你听清楚了我喜欢你

素秋，凉薄。

朝颜花在一夜之间全部凋谢。

我知道，夏天终于结束了。

而我，更加瘦了，衬衣罩在我的身上，像罩在一根竹竿上。风一吹，我就觉得自己快成了蒲公英。

我的嘴唇裂开了一道一道的血口子，心里空得像一口枯井。我唯一觉得幸福的事，就是去偷偷地看沈青禾。

不近不远的距离，我的静默像一个树洞，只是等待，仰望，不动声色。

因为上次的事，顾堇修被退学了。夏小淼说顾堇修被他军人老爸打得很惨，还在房间里跪了一夜。

我对他的抱歉更深了。

他还是会来送牛奶，但我没有下楼。我只是站在二楼的窗口，透过窗帘看着他。他站在门口，停了一会儿，探过身子往房间里看。

我退了几步。

其实是不敢面对他。

有大早上，顾堇修送完牛奶后，按了很长时间的门铃，很固执。而我也固执地没有开。

我把自己完全地封闭了起来，更加的内向了。

我长时间地趴在房间里，画很多琥珀色的眼睛，写沈青禾的名字。一想起他来，我的心里就隐隐地疼。

我知道，他和我一样，失恋了。

他喜欢的人是夏小淼，而所有人都知道夏小淼喜欢的人是顾堇修。他的内心和我一样地困顿，一样地疼，但我们都无能为力。

喜欢一个人，原来是这样无能为力的事。是命运，是注定，是躲闪不及的一场雨。

我们站在雨里，隐忍，压抑，找不到一个方向和出口。

胸口碾过的，除了忧伤，还是忧伤。

这样的十六岁，多荒凉呀。

门铃再响的时候，我还是没有理，我知道是顾堇修。我坐在窗口，散着头发，发呆，凝神。

然后，顾堇修就进来了。

我猜，他一定是翻墙进来的。

他的脸色很隐晦，嘴唇死死地抿住，看得出来在克制心里的怒火。

我挤出一个比哭还难看的笑容，顾堇修，你好吗？

你这样，我很担心。他缓缓地，一字一句地说。

我抬起头，看着他，他这样说，会让我误会……我甩开脑子里混乱的想法，故作轻松地笑，没事，我没什么事。

林夕颜，我喜欢你。他的声音在我耳边，心里，炸开了惊雷。

夏小淼……她，她又考了第一。我语无伦次，惊慌失措。

林夕颜，你仔细听清楚了，我喜欢你！我第一眼见到你的时候就喜欢你！即使我知道你喜欢的是我的哥哥，沈青禾……

不要再说！他的话刺疼了我，我打断他。

我看见你跟着他，看见你在学校门口等他……你知道，我也在你的身后吗？林夕颜，为什么你不回头，不回头看一看，我在你的身后！他的声音困顿，哽咽，然后他看见了我摊开的本子，上面都是沈青禾的名字。

他自嘲样地笑了笑，早知道的，哥哥那么优秀，出众，谁都喜欢。

我在夜里做了很多的梦，一会儿是沈青禾，一会儿是顾堇修。我追着沈青禾奔跑，疲惫不堪，等到我要握住他的手时，他的脸变成了顾堇修。

命运是多么可笑的一件事情，我喜欢的人，不喜欢我，而我最好的你不明白，喜欢一个人是宿命，即使注定是劫难，那也在劫难逃。

朋友喜欢的人，却喜欢我。

是不是所有的爱情从来没有平行的交会，而只是错综，复杂，纠葛，不清。

我想起我摔下山坡地那一次，顾堇修抱住了我；想起我的手被刀切着的那一次，顾堇修替我买回了创可贴；我想起他为我揉脚，想起他说过要保全我的幸福……

顾堇修一直在默默地守望着我，像我守望沈青禾一样。

我们，为什么总是走在岔路口呢？

然后，夏小淼又做了一件疯狂的事。

她告诉我她有好些天找不到顾堇修了，他没有去踢球，也没有去酒吧，更没有回家。她甚至去找沈青禾问过了，他说他也联系不上他，家里人都在找他。

听到夏小淼提沈青禾的名字，我的心，骤然地紧了一下。

沈青禾，他的名字是我心里的伤口，一碰就疼。

因为担心顾堇修，我答应和夏小淼一起去找他。夏小淼还告诉我，本来家里人要把他转到外地上学的，但他死活不答应，这一次他爸气得够戗。

我们在翠微公园的椅子上看到了顾堇修，他蜷缩着躺在椅子上，身上盖着报纸。帽子盖住了脸，像个流浪汉，夏小淼一过去，就抱住他哭了。

她一边骂一边捶打他，泼辣极了。

难道这几天，他就一直待在这里？我的心里有些愧疚，是因为我吗？是因为我他才这样颓废？是因为我他才这样消沉？看着哭闹的夏小淼，我叹了一口气，转身想离开。

顾堇修，我要做你的女朋友！夏小淼突然大声地说。

我猛然地停了下来，回过身去，正好迎上了顾堇修的眼神。

你答应不？你答不答应？夏小淼站起来，问道。

顾堇修，你要不答应我就死在你面前！夏小淼说着，就从口袋里拿出一把明晃晃的小刀比在手腕处。

我惊呼，夏小淼！

她退了一步，别过来！今天我就要一个答案！

她的眼里都是决然，我终于明白，夏小淼有多爱顾堇修了，爱到了没有自己，爱到了不留余地，爱到了粉身碎骨。

好，我答应你。顾堇修回答。

夏小淼手里的刀就颤着跌到了地上，发出很响的一声。然后她扑到了他的怀里，痛哭失声。我知道，夏小淼的心里，也和我一样，惊心动魄。

但，他们终于在一起了。

终于。

她用她的决心做到了。

风中，梧桐叶打着旋地落下，我的心口被撕拉得生疼。我在想，沈青禾，沈青禾该怎么办？

他的爱情又该何去何从呢？喜欢的女孩成了弟弟的女朋友，他在面对的时候是一种怎样尴尬与纠葛的心情？是不是，每一份感情，都付带着伤害？

是不是，我们长大的另一个代价，是要举着利器去伤害别人。

我茫然地走着，眼里，有什么，一滴，一滴，落到了无边的暗夜里，悄无声息。

【第三章】

散乱的时光，是凉薄的凉

1．和夏小淼的第一次吵架

2．爱情藏着魔力，我们都被诅咒

3．两个人的生日

4．林夕颜你是第一个拒绝我的人

5．夏小淼手心里的玻璃碎片

1. 和夏小淼的第一次吵架

没想到顾堇修转校，是转到我们这所普通高中。

而夏小淼整个人都像开花一样，活色生香。走到哪里，她都和他一起。他们两个人都那么美，那么妥帖，很般配。

夏小淼说，她觉得她的人生是从认识顾堇修才开始的。

她的眉眼一直在笑，沉浸在幸福和甜蜜里。

顾堇修的几个朋友也转了校过来，几个美少年同时出现的时候，总会吸引大片的目光。

我依然是我，没有任何改变。

衬衣，牛仔裤，手插到口袋里埋着头走路。平凡普通，小心翼翼，一融到人群里就被淹没的那种。

我没有再吃木瓜，灰了心，身体再发育又能怎样，沈青禾的眼里没有我。

我报了漫画班认真地学画画。以前是喜欢，但父母觉得画画对我这样没有天赋的孩子来说是走不通的，只是当做爱好还不错。但已经高二了，一些成绩提高无望的同学开始想办法走特长生这条路。

我也决定学画画。高二才开始学，是有点晚。但我已经决定不再走他们为我安排的路，我想按照自己的想法走下去。

也许是为了补偿我，爸爸妈妈总是给我更多的钱。我花他们的钱，给夏小淼买裙子，看她打扮得妖娆动人，欢喜无比，我也觉得快乐。

至少这些钱，会让一个人开心，就行了。

我的漫画老师对我要求也不高，他说，林夕颜，你再加把劲，是很有希望考上大学的。

我凄凄地笑了笑。

开始在暗地里用更多的时间画画，我知道我没有天赋，那么我要更努力。

我有时候会在学校里遇到顾堇修，我想浅淡地打个招呼，但一看到他冷冰冰的脸，就打住了。我转过身去，远远地走开。

夏小淼塞了一张字条给我，是陆凯给我的。

约我去看电影。

夏小淼很兴奋，好像我有了归属，她就了了心愿一样。

去嘛，去嘛，陆凯人不错，和顾堇修又是好朋友，以后我们两对可以一起举行婚礼，多浪漫。

我一直觉得夏小淼是死心眼，但我现在觉得她的死心眼真好。

一辈子就喜欢一个人，一辈子就想和一个人在一起。多好。

我去看了电影，也许知道喜欢一个不喜欢自己的人是多疼的事，我希望对陆凯的伤害能减到最低。

一场电影，放的是什么，我始终不记得。

散场的时候，陆凯忍俊不禁地望着我笑，他说，林夕颜，你真是一个特别的女孩，我就喜欢你的淡然，你的安静，这么恐怖的恐怖片你都没有反应……我还以为我可以借这个机会抱抱你呢！

我也笑了，其实是没看明白。

当我们正说着的时候，夏小淼突然拍了拍我的肩膀，跳到我面前。

我看见，她身边的顾堇修了。

夏小淼笑，他说你不会出现的，他错了，林夕颜，你们发展得很快呢！

我有些尴尬，不是夏小淼说的那样。

顾堇修拉着夏小淼的手说，我们也看电影去。

他们走后，陆凯送我回家。

翠微街的夜，冷冷清清，空空寂寂，一如我的内心。

突然而来的雨，淅淅沥沥地落了下来。

快跑，陆凯握着我的手，开始在雨里奔跑。我的头发湿了，衣服湿了，跑到家门口时，已经有些喘。

开门，让他等一下，我拿伞给他。

他突然望着我怔了怔，没头没脑地说，林夕颜，其实你身材很好。

我顺着他的目光落在了我的胸口，被雨水湿透的衣服贴在身上，显现出了曲线。我的心里，就被震出了许多的眼泪。

是夏天，是夏天的时候，我还那么的期望自己能丰满起来，自己能早早地发育。我现在终于发育了，可是，可是，一切都不一样了。

沈青禾喜欢的人是夏小淼。他的目光从来就没有落到我身上，从来就没有。

陆凯离开后，我站在夏天朝颜开花的墙角边，哭泣。

像是哀悼那些过往的时光，那些带着疼痛的十六岁，在夏天最后的阳光里，盛开，飘摇。

我是看着顾堇修从墙上跳下来的。

他走过来，站到我的面前，他的声音很冷，他说，林夕颜，为什么和陆凯约会？不是喜欢沈青禾吗？难道你是这样随便的一个人，即使不喜欢也可以在一起？那为什么我不行？为什么我就不行？

我看见，他眼中泪水碎裂。

雨水湿了他的头发，一绺一绺的贴在额上，很狼狈。

顾堇修。我难过地说不出话来。我想起了夏小淼，想起我最好的朋友把刀比在手腕处视死如归的眼神，她那么爱他，他为什么还要辜负她？

我……我不喜欢你！我凛冽着说。我不想再这样拖拖拉拉了，不想让我和他之间有什么误会，更不想再这样下去，伤害到我最好的朋友。

还是说清楚的好。

那天夜里，我梦见了顾堇修。梦见了他眼里细碎的泪，梦见了他怆然离开的背影。我的手心开始凉，很凉。

为什么没有爱情可以圆满？

我终于也和陆凯说清楚了，我说我只想和他做朋友，最普通最普通的那种。他无谓地笑了笑，说没关系。

夏小淼跑来问我，为什么拒绝陆凯。

不是很好吗？我们都恋爱。她说。

可是我不喜欢他，不想恋爱。我转过身去，有些生气，难道在夏小淼眼里，只要有人喜欢我，我就该和他在一起吗？我就这么差劣？

懒得管你！夏小淼也生了气。

我们谁也不想理谁，第一次冷战了起来。

她不再来找我，经过我座位的时候也假装没有看见。我听见她高声地和别人说笑，看见她挽着别人的手从我面前经过。体育课上，她也不再拖着我的手跑八百米。我把自己缩到壳里，与全世界隔离开来。

有时候顾堇修会走到我们教室的玻璃窗前，然后夏小淼就把椅子往后面一退，自顾自地跑出教室，迎了出去。

我背着长长地书包，拖着脚步回家。有时候，我也去沈青禾的学校，站在街的这边，远远地看着他，看他从人流里出来。他穿着单薄的白衣，清风秀骨，让我沉醉。

只是看看他，我的内心，好像就被充盈了，丰满了。只是看着他，好像心里的渴望就有所缓解，是明白了，我想念他，即使我们可以常常见面，但我想念他。

在行走的时候，吃饭的时候，睡觉的时候，或者是看天的时候，我都这样，那样地想念着他，想念他琥珀色的眼睛，还有唇边的笑容。

2．爱情藏着魔力，我们都被诅咒

爸爸来找我，说我有了个弟弟，问要不要去看。

他就站在家门口，连门都没有进。只是对我说了这句，我摇头，说不了。他就走了。

我觉得自己成了一个孤儿，被全世界都抛弃了。

天很高，云很厚，空气那么浓，可我却没有一点的归属感。只有薄凉的心情在身体里抽来抽去的，疼。

我一个人跑去喝酒，我对老板说我要一打的啤酒。我的心里充满了怨恨，啤酒灌下去的时候，心如刀绞。

老板看我哭得厉害，过来劝我不要喝了。我努力地笑，努力地笑，我想连一个餐馆老板都来关心我，为什么爸爸妈妈就不能多给我一些关心呢？他们为什么要分开？为什么要对我撒谎？为什么生下我又要遗弃我？

在醉眼蒙眬的时候，我好像看见了沈青禾。

在街的对面，我笑了起来，是因为想念所以出现幻觉了吧。我跌跌撞撞地走出餐馆，我把手卷起来放在嘴边，大声地喊，沈青禾，沈青禾……

他看到我了，他竟然看到了我。我冲他挥手，拼命地笑，然后喉咙里一阵难受，我俯身下去，在街边嗷嗷地呕吐。

再醒来，我在一个人的背上。

我的身体挣扎了一下。

别动，快到家了。

我的眼泪瞬间迸出。是沈青禾，竟然是沈青禾的声音。我使劲咬了咬嘴唇，生疼。我没有做梦，也没有出现幻觉，是沈青禾。

小孩子喝那么多酒干吗？他问。

我的手轻轻地握了起来，揽住了他的颈项。有香草的气息缭绕，我闭上眼睛，呼吸，深呼吸，好像要把这样香甜的味道都统统地吸进肺里。

巨大的幸福感，让我恍惚。

我想起夏小淼来了，认识顾堇修后，她都抽一种叫“520”的香烟，香嘴里有红色的桃心，她在香烟上写上顾堇修的名字，她说肺是离心脏最近的地方，把他的名字吸进去，就离心脏近了。

而现在的我，想把关于沈青禾的气息一丝不剩地吸到肺里。

沈青禾。我轻轻地喊他。

嗯。

沈青禾。

什么？

沈青禾。

干吗？

我就笑了，他也笑了。

当我呼喊他的名字时，终于有了回音。很多的夜里，我只能如冤魂一样，在黑暗里一遍一遍呼唤他的名字。

有风过，清冷的星光下，我们的影子被拉得很长，很长。

只希望这就是永远。在他的背上，一直走，一直走。

天荒地老。

就这样，天荒地老。

可是，只是很短的距离，我就到家了。

他站在门口向我道别，我一直目送着他的背影。痴痴地看着他，舍不得离开。

然后他转过身，笑了，他说，以后别喝酒了，如果非要喝，我可以陪。

我的心，哗啦哗啦飞了起来。

那天夜里，我睡得前所未有的好。

我把所有的课本都搬出来堆在书桌上，我心里有了目标。我想要考大学，更好的大学。我知道，沈青禾那样的成绩不是清华就是北大，而我，至少也要考去北京，离他的距离要近，更近一些。

我要把自己当做一个斗士，即使不能得到爱情，但我要为我的爱情努力。即使到最后，攻下的也是一座空城，至少我用力了。

我把所有的时间都用在看书和画画上。我总是最晚一个离开学校，我在画室里，不停地练习，集中线、速度线、网格线……在那些或粗或细，或明或暗的线条里，我慢慢地沉淀了心情。

当我累的时候，我会去沈青禾的学校。

看他一眼，只是远远地看看他，我的内心就鼓满了勇气。

他像是我的电源，我需要这样的鼓励。

夏小淼跑到画室来找我，她说，顾堇修的生日，希望我去。

她拖着我的胳膊，撒娇，林夕颜，我们和好吧！

那天晚上夏小淼来我家住，她把腿放在我的腿上，手臂横搭在我的胸口。她说，林夕颜，我都迫不及待地想要毕业，这样就可以结婚了。

不过才十七岁的夏小淼已经想要结婚了，想要做顾堇修的小妻子。

她呵呵地笑，我想每晚都腻在顾堇修的怀里入睡，想早上为他做早餐打领带，他出门的时候，亲亲他，然后说，老公，路上小心。

我看窗外，浓浓的黑夜。

他外遇了呢？我问。

他不会外遇……林夕颜，别把所有男人想得都和你爸一样……

我的心里被震了一下，夏小淼也觉得她的话有些过分。

对不起，我不是故意的。

顾堇修不会外遇，他只喜欢夏小淼一个人。我说，努力掩饰内心受伤的感觉。

林夕颜，我们同一天结婚好吗？穿一样的婚纱，在同一家教堂……好不好。

她的心里满满的都是希望。

我从来不知道叛逆，高傲的夏小淼喜欢一个人的时候，会这样的奋不顾身。

爱情藏着魔力。

我们都被诅咒。

3. 两个人的生日

我想顾堇修的生日，应该也是沈青禾的生日。我要送他一份礼物，想来挑去，我准备送他一株含羞草，好像我欲说还休的心事。

也许，当他低下头的时候，会看见一株草的美好。

送顾堇修的礼物，是我画的一幅画。只是景，夏天的景，淡蓝色的天，翠微街繁盛的梧桐树，一条长而深的街。

我没有裱起来，用彩带卷着打了个蝴蝶结。

我已经听夏小淼说过了，他们在酒吧订了一个包间过生日，沈青禾也会去。

夏小淼穿了蓝色条纹格子的百褶裙，一双羊皮圆头小皮靴，头发松松垮垮地扎向一侧，别了一朵蝴蝶的发卡。看上去很美，很可爱。

她在房间了坐立不安，哼歌，照镜子，打理头发，然后一遍一遍地问我，好看吗?

我选了一件中长米色的风衣，夏小淼一把拉了过去，林夕颜，干吗打扮那么素？今天我也要帮你打扮打扮。

她不由分说地把我按在镜子前，打散我的头发，梳理起来。

因为我坚持不穿裙子，她选了一件白色高领的毛衣给我配牛仔裤。为我抹唇彩的时候，我想起了我和沈青禾的遇见了。我的唇彩蹭到了他的胸口，与其说是我遇到了爱情了，不如说我被爱情遇到了。

就那样，遇见了。

我和夏小淼到的时候，酒吧包厢里已经有了很多人。沈青禾也在，穿着一件黑色的中长风衣，我有些懊恼，为什么没有坚持穿那件风衣来。

而他的眼睛始终没有离开夏小淼，百般纠葛，掩饰不住。夏小淼却全然没有注意，她奔到顾堇修的身边，一把抱住他，在他脸上“吧嗒”地亲了一口，生日快乐。

沈青禾垂下眼去，我穿过人群挤到他面前，送上我的礼物。

生日快乐。我说。

我的眼睛一直看着他，他努力地笑了笑，很勉强。

夏小淼，你还没有对沈青禾说生日快乐！在夏小淼像蝴蝶一样满场飞的时候，我拉过她，轻声地说。

她恍然大悟，拿起一瓶啤酒挪开几个膝盖走到最里面，对着沈青禾说，生日快乐。

他暗淡的眼神亮了亮。

我仰起头来，狠狠地灌下去一大口啤酒。

很吵，很闹。

跳舞，喧哗，说笑，我隐在角落里，就被埋在了阴影里。

突然灯灭了，有人推了蛋糕进来。烛光摇曳，掌声哗啦地响了起来。

沈青禾和顾堇修被推到了蛋糕面前，他们相视地笑了笑。

许愿，许愿。

大家拍着手欢呼，沈青禾和顾堇修轻轻地闭上了眼睛。

准备吹蜡烛的时候，夏小淼挥了挥手，大声笑着，停一停，停一停，我还要送礼物。

正说着，她用手钩住顾堇修的颈项，踮起脚来，在尖叫声里，吻住了顾堇修。

我看到，沈青禾瞬间苍白的脸。

看见他眼里，汹涌的悲伤。

而我的内心，也被汹涌的悲伤，溺住了。

我和沈青禾，站在这么近的距离，却隔着那么长的一段。我的目光，紧紧地追随着他，而他，却只看到夏小淼。

夏小淼的举动点燃了全场，大家都火暴地拍手，尖叫声，口哨声，喝彩声，把我推来搡去，很茫然。

沈青禾，为什么你喜欢的人是夏小淼？为什么偏偏是她？

她的心里，眼里只有顾堇修。而我的心里，眼里只有你。爱一个人的时候，所有的其他人都不存在了，都只是背景了，我们只看到那个人，那个我们喜欢的人。

我悄悄地退了出来，在空寂的大街上，想透一透气。

然后，沈青禾也出来了。他手里空空地，他把我送的礼物丢在了房间里，那是我精心挑选的含羞草，每一片叶子我都用手轻轻地擦拭过。

刚才的那一幕让他很受伤，完全无心再待下去吧。

我明白，是的，我也是。

我觉得夏小淼太过残忍了，明明知道沈青禾喜欢她，为什么还要当着他的面做这样的事呢？我找不到话来安慰沈青禾。

我们只是安静地走，静静地走。

他在我的身边，却遥不可及。

我们在翠微街路口道别，我一直看着他的背影，他的背影很哀伤，我喊住他，我说沈青禾。

他缓缓地转过身来。

生日快乐！我朝他挥手。

他也挥挥手，浅浅地笑了笑。

我无力地站在街口，垂下了身体。

夜里睡不着，我伏在书桌上，百无聊赖地画画。我的眼前一直闪现出沈青禾受伤的眼睛，在我的心里，那么疼。

门铃响了起来。我想是夏小淼来了。

拉开门来，是顾堇修。

他手撑着墙，眼睛直勾勾地盯着前方。我随手想关门，他伸出一只脚抵住了。

你还没有跟我说生日快乐。他倔犟地说。

生日快乐。

不行。这样不行。

那要怎样？我看着他。

他突然伸出手来，一把揽过我。我用手抵住他的胸口，想要推开。

别动，就一会儿，就一会儿就好。他的声音那么虚弱，我的手轻轻地松弛了下来。

这根本不是我所认识的那个顾堇修，我认识的顾堇修冷漠、冰凉、不可一世、无所顾忌……可是现在，这样脆弱的顾堇修，让我的心软了。

我们就那样，在月光下，静静地拥抱。

半晌，他松开了我。

凄然地笑了笑，谢谢，这是我想要的生日礼物，谢谢你送给我。

夏小淼……我很困顿地说，夏小淼，好好地对她，不要让她受伤。

可是，我受伤了，林夕颜，我受伤了！我和沈青禾是同胞兄弟，为什么你可以喜欢他，却不是我？

夏小淼……我努力地用夏小淼去抵挡他。

他已经有夏小淼了，他不能残忍。

而我的心里，只有沈青禾，完完全全地只有他。

他的声音哽咽住了，有泪水涌了出来。我抬起手，接住那一滴泪。

它在我的掌心灼烧一片，喉咙里有辛酸，汩汩地被咽下。

对不起，顾堇修，对不起。

我们都踏入了一片荆棘地，爱的荆棘地，让我们疼，让我们痛，却又无能为力。

4. 林夕颜你是第一个拒绝我的人

秋天结束的时候，我去了妈妈家。她和爸爸偶尔会回来看看我，帮我收拾，或者整理，然后给我很多的钱。他们坐在沙发上，很公式地说一些叮嘱的话，我安静地听着，以这样的方式对抗着他们。

他们本来想给我请一个阿姨照顾我，也好给我做做伴，但我拒绝了。我觉得一个人住，也挺好。

很自由，虽然这样的自由更多的是无奈。

我幼稚地以为，我可以用我的孤独来惩罚他们。

我也没有想过去爸爸家住或者去妈妈家住，和陌生人待在一起我感到更加别扭，好在，他们再也不用拿“出差”来忽悠我了，不用带着行李在我面前做戏。

我的胆子越来越大，一个人在家，竟然从来也不怕。只是半夜里去厨房拿水，下楼，穿过客厅的时候，空洞的寂寞会让我的身体发紧。

很迷茫的无助在那个时候，清晰地印了出来。

起风了，下雨了，打雷了。

我一个人，还是一个人。关窗，收衣，睡觉。

清清冷冷，空空寂寂。

夏小淼却很羡慕我一个人住，她太想和她妈分开住了。她说她们上辈子一定是仇人吧，这一辈子怎么也解不开，吵吵闹闹，彼此都不顺眼。

妈妈的丈夫是个发福的男人，穿质地良好的西装，他坐在沙发上透过镜片看着我。

我也看着他，到底没有喊出口。

我们没有敌意，相处很客套，生疏。

妈妈说，夕颜，这一学期毕业我们就安排你出国。先在国外上一年语言学校，再上大学。

我不会出国。我面无表情地看着她。

我要在这里考大学。

可是这里的大学，你考不上更好的，普通的学校也没有意思。妈妈无法理解地看着我。她不知道，我的成绩已经在上升了，虽然很缓慢地升，可我还有时间，我会凭着自己的努力考上一所理想的大学。

我想要和沈青禾一起。

当我优秀时，出众时，也许时间过去，几年过去，他终于能看到我，透过夏小淼的身影看到我的存在。看到我卑微的喜欢，看到我低到尘埃里的暗恋。

暮色四合。

我晃荡着回家，然后看见坐在矮墙上的夏小淼，晃荡着双脚，抽着烟。她的头发有些乱，脸上有清晰的巴掌印。

等你半天了。看见我，她跳下来，拍拍裙子上的灰土。

你们又吵架了？她妈每次打她，她都是这样的表情，倔犟而无谓，一副“不过如此”的表情。

她没有回答我，挽着我的胳膊说，饿了，吃饭去吧。

我们坐在破烂的街边小摊上吃酸辣粉，夏小淼使劲地加着辣椒，即使辣得呼呼喘气，也嚷着，怎么不辣，一点也不辣。

她大口大口地吃着粉，然后眼泪一滴一滴地落了下来，落在面前的红油碗里。

你怎么了？我说。

没事。她挤出一个比哭还难看的笑容。

我不再追问，我知道她不想说，怎么问也不会说的。

夏小淼一连几天都没有回家。看来这一次她和她妈吵得很严重。

不过她们总是这样，吵闹了几天后，就散了气。

而我和我妈呢？我们客气生疏地不像母女，这样的距离让我无所适从，很压抑。

夏小淼还是会拖着我去看顾堇修踢球，因为想看看沈青禾所以我总是不做多少犹豫就答应了。可是沈青禾再也没有出现在球场上，我猜测他是避免见到夏小淼吧。

见到了又怎样，徒添伤心。

而我，却还是不知死活的，一心想见到他。

是傻，是痴，是一条没有回头路的路。

我坐在看台上看顾堇修他们踢球，会顺便拿出速写本来画画。夏小淼说我画得像模像样了，也许没准以后真能成大气。我就笑了，我不要成多大的气，我只希望能够引起一个人的注意，就好了。

夏小淼说她要和顾堇修考同一所大学，学一样的专业，这一辈子都要黏着他，赖着他。

说的时候，眼里都是憧憬。

而我所憧憬的未来呢？不知道会不会实现。

陆凯有了女朋友，心无芥蒂地和我聊天。他说林夕颜你知道吗，你是第一个拒绝我的人。别人都叫我“快八秒”，为什么呢？因为我盯着一个女生看上八秒钟，她就会喜欢上我。可是我怎么向你放电你也没有反应，真是伤自尊。

他笑，我也笑。

草长莺飞的季节，我们的青春里，留下了一排排或深或浅的印记。

记得，忘记，都是过往了。

可是我们内心的疼痛呢？能够在一场大雪后，就平静掩埋吗？

顾堇修又恢复了之前的冷，他的眼神冰凉，深邃。

坏脾气还是一触即发。

和别人踢球，身体冲撞得厉害了，就会打起架来。不是打人，就是被打，几个人男孩飞扬跋扈，桀骜不驯，像地道的痞子。

夏小淼的书包里除了课本就是纱布和创可贴。

她抿着嘴笑，他就那犟脾气。

看来，她喜欢他的犟脾气。喜欢他一天到晚地惹是生非，不让人省心。

夏小淼还去报了班，学跆拳道。她说，这样就可以在顾堇修打架的时候，用更多的力气了。

我想，她这样的痴情，连我都感动了，顾堇修是一定不能辜负她了。

学跆拳道很苦，夏小淼的身上总是青一块紫一块。我给她贴膏药，看她疼得嗷嗷直叫，走路一瘸一拐的，可是看到顾堇修的时候，她就挺直了腰板，走得稳稳的，没事，她笑，烟波浩渺。

我觉得，她简直着魔了。

被下了很厉害的降头，所以才完全看不见自己。

我对她说，夏小淼，你不能因为爱他而不爱自己。

她偏着头看我，摊开手来，无奈地说，林夕颜，我控制不了，我只想拼命地对他好，我总是害怕他会走。

我就沉默了。

爱情是这样的吧，不断地付出，再付出，不求回报。也许这样的痴迷也正是爱情的魅力，让我们看不到自己了。

还有，顾堇修买了一辆摩托车。他成了学校里唯一骑摩托车上学的学生。

夏小淼坐在上面，环抱着他的腰时，幸福得一塌糊涂。

好拉风呀。夏小淼说。

他怎么可以那么帅……可是林夕颜，我真的没有安全感，如果夏堇修不要我了，我会活不了的。

一向自信满满，不可一世的夏小淼说她没有安全感。她很害怕失去，因为太爱，所以害怕一个转身，所有的幸福就幻灭了。

如泡沫一样散在空中。

遍寻不得。

而我，我却还在默默地看着沈青禾，希望有一天，他能看见我。

会有那一天吗?

顾堇修又惹了是非。夏小淼说，他们放学的路上，超了一辆摩托车，那辆摩托车不服气，两辆车就那样拼了起来。后来就约了，在一条盘山公路上举行比赛。

听说，那些人是职业赛车手，夏小淼很担心地说。

5．夏小淼手心里的玻璃碎片

他们比赛的那天，我也去了。

夏小淼说她害怕，可是她不想阻止他。不想阻止他做任何的事。

夏小淼穿着长到膝盖的体恤，破了洞的牛仔裤，抹着堇色眼影墨绿色口红，很大力地嚼着口香糖。她说，这样的飞才能在气势上压倒对方，不能被看穿了是学生。

顾堇修穿着一身黑色的紧身皮衣，经过我们身边的时候，他看了我一眼，我们的目光碰在了一起，我努力地笑了笑，小心。

他轻轻地点了点头，很酷地骑上了摩托车。

夏小淼一直在我旁边嚼口香糖，掐着我的手，紧张得不行。

规则是这样，从盘山公路上来回一圈，谁先到，谁就赢了。他们的赌注是，谁输了，谁就向对方下跪。

我见到那个赛车手了，留着有些长的头发，眼神很自信，车子一看装备就比顾堇修的好，他轻蔑地朝顾堇修吹了声口哨，把手里的烟头向空中一弹。

他说，小子，这次我不会让你的。

他的眼里有一种绝杀的狠劲，风过电驰，在摩托车的轰鸣声里，他们一起冲了出去。

孔雀蓝的天，没有一朵云。所有人的呼吸都屏住了，空气里弥漫着紧张，快速的气息。夏小淼也忘记了嚼她的口香糖，只是把头靠在我的肩膀上，微微闭上了眼。

两辆摩托车已经驶出了视线很久，是很漫长的一段时间后，终于又听到了摩托车越来越近的声音。

我看清楚了，是那个人的摩托车先出现。

我的手心，汗津津地湿了一片。

我在想，如果让顾堇修在众人面前下跪，还不如直接杀了他。那样好面子，还耍酷的他，怎能接受这样的屈辱。

然后我看见了，顾堇修的摩托车从后面冲了上来，紧随其后，在最后接近终点的时候，他和他几乎同时“甩”了过去。

陆凯先喊了出来，是顾堇修，顾堇修赢了！

然后人群里开始欢呼，尖叫声，欢呼声，摩托车的轰鸣声，有人把外套向空中抛了过去，然后是鞋子，是很多乱七八糟的的东西在空中喧嚣成了一片。

夏小淼的眼里噙满了泪水，她奔跑了过去，不管不顾地跳起来，搂住顾堇修就吻了下去。

她从来就是这样狂野不羁，这样酣畅淋漓的反叛。

我又想到了自己，想到自己优柔寡断的性格，想到自己裹足不前的感情。如果我也能一路奔跑，张扬而霸道地搂住沈青禾，那一定是林夕颜疯了。

我知道。我从来就做不到。

不过，顾堇修赢了，我的心里松了口气。其实也是那么的紧张和担心，但到底他还是赢了。

输了的那个人，取下头盔，走到顾堇修的面前。

在一片大喊“下跪”“下跪”声里，他迟疑了一下，但还是低着头，弯曲了膝盖。顾堇修用手托了起来，只是玩玩，不必当真。

那一刻，我觉得顾堇修还是有些人情的，再怎样冷酷和漠然，再怎样嚣张和叛逆，但他却还是有着自己的底线。

那个人愣了愣，说，我记住你了。顾堇修的胜利，让夏小淼乐得不知所措。一直在顾堇修面前嘻嘻哈哈，疯疯癫癫。他们的庆祝，我也去了。

摆了一桌子的酒，夏小淼喝得很干脆，和每一个人划拳，拼酒，笑得很开心。

这样快乐的夏小淼，也感染了我。

喝到后面，夏小淼有些醉，她跌跌撞撞地出门，我赶紧跟了出去。是在门口的时候，愣住了。

在灯光流离，音乐轰鸣的过道上，顾堇修正搂着一个女孩，她一只手吊着他的颈项，另一只手把玩着他的衣领，她的目光软软地缠着他。

夏小淼颓然地坐到了地上。

我过去扶住她，我说，夏小淼，你还好吧。

她不答理我，只是眼里空茫一片。

她眼里的绝望吓住了我。

我气急，冲到顾堇修面前，用很大的力气分开正在纠缠的他们，我抬起手来挥过去，但这一次，顾堇修稳稳地接住了我的手，他的眼里是一贯的冷漠，他死死地盯着我，林夕颜，你凭什么管我？我只允许你打我一次，以后，休想！

这样冷酷的顾堇修，这样无情的顾堇修，我恨不得跳起来，撕烂他英俊的脸。凭着这样一张脸他伤了多少女孩的心？玩弄别人的感情真的很有成就感吗？看着她们为他争风吃醋，看着她们为他斗得你死我活，他却不动声色地旁观。

也许，那些对我所说的喜欢，也不过是想要得到一种手段。他是没有心的，没有感情的。他怎么可能懂得怎样去喜欢一个人，怎样去尊重一个喜欢他的人呢？

心里对他所有的愧疚都烟消云散，我甚至还担心他会因为比赛出事，真是可笑。

然后，在我和顾堇修还没有来得及反应的瞬间，听到了一声惨叫。

是刚刚还和顾堇修缠绵的女孩，她尖叫着捂着脸，恐怖地看着夏小淼。血从她的手指缝隙里涌了出来。

夏小淼的手里，有一把明晃晃的小刀。

顾堇修大吼一声，使劲推了一把夏小淼，她退了几步，踉跄地摔到了地上。

你疯了!

夏小淼的脸上，露出惨淡的笑容。

一切都混乱开来，有人喊“杀人了”，奔跑声，酒瓶碎裂声，碰撞声。

兵荒马乱。

溃不成军。

我坐在夏小淼的身边，轻轻地，轻轻地抱住了她。

整个世界忽明忽暗，像一场被剪接得混乱的电影，快进，倒退，停滞，然后糊成了一团白点。

有眼泪从夏小淼的眼里，一滴一滴地滴了下来。

悲凉，荒凉，苍凉。

夏小淼一字一字地说，林夕颜，我杀人了。

前一秒，还在幸福的云端，下一秒就跌落到了深渊。

也许有些爱情，在入口的时候，就是下到了地狱。但即使知道是地狱，知道是万劫不复，但还是会有人跳了下去，以飞蛾扑火的决心跳下去。

深渊，又怎样。

地狱，又怎样。

只要爱，只想要，爱。

【第四章】

因为爱你，我们变得不爱自己

1. 夏小淼暂时离开
2. 十七岁无法承受的压力
3. 照顾生病的顾董修
4. 就当是代替夏小淼吧
5. 命运是一双翻云覆雨的手

1. 夏小淼暂时离开

很长的一段时间里，我都很恍惚。我那么的希望那天晚上的事故只是一页纸张，翻过，就过了。但我的身边是空空荡荡的，没有夏小淼的唧唧喳喳，是那么不习惯。好几次，当我低头说话好半天没人应时，我才想起来，夏小淼已经去了另一个地方。我的心里，忧伤丝丝缕缕的被牵扯出来。很疼。

夏小淼用小刀划伤了那个女孩的脸，因为故意伤人罪被少管所收押判了一年零三个月。

她的事在学校里闹得沸沸扬扬，不过是他们茶余饭后的谈资，但夏小淼的人生，却出了轨道。

开庭的时候，我去了，夏小淼的头发剪短了，穿着蓝色的宽松衣服。她看到我的时候，眼神停留了一下，然后目光顺着大厅找寻了一圈。

我顺着他的目光看了过去，是顾堇修，他也来了，在最后一排的角落里。

她咧着嘴冲他笑了笑，即使这样的狼狈，但我始终认为，夏小淼是好看的。

夏小淼的妈妈一直在哭，伤心欲绝地抹着眼泪。我坐在她的身边，扶住她的肩膀。她们再怎样吵闹，也是血脉相连的亲人。

夏小淼出事后，我去过她家。她妈妈一直在收拾她的衣服，一床都是，她的目光散乱，眼睛浮肿，她拼命地骂，这个死女子，这个死丫头，这个不要脸的娃……

她把衣服折起来，再扔开，再折，再扔。

然后拿过她的衣服捂住脸哭了起来。

我也哭了，夏小淼，你再怎样叛逆，也不要这样呀！

顾堇修也好些日子没来上学。校园里一下清净了许多，只是望向夏小淼的空空的座位时，我的难过就不可抑制。

老师专门上了一堂道德课，用夏小淼的亲身经历来告诫大家，她说，大家不要向她学，自毁前程……

我终于忍不住，哗啦地推开椅子，站起来，在满堂瞠目里大步地走出校园。老师在我的身后气急败坏，林夕颜，你给我回来！

我没有回头，因为我已经泪流满面！

夏小淼，夏小淼的人生，该怎样继续？我设想过很多次我们的青春，但没有想过会是这样的狰狞，会是这样的崎岖。

而没有夏小淼在我身边，没有她在我身边，吵闹，喧嚣，飞扬跋扈，我更加的寂寞了。

当法官宣判是一年零三个月后，顾堇修走到了夏小淼的面前。

他站在她的面前，抬起手掴了一个响亮的耳光。我尖叫着去拽顾堇修，他怎么能这样，现在他怎么还舍得打她？若不是因为他，若不是他，她不会走到这样的境地！

她的脸上立即出现了红印子，可是她笑了，她笑着说，顾堇修，不许再交女朋友！我还会划破她的脸！

他们旋即被拉开，我看见他眼里的泪了，碎裂着，横飞四溅。

我们的青春，这样惨烈的青春，在一片阴影里，黯然，憔悴。

我在家门口，遇到了沈青禾。今天的宣判结果他应该是知道了。

他穿着一件灰色的毛麻风衣，立在风中，眼神是比潭水还深的忧伤。我朝他走过去，努力地想笑一笑，但我却流出了眼泪。

他说，林夕颜，我可以坐到上面去吗？

他用手指了指矮墙。

我点头。

我们坐在初冬的天气里，阳光打在我们的身上，没有一点的温度。

夏天的时候，夏小淼就坐在这里。沈青禾缓缓地说，她就坐在这里，裙摆垂下来，遮住了她的脚踝，她的眼神像白鸽子一样的纯净，她的笑容又那么张扬，蔷薇花盛开得那么艳，美极了。

他的眼神，很柔软，嘴角有一抹淡淡的笑容。

林夕颜，你知道吗？那一刻我觉得她就像一颗流弹，不经意却精确无比地击中了我的心脏。

我的头垂了下去，听他说对夏小淼的暗恋，我的身体好像被风撕开，有连根的疼。

夏天的时候，我也坐在这里，和夏小淼一起坐在矮墙上，可是那个时候，在沈青禾的眼里，夏小淼的身边是一片空白，是没有我的存在。他只注意到了她，他的世界只有她！

原来，他们的认识，比夏小淼想的还要早。

我从来没有见过那样桀骜张扬的女孩，我被镇住了。真的，林夕颜，那个时候开始，我羡慕顾堇修，羡慕他的叛逆，无所顾忌，他总能吸引女孩的注意，而夏小淼拿着性命来爱他。我有时候甚至希望顾堇修不是我的弟弟，那样我可以和他争一争，斗一斗，但是他是我的弟弟，而她心里也只有他，我就隐忍了下来。沈青禾的声音微微地颤着，虽然他竭力地让自己在面上不动声色，但我知道他的内心有怎样的风过。

他转过身来看我，林夕颜，我不知道为什么对你说这些……只是觉得，你是值得信任的朋友，你安静，你和她那么的不同，可我看到你的时候，总是会寻找着她的影子。

我知道，我全部知道的，因为我也一样，在看见顾堇修的时候，也不由自主地寻找着他的影子。

我们都是静默的树洞，把喜欢藏了起来。

可是我都懂，懂是怎样的心痛和无可奈何。

我和顾堇修打了一架。沈青禾轻轻地说，我觉得他太过分了，他从来没有真心对待一个女孩，以前他怎样过分我都可以视而不见，可是这一次，我无法原谅他。为什么不珍惜夏小淼，为什么要伤害她……他是一个傻瓜！他不知道夏小淼有多重要！

我的泪水快要决堤了。

沈青禾，为什么你就不能看看你身边的我呢？夏小淼那么重要，而我呢？

默默喜欢着他的我呢？

我的胸口变成一口黑洞，无边地沉。

我的指甲掐进了我的掌心里，这样我才能在面上让自己不动声色听着他谈论夏小淼，谈论他对她如何的喜欢，还有，她如何地重要。

他离开后，我还在矮墙上坐了好一会儿。

我听见他说，林夕颜，你是一个很好的朋友。

他说，林夕颜，下次我们一起去看看夏小淼。

他说，林夕颜，我喜欢和你聊天。

聊天，只是聊天。他喜欢的只是一个如我一样安静听他说话的人，只是一个树洞，把他的心情放进来。

可是，这又有什么关系呢？我愿意做沈青禾的树洞。

《情颠大圣》里，岳美艳不也是为了和心爱的人在一起，而变成白马吗？不管变成什么，只要是和喜欢的人在一起，就已经满足了。

沈青禾的背影越来越远，在暮色里，我的眼睛潮湿了起来。夏小淼为了爱情奋不顾身，而我为了爱情隐忍退让。

原来，我们都是无比强悍的女孩，我们可以为爱，忘却自己。

2. 十七岁无法承受的压力

隔了些日子，我和沈青禾一起去看了夏小淼。在城郊的少管所里，隔着一张桌子，我的手紧紧地握住了她的。她清瘦了一些，精神却很好。

她笑得咯咯地，她说，林夕颜，其实这里并没有想象的糟糕，我过得挺好。

倔犟如夏小淼，依然不愿把脆弱剥开来。

沈青禾安静地坐在一边，听我和夏小淼说话。他的眼神，缠绕着她，可她却浑然不觉。

她的指甲已经齐剪了，那么爱美的夏小淼在指甲剪掉时，是怎样的心情？她的手指生得很美，白皙修长，圆润的指甲泛着清凉的光芒，她喜欢抹指甲油，然后举着它们在眼前翻来覆去地看，鼓着嘴巴吹气，很风情。

别人都说夏小淼早熟，小小年纪却风情得可以。但我觉得，这样的风情不是贬义，是一种美到骨髓的味道。在一群干瘪青涩的女孩中，她是那样的耀眼，光芒四射。

如果没有顾堇修，如果没有顾堇修在她的人生里出现，她的人生应该是顺风顺水的吧，可是，人生总是没有“如果”。像我，也从来不曾后悔遇到沈青禾，即使疼痛，但觉得人生没有了他，是怎样的苍白，怎样的呆滞。

我们离开的时候，夏小淼有些迟疑地对我说，小夕，你不要生他的气，不关顾堇修的事……他一直没有来看我，我想他，想见他，林夕颜，你去找他来，好吗？

我叹了一口气。幽幽地说，那好吧。

夏小淼的脸就笑靥如花了。

沈青禾带去了很多的东西，书本，零食，围巾手套，还有漂亮的发卡。他把它们堆到她的面前，他说，好好看书，出来还要参加高考。

夏小淼的成绩那么好，她如果不上大学真的很可惜。她期待地看着他，我还能考吗？

他点头，肯定行的。

看过夏小淼后，沈青禾送我回家。

只是一段距离的路程，可那是我盼上一个星期，或者更长时间的一段。我和他，慢慢地熟稔了起来，即使我们的话题永远都是夏小淼。

你不明白，喜欢一个人是宿命，即使注定是劫难，那也在劫难逃。

我跟他说夏小淼的事，说她怎样顽劣，怎样任性，怎样惹人生气。可是沈青禾一直带着微笑倾听。夏小淼的成长和他太不一样了，他一直是一个天性温和的人，他从来就按照原则和规矩生长着，在大人的眼里，他是值得骄傲和称赞的。

所以夏小淼的事，在他听来，是那么精彩，无与伦比的美。

他总是笑起来，然后说，她竟然这样，她真的这样做了？他从来没有问及我的成长，我小时候的事，或者是现在的事。我很想告诉他，我画了很多画，都是他的样子，在风里，在街口，在梧桐树下，在矮墙上，在一片盛开的朝颜花里。

我想问他，你要看吗？想看吗？

还有，我想问他，会考哪一所大学，这样，我也会把这所大学当做我的目标。即使不行，也要考到那个城市去，我希望和他坐在窗明几净的教室里看书，希望和他走在蔷薇花开的校园里散步，希望在一格一格的书架里寻找同一本书，还希望，在傍晚的时候，坐在顶楼看最后一片阳光散去。

这多美，像童话一样。

可是，林夕颜不是灰姑娘，不是穿上华丽的裙子，坐着南瓜马车就可以抵到王子的城堡，王子的城墙那么高，林夕颜只是站在远远的暗处，托腮凝望。

心里很灰，但却竭力地掩饰。

已经决定当朋友了，当树洞了，那我就要好好地扮演我的角色。

我还是漫画班里最刻苦的一个，我画的漫画偶尔也会得到老师的称赞。我知道，我是不被抱有希望的学生，就像父母想的那样，我能够安安分分地读完高中，他们把我送出国，就已经很满足了。

我不像夏小淼那样操心，不像她那样让人头疼。

但我知道，我羡慕夏小淼，甚至嫉妒。

想到夏小淼，我还是决定去找顾堇修。

都是他害的，可是夏小淼进了少管所后，他竟然一次也没有去看过。这样凉薄，寡情，说不定现在正和某个女孩纠缠不清。

我在“水格”酒吧找到他，桌子上、地上凌乱地都是酒瓶，东倒西歪，连同他的人，也醉倒在地上。陆凯他们七手八脚地把他扶到沙发上，他的手里，还拿着酒瓶子叫嚣着。

包房里酒气熏天，我皱了皱眉，难道这些日子他不上学，就是成天躲在这里喝酒？

他这样算什么？内疚？自责？还是无法面对？

我走过去，用脚踢踢他，喂。

他嘟囔一声，翻了个身不理我，手里的酒瓶子直接往嘴里灌，倒得他一脸都是，很狼狈。

喊不答应的，他醉了。陆凯耸了耸肩膀，无奈地说。

他每天都这样，知道他心里自责，觉得都是他害了夏小淼……

还好，他还知道自责。我轻蔑地说。

我再用脚踢踢他，用了些力。

顾堇修还是没有反应，只是拿着酒不停地往嘴里灌。我就抄起面前的一瓶酒朝他脸上倒了下去，喝，喝死算了。

要不是想到夏小淼，我才不想见他，现在知道自责，当初就不要那样薄情了。

陆凯他们目瞪口呆地看着我，忘记了来拦我。

酒洒了顾堇修一身一脸，他终于被酒呛到，咳嗽着挣扎着站起来，气急败坏地揪着我的衣领，你也疯了吗？他吼。

我迎着他的目光，我看见他的眼里有痛楚，那么深。

他是真的自责了，后悔了。

他的身上，背负着夏小淼的命运，这样的沉重，是他这个十七岁男孩也无法承受的压力。他毁掉了一个女孩的前途，他改变了她的人生，这些都不是他原本想的。现在的他，也因为这样的改变而痛苦万分。

我一直在责怪他，怨他，可是他的心里，也给了自己很多的怨恨。

所以，他用这样的方式惩罚自己，逃避责难。

不上学，昏天黑地的喝酒，他要把自己变成一摊烂泥，他也要把自己的前途都毁掉，好像这样，才是公平。

他的手渐渐地松开了，眼神越来越迷离，然后一头栽到了地上。

3．照顾生病的顾堇修

顾堇修被送到医院急救，是酒精中毒引起的昏迷，伴有胃出血。

医生呵斥道，这样喝酒，简直不要命了！陆凯喃喃地对我说，他心里难受，我们也阻拦不了他！因为夏小淼的事，他真的是很内疚。

我看着病床上的顾堇修，他的脸苍白得没有一点血色，嘴唇干裂。医生给他清洗了肠胃，输上了液。我让陆凯他们先回去，我留下来陪顾谨修。

我坐在顾谨修的身边，他一直没有醒，长长的睫毛微微地颤着，眉头皱得紧紧地，好像在做着噩梦，手在胡乱地抓着什么。

我犹豫了一下，缓缓地伸出手去，握住他。他终于安静了下来，沉沉地睡去。

我醒来的时候，正迎上顾堇修的目光，他看着我，眉眼之间是一片柔和。

你醒了？我抬起头，却发现我的手还握着他的手，如触电一样缩了回来。

昨天……你好像在做噩梦……我的脸腾地红了起来。

我知道，不要解释，我不会误会。他冷冷地说，眼神里的柔和收了回去。

我垂下眼，站起来。

夏小淼……她想见你。我轻轻地说。

门突然被推开了，我抬眼望去，是沈青禾。我的身体开始发紧，看着他。

他有些愣，林夕颜，你怎么会在？我的声音有些发窘，心里有些暗暗地庆幸，幸好他进来的时候我已经醒来了，如果他看见我握着顾堇修的手睡在他的床沿上，一定会误会吧。

你怎么来了？顾堇修没有给我机会回答沈青禾，转移了话题，其实我也不知道如何回答沈青禾。

陆凯打了电话给我，你什么时候回家？爸爸已经气坏了，你早点回去向他道歉。沈青禾说。

我不需要向他道歉，你走吧！顾堇修硬硬地顶了回去。

顾堇修！我有些着急，沈青禾是哥哥，他怎么能这样和哥哥说话？

那，随便你。我走了。沈青禾说着朝门口走去，在开门的时候，停了下来，没有转身，淡淡地说，别喝酒了，回学校上课。

我跟你一起走。我急急地说，没有回头看顾堇修，跟着沈青禾一起离开了。

我不想让他误会，我只想要撇清我和顾堇修的关系，如果不是夏小淼，我不会找他的。只是我的心里还是有些不安，这样的喝酒，是完全的放弃了自己，自暴自弃难道夏小淼就能够出来了吗？

但是，他，是死是活，又怎样，那是他自己的事。

走出医院的时候，沈青禾转过身来对我说，林夕颜，我能拜托你一件事吗？

什么？

照顾他一下，我知道你很讨厌他，但是他现在是个病人……他不接受家人的帮助，他总是带着敌意对着我们，你知道的，他的朋友，那些朋友都只会和他一起瞎混……你照顾他一下，也许可以让他振作起来。夏小淼……夏小淼不会希望他有事，我也不想。他说。

嗯，好。迎着沈青禾信任的目光，我点了点头。

我从来无法拒绝沈青禾的要求，还有夏小淼，是的，她也不想顾堇修这样消沉下去，堕落下去，她也不希望他有事。

她从来没有怪过他，从来没有怨恨过他，她只想要他好。

那好吧，我会尽力的。我说。

沈青禾离开后，我转身回了病房。顾堇修拿被子捂着头，吊针被拔掉了，液体全部流到了地上。

一定是我们走后，他发脾气拔掉了针头。真是一个坏脾气的家伙！

我走过去，拉开他的被子，他倔犟地和我拉扯，然后哗啦地坐起来，你不是走了吗？回来干吗？滚呀，快滚！他的声音有些歇斯底里！

我不看他，拿起桌上的棉球擦他的手背，因为拔掉针头，血渗了出来。

不要你管！他吼着，努力拽他的手。

顾堇修，你别闹了！你又不是孩子，你以为这样就会有人来哄你？说乖……我愤愤地说着。他一直都是这样，只想着自己吗？夏小淼已经坐牢了，只是喝酒发脾气就能挽回吗？

整个上午，他都不再理我。我让护士换了针头，守着他输液。

窗外是一片草坪，有孩子在上面笑闹着，有一个蹒跚学步的孩子摔倒了，我立了立身子，然后他的爸爸就一把把他抱了起来，举过头顶。他们在笑，阳光落在他们的身上，很柔和，很温暖。

我也轻轻地笑了。

已经很长时间没有和爸爸妈妈亲近了。他们每次来，我都故意冷漠着他们，虽然希望能多待一会儿，能多陪我说上一会儿话，但面上倔犟地假装着。其实很想被他们看穿，看穿我的孤独和脆弱，看穿我内心的迷茫。但嘴巴上却无谓地说，不要你们管。

我是多言不由衷呀。

顾堇修输完液后，我就去学校了。我跟他说，晚上会再来看他，他没有说话，脸一直侧向里面，看不到表情。

放学后，我坐在夏小淼的座位上，橘色的桌面上被她划了一些痕迹。我想起我们上课传字条，想起我回答不了问题时，她用老师都可以听得到声音在下面“告诉”我，想起体育课她总是拖着我的手跑八百米……可是这张课桌，她还能回来用吗？

那么不愿意被束缚，遇到不喜欢听的课站起来就走的夏小淼被关在那样的地方，能适应吗？是不是会哭？

我伏在她的课桌上，湿了眼。

如果那一天我不和顾堇修争执，如果那个时候我陪着夏小淼，当她拿出刀的时候，我一定会阻止她，不许她这样伤害自己。

她因为顾堇修，一点也不爱自己了。

我侧过身子，看到了顾堇修。在玻璃窗前，看着我，他的眼神那么深不可测。

我追了出去，我说，顾堇修，回学校上课，夏小淼不希望你这样赎罪。

他晃荡地走着，背影在夕阳里显得很孤单。

已经是深冬了，开始下今年的第一场雪。

我坐在花园里，看那些雪。也许这一场雪过去，所有的悲伤都了无痕迹了，也许我们的成长可以更简单一些，不去伤害，也不被伤害。

这一场雪下得很大，整个城市都被盖上了一层白。有孩子喧闹着出来，在街的两旁堆雪人，打雪仗。他们多快乐呀，小时候总是以为长大了好，好像长大就成了我们的任务，但真的长大了却发现世界变得不一样，孩子眼中的世界和我们眼里的世界，成了两个世界。

4．就当是代替夏小淼吧

下雪的第二天，我在路上遇到顾堇修。他穿得很单薄，松垮的运动服，鼻翼冻得通红。雪在他头上染了些白，他说，林夕颜，我想去看夏小淼。

很冷，踩到雪地里的脚像猫一样，我把自己裹在羽绒服里，哆哆嗦嗦地吸了吸鼻涕。

你干吗穿那么少？我嘟囔了一句，然后打了个喷嚏。

你这是关心我吗？顾堇修看着我。

我只是……

别说，我不会误会。我还没说完，就被他打断了。

我用手背擦了擦鼻涕，顾堇修停了下来，从口袋里拿出纸巾，厌恶地擦了我的手背，你是不是女人，怎么这么邋遢？

我还没来得及反驳，他就又把纸巾放到我鼻子上，给我擦鼻涕。

我是有些鼻炎，稍微冷了一些鼻子就会不停地流鼻涕。以前妈妈说我不聪明大约因为鼻炎的关系。我不知道这两者有什么关系，但我知道在妈妈眼里，我不是聪明的孩子。

太阳出来了，雪开始融化，这让地面非常滑。我的帆布鞋踩在上面像在冰上溜着，我只能亦步亦趋地慢慢走着。

路过服装店的时候，顾堇修走了进去。

我跟着他，他从架子上取下几件大衣在我面前比了一下，去试一下。

我不要衣服。我说。

去试一下。他不由分说地把我推进了更衣室。

衣服有些大，是粉色呢子中长大衣，这样鲜艳的衣服我极少穿。从来不觉得我适合这样嫩气的颜色。

顾堇修突然低身下来。我的身体向后退了退，他的眼睛，琥珀色的眼睛，让我失了神。

我以为我又看到了沈青禾。

别动。他说。

我努力地眨了一下眼睛，原来是顾堇修。

他伸出手来，帮我扣纽扣。

他的眼睛很温柔，白皙的手指轻轻滑过，我的心竟然乱了方寸。

嗯，就这件吧，还有那几件，一起包起来。夏小淼比你大一号，应该刚好合适。

我就笑了，他竟然会想到给夏小淼送衣服，这样冷的天，夏小淼应该会需要的。

夏小淼一看到顾堇修就跳起来抱住他，她的声音颤得不像话。

堇修，顾堇修，是你？你终于来了！她的眼泪大颗大颗地滴了出来，他用手轻轻地擦了过去，揉揉她的头发，没吃饭吗？胸都没了。

她“扑哧”地笑了，挺了挺胸，谁说的？

她的眼睛一直看着他，舍不得挪开。嘴唇发抖，身体发抖，声音发抖，她的样子让我觉得辛酸极了。

顾堇修，你还要我吗？夏小淼颤着问。

要。

我这样了，你还要。

要。

不许反悔。

不会。

不许交其他女朋友，不许认识其他女孩，除了林夕颜，不许和别的女孩说话。

好。林夕颜也不说。

她是我最好的朋友，我允许你和她说。

听着他们的对话，有眼泪哽在我的喉咙处，心里都是痛楚。

虽然夏小淼一直在笑，可是却泪流满面。直到现在她想的还是顾堇修要不要她，爱不爱她。

夏小淼，你是傻瓜。你是这个世界上，最可爱的傻瓜。

时间很短，走的时候，夏小淼又哭了，她一遍一遍地说，顾堇修，你还要看我。一定要看我。铁栅栏“哐当”一声就把她留在了里面。

路上很滑，我摔了好几次，疼得四分五裂。顾堇修走在我前面。

每一次我摔倒，他就停下来等着我，等我自己爬起来。

最后一次摔倒，他实在忍无可忍了，低下身子。

上来。他说。

不用。

让你上来就上来。他的声音里带着命令。

我咬了咬嘴唇趴在了他的背上。他走得也有些不稳，好几次他都险些摔倒。手和膝盖撑着才没有摔下去。

虽然很冷，但顾堇修的颈项处有些微微的汗湿。

我看见远处的一对情侣，当他们走到一棵树下时，女孩跳起来摇晃了一下树枝，再大笑着跑开了。雪就纷乱地落下来，砸到男孩的身上，他也笑了，一点也没有生气。如果所有的恋爱都是这样的，风轻云淡，简简单单，多美好。

即使闹些小别扭，也很快地和好。即使哭泣，也会破涕为笑。即使嚷着要分手，但手却紧紧地握在一起。

恋着，爱着，才是“恋爱”。

而我，只在心里，默默地喜欢着那个人。我知道，我和他的关系永远只能这样，朋友，简单的朋友关系，没有杂想，不能向前再跨越一步。

也许，我们的关系，只能是这样。

快到家的时候，顾堇修踉跄了一下，膝盖弯了下去，然后身子软软地倒了下去。我吓坏了，赶紧摇他，顾堇修，顾堇修！

我拍他的脸，他的脸像烧木炭一样滚烫着，我的手被灼到了。

他竟然在发烧，他发烧了。

穿这么单薄，而且昨天还在医院输液，身体还很虚弱，在雪地里走着，肯定生病了。

我扶起他，用了很大的力气。他像一座山一样，压在我的肩膀上，幸好没有几步就可以到家了。

把他安置到床上时，我已经累得满头大汗，他可真沉呀。

他的脸因为发烧很红，很烫。

我赶紧找出了感冒药，碾成粉末，放进冰凉的开水里搅了一下。小时候吃药总是吞咽不下去，又怕苦，妈妈就把药碾成粉末就着糖水让我喝下去。

可是他根本喝不进去，灌进他的嘴边，就淌了出来。

我叹气，怎么办呢。

用冷毛巾敷他的额头，用热毛巾擦他的掌心。

所有的办法都试过了，可他的烧还是没有退。我累得筋疲力尽。想打电话给沈青禾，让他来看看他，可是我想昨天在医院时沈青禾说的话了。

他希望我能照顾顾堇修，像顾堇修这样倔犟的性格怎么会向家人服软呢?

叹了口气，看着昏昏沉沉的顾堇修，我跺跺脚，拿起药碗自己含了一口，然后低下身去，在他的面前我停了下来，鼓了鼓勇气，唇压了下去。

林夕颜，这不代表什么，你只是想让他吃药，只是帮助他吃药。我在心里对自己说。

心跳得厉害，好像踩在软软的云端，怎么也着不了陆。

从来没有这样近距离地看过顾堇修，他和沈青禾长得真不像，除了他们都有琥珀色的眼睛外，他们没有一点相似的地方。虽然，他们都很俊美。

天蒙蒙亮的时候，他的烧退了些。我松了口气，蜷在椅子上合眼休息一下。真的很奇怪，我竟然照顾了顾堇修两个晚上，竟然是我在照顾他。

就当替夏小淼的吧，在她回来之前替她照顾他一会儿。希望他安好，这样夏小淼才不会心疼。

5．命运是一双翻云覆雨的手

醒来的时候，我的身上盖着毯子。床上已经没有人了，顾堇修已经离开了。

他竟然连句谢谢都没有说，不过像顾堇修这样的人又怎么会对别人说谢谢呢？他的心里一向只装着自己。

我随意地打开窗户，却看见在花园里，有一个小小的雪人。

我的心里，暖了一下。

从来不会说谢谢的顾堇修，是用这样的方式表达着谢意吧。我走到院子里，看那个雪人，真的很丑，面目表情。

这样的表情是顾堇修一贯的吧。

顾堇修还是没有上课，陆凯他们说也好几天没有见到他了。说是不想上学，要找工作了。

不想上学？连高中都没有毕业找什么工作呀，他也太离谱了。夏小淼已经上不了学了，而他是想让夏小淼也背负他不能上学的沉重吗？

我逃课了，到处找顾堇修。

我去了沈青禾的学校。我已经不用站在书店里藏着掖着了，我大大方方地站在校门口，沈青禾出来的时候，笑着迎上来，林夕颜，是找我吗？

他的笑容那么温暖，我的眼神就迷离了起来，真想一直这样望着他，真想在这个时候岁月洪荒停滞，整个世界只有我，只有他，我们面对面，彼此相望。

就算会变成一尊化石，我也要这样的天荒地老。

然后他说，我们这个周末去看夏小淼吧。

我的身体轰然地倒塌，所有的温暖被抽离了出去，天寒地冻。我哆嗦着点头，好。

我告诉他，顾堇修还是没有去学校，连朋友们都找不到他，他想找工作吧。

沈青禾叹了一口气，这一声绵长的叹息让我的心疼了疼。我竟然这样在意，在意他的烦恼，在意他的叹息。

他总是这样，自以为是。沈青禾说。

他，顾堇修他其实……其实他也很内疚……夏小淼的事让他很愧疚。我喃喃地说，不知道是为了开导沈青禾还是为了顾堇修辩解。

我们一起去找顾堇修，我跟在他的身后，小心地踩着雪地里的他的脚印。他转过身就笑了，他说，林夕颜，你其实挺可爱的。

我的心，瞬间兵荒马乱。

沈青禾送我到门口，我一直看着他的背影。每一次，他离开的时候，我都是这样眷恋地看着他的背影，希望他能回头，希望他突然地回过头来。

可是，一次也没有。

他的背影渐行渐远，然后沉没在街角，沉没在黑夜里。

我抱着自己，有些冷。

我又打了一个喷嚏，用手背擦了擦鼻涕。

和沈青禾在一起，我从来不会这样。我总是用纸巾擦鼻涕，总是小心地迈着步子，怕自己四仰八叉地摔下去很丢人，我的身体一直绷得紧紧地，怕自己失了误，会被他笑话。

原来在喜欢的人面前，是这样的小心翼翼，这样的谨言慎行。

转过身的时候，我的头撞到了一堵“墙”，抬起头来，竟然是顾堇修。

顾堇修，我顾不得疼，惊喜地说。

眼珠子都掉下来了，也不知道矜持一点，他就那么好看吗？怎么看也不够。顾堇修双手插在裤兜里，冷冷地说。

你发烧好了吗？我问。

死不了。

你回家吧，你哥哥还有你父母都很担心你……回去吧，道歉认错，再回学校上课。

凭什么？

如果夏小淼知道你不上学了，一定会生气的。

她从来不会反驳我。

但你不能仗着她的喜欢，为所欲为。

林夕颜，不要你管……我找到工作了，来告诉你一声。

我吃惊地看着他，他能做什么工作？才十七岁而已。

是很好的工作，工资很高。他挑了挑眉毛，有些得意。

我的脑子里开始混乱地想，难道他抢劫了？贩毒了？还是去做了什么见不得人的事。

我问了半天，他也不告诉我做什么工作。越是神秘越让我觉得有端倪。

他转身离开的时候，我说，顾堇修，你住在哪里？

我想起他的离家出走了，那次和夏小淼找到他，他竟然睡在公园的长椅上，那时候是夏天，他身上盖几张报纸也可以，但现在是这么冷的冬天，冰天雪地里，他要是睡在公园的长椅上一定会生病的。

我懊恼自己多余的担心，但是他是沈青禾的弟弟，又是夏小淼最喜欢的人。他生病了，或者出意外了，又或者和别人混在一起做坏事，我也会怪自己的。

我迟疑了一下说，要不，你先在我这里住几天，有客房。

他诧异地看着我。

只是……只是因为……

我还没有说完，又被打断了。

我不会误会的，林夕颜。他收住脸上的诧异，无所谓地耸耸肩。

我收拾了一楼的客房给他，也好，当有人给我守门，我对着有些心虚的自己说。真怀疑这样的决定到底对不对，到底是孤男寡女，这样住着，如果爸爸妈妈回来看到，一定会误会。

给他铺被褥的时候，我说，顾堇修，只是几天，你在这里反省一下你自己。然后回家去。

他靠着门看着我，很安静，很安静地看着我。

窗外，又开始下雪了。

这个冬天没完没了的下雪，让人心里很郁结。

夏小淼呢？她会冷吗？她还要多久才能出来呀。没有她在我的身边，我觉得很孤独。爸爸妈妈买的衣服我都放进了衣柜里，我等着夏小淼回来挑，我想着她拉开衣柜，雀跃欢喜的样子。

现在想来，夏小淼原来很容易满足。一件漂亮的裙子，一个新的发卡，还有一个喜欢的男孩，就会让她感觉到快乐和幸福了。

可是，现在的夏小淼，她好吗？

命运是一双翻云覆雨的手，它把我们推来搡去的，让我们握不住自己的手。

【第五章】

如果情绪可以冬眠，那么我们会不会不再受伤

1. 如果情绪可以冬眠

顾堇修住了下来，白天我去上课，他也出门。神神秘秘地不知道在忙些什么。我决定跟踪他，看他有没有做什么违法乱纪的事。

我看到他竟然在一家汽修厂工作。看来，他已经在这里工作一段时间了，换上蓝色满是油污衣服躺在车身下。我从来没有见过这样认真的顾堇修，他从来就是一副吊儿郎当，满不在乎的样子，从来都是耍帅摆酷，现在穿着脏兮兮的衣服，脸上汗津津地湿了一片。我的心，突然柔软得厉害。

我走过去，用脚碰碰他。

顾堇修。我说。

他抬起头，看见是我，站了起来。

看到我，他有些意外，下意识地拿手擦了擦脸上的油污，手上的油污就蹭到了脸上，有些花。我拿出纸巾帮他擦一下，他的眼神怔了一下。

不上学，跑这里来参观？他又恢复了冷冷的表情，有些愠怒的声音。

回学校吧……你还要考大学。我说。

不想，再说考不上的。

试一试才知道……夏小淼要是知道你不去上学，很难过。你现在应该回学校，连同她的那一份一同学了。

不要你管。顾堇修硬硬地说。

顾堇修，我不想管你！你以为你自己很了不起吗？找到这样的工作很能干吗？难道你想一辈子都做汽修工？就这点出息？我愤愤地说，语气里的怒火让我自己也吓了一跳。

说完，我转身就离开了。

晚上他回来的时候，我装做没看到他，理也不理。自己去厨房煮了泡面吃，他有些巴巴地站在厨房门口。我瞪他一眼，从他身边经过，他端住我的碗，声音怯怯地说，我也饿了。

自己煮去。我没好气地白他一眼。

只是他不松开，我用力拉碗，争来夺去，碗一下没有端住滑到地上，碎了开来。

我气急败坏地推他一把，他跌了一下，头撞到门，“哗啦”的一声。他揉着头有些愤懑地望过来，我也心虚了。

林夕颜！他发起飙来，捏着我的手臂，几乎要我把捏碎。

疼。我吃疼地喊了一声，委屈地转身，想挣脱他的手。可是他用了些力，我的身体突然被拉扯过来，就跌进了他的怀里。

我被怔住了，这样亲密的姿势，他的脸近在咫尺，鼻息扫过，微微地有些痒，他琥珀色的眼睛柔柔地看着我，我的身体不受控制一样松软了下来。

只是一个瞬间，我就醒了过来，我挣脱他的手，退了几步，然后转身跑进房间。我摸着自己滚烫的脸，捂着胸口激烈地心跳，喘气。

我听到顾堇修在我身后喊我，但我只能加紧了步子，逃走。是的，我是逃走的。

我又把他当做沈青禾了。我几乎沉醉在他的眸子里，几乎。

我拍打自己的脸，林夕颜，不能再看错了，他是顾堇修，是你最好朋友喜欢的人，不能认错！

夜里，我做了很长的梦。

梦见夏小淼了，她穿着大摆的裙在雪地里奔跑，顾堇修牵着她的手。他们那么欢喜，那么快乐，可是突然顾堇修的脸变成了沈青禾。沈青禾竟然和夏小淼一起，她浑然没有察觉，我对她大声地喊，我说夏小淼你认错人了，他是沈青禾，他是沈青禾呀！

心里的痛楚涌了上来，醒来时，眼泪湿了枕。

我叹了口气，擦了擦眼角，幸好这只是一个梦。

而沈青禾，我是如此的想念你。

我去了沈青禾的学校，但是直到天黑，他也没有出来。我的心，隐约地有些担心，他是病了吗？他从来不会逃课，一定是有原因才会不来学校。

我去了军区大院，我不知道他们家是哪一栋。只好坐在石阶上等。

风有些凉，飘着碎碎的雪花，我不停地打喷嚏。鼻炎又犯了，鼻子痒痒得像毛毛虫在爬，很难受。

看看时间，已经晚上十点了，也许沈青禾又去外地参加比赛去了？或者是去了亲戚家？或者生病请假在家里？

满脑子浑浊混乱的时候，终于看到了沈青禾，远远地走来。他的手放在荷包里，身影有些佝偻，一脸的憔悴。

我奔了过去，沈青禾。

他诧异地看着我，林夕颜，你怎么在这里？

我突然蓦结，我为什么在这里？难道说因为担心他所以一直等在这里？

因为……因为我找到顾堇修了。我喘了口气，终于找了个理由。

让他回家吧，妈病了，因为他的事，妈气病了，在住院。沈青禾有些疲倦地说。

我好心疼他，心疼他的累。不过比顾堇修大了三分钟，却要承担一个哥哥的责任。他的内心一定承受着很多的压力。而顾堇修，太不懂事了。

我决定逼顾堇修回家，我不能让沈青禾再为他的事操心了。也许这也是我能为沈青禾唯一做的事。

离开沈青禾的时候，看着他的背影，我几乎落下泪来。

在回家的巷口，看见了顾堇修。

一见到我就开始发火，你迷路了吗？竟然这么晚才回来？没有父母管你，就无法无天了？

瞧你的鼻涕，真恶心，手套呢？不戴手套……

他一边说，一边拿起我的手放在嘴边哈气。

回家。我抽出手来，冷冷地看着他。

你发什么神经？顾堇修，回家吧，因为你，你妈病了，因为你，沈青禾到处找你，为你操心……

你去见沈青禾了？他垂下眼。

不要胡闹了，回家吧！你不知道你多幸福，你离家出走会有人担心你，而我呢，就算我在这房子里失踪了，也会隔上好些日子才能被发现。我的心里，软软地辛酸，至少他有一个完整的家，至少他离家出走了会有人紧张和担心。

眼泪涌了上来，孤独感，被抛弃的感觉让我的内心荒凉一片。爸爸忙着照顾他的儿子，他来的次数越来越少，而妈妈因为忙碌也很少来。他们都把我当成大人了，他们习惯了我自己照顾自己，习惯了我的独立和坚强。他们觉得我可以应付的，在他们看来，我根本不需要他们也可以长大。

这样故作的坚强，其实一触就碎了。

好，我回家。他缓缓地说。

我转过身去，很累。

很多纷乱的情绪在我的心里，压得如一棵被雪不堪负荷的松树。

突然顾堇修从身后抱住了我，我的身体僵住了。

林夕颜，我嫉妒沈青禾。他的声音哽咽着。

我用力想要掰开他的手，他这样会让我更加的累，难道他忘记了夏小淼正为了他坐牢吗？他也用了力，我的身体被紧紧地箍住了。

顾堇修，我不是你猎艳的猎物，你不要对我用手法……我和其他人不一样，我心里只有沈青禾，只有你的哥哥！我几乎是声嘶力竭地说完这段话，然后他的手就无力地落了下去。

我奔跑开来，眼泪在我的脸上，湿来湿去，怎么也不停。

这个冬天，太漫长了。

如果情绪可以冬眠，那过冬会不会更容易一些？

2. 我们都在假装

夜里，我把自己关到房间里。我听到顾堇修在我的门口站了许久，半晌后，他在门外低低地说，我走了。我没有拉开门，透过窗户我看到顾堇修了，他的背影在夜色里那么孤单，我几乎想要拉开门。但，我努力地隐忍住了。我不知道为什么我的内心会这样矛盾和纠结。

他走后，我打开门出去，厨房里有熬好的粥，用微火热着。

他竟然熬了稀饭等我回来。

他只在这里住了几天，可是满屋子好像都是他的气息。他看电视时把脚搭在茶几上，然后握着遥控器和我抢台，他在花园里用雪捏成雪球恶作剧地塞到我的颈项里，他在我煮了泡面时拿了筷子和我抢吃同一碗面，他也会自觉自愿地去洗碗，打扫卫生，把花园走道上的雪扫一扫……

夜里，我起来去厨房喝水，穿过空空的客厅时，灯会突然亮了。顾堇修站在一派明亮里，睡眼惺忪地说，是鬼吗?

他这样的恶言恶语，却让我觉得很安心，不是一个人，不是一个人穿过客厅里。

他还是个大孩子，满满的孩子气。不高兴了就发脾气，生气了就离家出走，被冤枉了就大声地骂人，赌气的时候还不吃饭。他不成熟，不内敛，他的喜怒哀乐都在脸上写着，虽然大多数时候他都冷着一张脸摆酷。

他和沈青禾多不同呀。沈青禾的身上，永远是淡定和温暖，永远让人觉得光芒四射，他像我膜顶朝拜的神，是我全部的信仰。而顾堇修，他的一切坏脾气，臭毛病，在我看来都是孩子气。他是一只随时准备作战的刺猬，总是会扎伤别人，总是对着别人龇牙咧嘴。好像这样，就是赢了。

可是，他是真的喜欢我吗？我不敢确定，也不敢相信。那么花心的顾堇修，那么叛逆的顾堇修，他会有真心吗？我的脑海里浮现出他即使发烧也坚持着背我回家的样子，浮现出他为我揉脚，买创可贴，还有，生日那天的拥抱……

因为我喜欢的是沈青禾，所以不服气想要证明什么吗？因为我总是和他作对，所以才想戏弄我吗？还是因为想着攻陷我这座城池试一试？

他的眼睛，他的眼睛几乎让我相信他的真心了，相信他是喜欢我的。

可是夏小淼呢？即使顾堇修真的喜欢我，而那么努力，奋不顾身的夏小淼呢？她该怎么办？不，不能让她伤心了。

我的脑袋混乱地几乎要炸开。

我决定什么都不想了，和顾堇修保持距离吧。

第二天去学校的时候，在校门口看到了顾堇修。没有骑他的摩托车，骑着单车，穿着校服，背着书包。

我暗暗地喜悦了一下，他终于回家了，也肯来上学了。

他把单车骑到校门口，然后转过身，停了下来。我低下头去，手握着书包的带子。

如你所愿，这下你可以在沈青禾那里邀功了。经过他身边的时候，他轻蔑地说了句，然后吹了声口哨，骑着单车离开。

陆凯也走过来了，他看着他，诧异地说，他终于肯回来上课，这真难得。

我勉强地笑了笑，心里有些难过。

从绘画室出来后，又开始下雪了。我站在玻璃窗前，轻轻地哈气，然后手指在上面画来画去，是眼睛，它正看着我，温柔如水的看着我。

我终于明白我为什么那么喜欢画眼睛了。因为沈青禾的目光总是掠过我，所以我用这样的方式，假装我们的凝神，对望。生日那天送他的含羞草早已经下落不明，那些欲说还休的心事也被埋了起来。

我叹了口气，转过身，回家。

天已经微微地暗了，大片大片的雪花缓缓地下落，我抬起手来，握住一片，但很快它就成了我手里的水渍。也许我的爱情就是这样的吧，我永远也握不到手里，永远也无法让它完整安好地躺在我的掌心里。

然后，雪停了。我奇怪地抬起头来，是沈青禾，举着伞立在我的身边。我的心跳停了几下，诧异地微微张开了嘴巴，发不出声音。

干吗那么吃惊？我特意来找你的。他浅浅地笑，声音如天籁一样空灵。

苍茫的雪中，我的心里，被风，刮来，刮去。一刻也不得安生。

竟然是沈青禾，他说他是来找我的，他这一次是专门来找我的。不是因为夏小淼，只是因为我，林夕颜。

我的身体，刹那间姹紫嫣红，芬芳四溢。

林夕颜，上次说过你想喝酒，我可以陪你，今天可以陪我吗？他说，眼神如水。

我几乎是迫不及待地点头，好。好。

我们坐在街边的大排档里，点了烧烤，鱼，脆骨，一些蔬菜，四瓶啤酒。他有些不好意思地说，他不太会喝酒，怕醉。

他的脸有些微微地绯红，我就笑了。

我没有拿了酒瓶子直接地喝，倒在了杯子里，小口小口地抿着，很矜持。

他说林夕颜和你待在一起，心情会变得很平静，你的性格真好，真好。

我的手有些微微地颤，我几乎要问：这样好的我，能喜欢吗？能喜欢我这样好性格的女孩吗？而不是夏小淼，不是那个任性、坏脾气、张扬的夏小淼？

我真的很想夏小淼……沈青禾幽幽地说。

我的身体突然就失了声。

他没有注意到，有眼泪，滴到了我面前的酒杯里，溅起了小小的水花，那么无奈，忧伤。

林夕颜，我的心里压得很重，心烦意乱，我从来没有过这样的心情，所以我想到了你，我只能把这些告诉你……我也不知道为什么想要告诉你……但是和你待上一会儿，和你聊过天后，我会好一些。林夕颜，你愿意听我说这些吗？会不会很无趣？

我凄然地笑了笑，不会，真的。

那四瓶酒几乎都被沈青禾喝光了，他真的不能喝，不过几瓶，已经醉得厉害。面前的菜都凉了，没有被动。走的时候，我让老板帮我打包，这是我和沈青禾单独吃过的第一餐，我要把这些菜一点不剩地全吃下去。

这是我的回忆，是我和沈青禾一起，仅有的，零星的，微小的，一些回忆。

沈青禾走得有些跌跌撞撞，我一边扶住他绵软的身体，一边把伞举过头顶，为他遮雪。我的手撑得很酸，好几次我都跟着他的步子一起摔到了地上。可是我却欢喜不已，我和沈青禾，这么近，这么近，我能闻到他身上香草的气息，很多的夜里，这些气息在我的梦里绕来绕去，如水草一样的丰盛。

而在我身边的他，却是因为太过想念夏小淼才来找我，是因为想倾诉一下心事才来找我，是因为林夕颜是和夏小淼关系亲密的人，可以一起讨论夏小淼，一起思念夏小淼……

可是，我不在乎。

我一点也不在乎。

即使心痛，即使难过得无法呼吸，即使眼泪在心里被打翻了，即使……

而，林夕颜也不会在乎。

3. 一年的离去和他的转变

扶着沈青禾走到军区大院的时候，看见了顾堇修。

他有些诧异地看着醉酒的沈青禾，说，优等生也学会宿醉?

我瞪他一眼，他是你哥，别太刻薄。

顾堇修扶过沈青禾，皱了皱眉头，你们关系已经这么好了？可以一起喝酒，一起回家?

我把伞交给顾堇修，不想回答他。他浑身都是刺，真的很难和他沟通。

照顾好他，转身的时候，我迟疑地说。

顾堇修就开始发飙，把伞一把扔到地上，再推了沈青禾一把，他没有站稳，软软地摔倒在地上。

而顾堇修抱着手，一脸挑衅地看着我。

顾堇修！我气急败坏地吼他，然后赶紧去扶沈青禾，在我把沈青禾扶起来后，顾堇修已经大步离开了。

这是他哥，他真的太过分了！我朝顾堇修的背影使劲地跺跺脚。

那天后，我和顾堇修很长一段时间没有说话，在学校里也少碰面。即使见到了，也只是木然地擦身而过，我们之间，是那么凉，那么冰，那么的冷漠。

我用了更多的时间在画室里画画，累了时，抬起头望向窗外，忧伤就撞了进来。是什么时候起林夕颜变得这样忧伤了?

希望，一切的隐晦都过去，所有的心情，都好起来。

这个冬天，我和沈青禾偶尔会见面。每半个月我会和他一起去看夏小淼。还有，他不知道，我还是会去他学校门口的书店买书，看他从校园里出来，我不愿意过多的打扰他，只是这样安静地看看他，看着他，就好了。

夏小淼告诉我顾堇修去看过她。她总是问我，顾堇修这样顾堇修那样。其实我也不太清楚。我们已经形同陌路。

我只是知道他的身边终于没有女孩了，有时候看见女孩撒娇谄媚地靠过去，总是被他用眼神挡了回去。陆凯告诉我，他现在真转了性，不再和女孩调情，约会，情书总是看也不看地就扔掉，所有的女孩在他眼中都不再存在。

夏小淼，是因为夏小淼，他开始一心一意地等待。陆凯说，像顾堇修这样的人，从来就没有对谁认真，从来就没有等待过谁，以往都是别的女孩等他，现在顾堇修终于也知道等待的滋味了。

夏小淼用了这样大的一个代价，终于成为顾堇修身边唯一的女子，终于让顾堇修开始等待了。

只是每每提到顾堇修的时候，沈青禾的脸会变得很苍白。他的情绪如屋檐下的水，滴水成冰。即使他就坐在夏小淼的对面，即使他的眼睛那么直白地袒露着心情，但夏小淼却始终没有给他一点的温度。

原来，当你不爱一个人的时候，你不会知道，你的一个眼神，一个细微的动作，也能让他痛彻心扉，也能把他抛到很深的深渊。虽然你根本不知道，你做了什么，你说了什么，你没有意识到，你伤害了，但你的手里，全是武器，招招致命。

看着如此疼痛的沈青禾，我的心里，也难过不已。

不知道如何安慰，我只能静静的，静静地看着他。

那一年的除夕就到了。那一天，终于没有下雪，天放晴了，我去了妈妈家，坐在与我来说陌生无比的，她的房子里。

她做了很多的菜，使劲地夹给我，让我多吃。可是我的心里一点也不开心，我知道她是为了弥补她的亏欠，一年里所有的照顾只希望用这一天就弥补吗？即使平日里只是煮一碗面条给我，也好过在这一天做一大桌子的菜。

当零点的钟声响起时，我看着瞬间灿烂的黑夜，默默地说，新年快乐，沈青禾。新年快乐，夏小淼。还有，新年快乐，顾堇修。

在我们四个人之间的纠葛，太复杂了。真的希望所有的纷乱在新年来临的时候，能一一化解。

能吗?

初一，我去了爸爸家拜年。他给了我很厚的红包，我看见襁褓里的弟弟了，有一张很漂亮的脸，冲着我笑。我抱了抱他，虽然我的内心还无法接受他是我的弟弟，但见到这个可人儿的时候，我的内心开始松懈下来。

回去的路上，我在路边的小摊买了烟花，在花园里，一点一点地放。绚烂的焰火升腾起来，让无边的暗夜终于有了一些生动的颜色，可是太短暂了，那么短暂的一生，只是为了一个瞬间的美好吗?

当它们陨落在茫茫夜空时，早已经尸骨无存。

我抱着膝盖，黯然地垂上了眼。

有天在翠微街，我遇到了顾堇修。他穿着水蓝色的KAPPA羽绒服，骑着单车从我面前飞快地驰过，但我到家门口时，他竟然站在那里等我。

新年礼物。他从口袋里拿出一个用粉红色琉璃纸包裹的礼物递给我。

是什么？我诧异地问，没想到他会送我新年礼物，我们已经有很长时间没有说话，连招呼也没有打过。我以为我们的关系一直就会这样下去。

自己看吧。他头也不回地跨上单车，离开。

我挥了挥手，说，谢谢。

拆开来，是一双兔绒的手套，非常可爱。

4. 这场病让我们的关系有所缓和

乍暖还寒的三月，得到了很好的消息，因为夏小淼表现得很好，减了判刑的时间，再过半年就可以回来了。

我算了算时间，是九月底，在夏天的尾声，她就可以重新获得自由了。

那个时候我们应该上高三了，为大学做最后的准备。夏小淼说她不打算留级，虽然荒废了这一年的时间，但她从来没有落过学习。沈青禾给她带了复习资料，课本，书籍，还有誊写的工整的笔记。

我有些感冒了，鼻炎一直没有好，上课的时候不停地吸鼻涕，惹得同桌一脸的厌恶。

体育课跑了八百米下来，着了凉更是难受。头晕晕沉沉，身体一点力气都没有，伏在课桌上睡一会儿，又被语文老师逮到，罚站到教室外。

虽然觉得脸上着火一样的烫，但很冷，好冷呀。比冬天的时候更加的冷。

回家的路，异常的长，好几次都要扶着街旁的梧桐树才不让自己摔下去。想来，是病了，什么时候变成冷暖自知，即使这样了，也要撑下去。

迷糊的时候，顾堇修的单车停到了我的面前。

你病了？他说。

发烧了吧，头很晕。无力地说。

坐上来，我载你回去。

实在没有力气走路，坐到了他的单车上，他把单车骑得很慢，因为头晕，我的头就微微地靠在了他的背上，手拽住他的校服。

再见。到家时，我勉强地笑了笑，和他挥挥手。掏出钥匙开门，然后眼前突然一黑，整个人就朝后仰了下去，失去了所有的知觉。

我看见小时候的我了，一手牵着妈妈，一手拉着爸爸，在翠微公园的草坪上奔跑。我笑得很甜，我不停地喊，爸爸，妈妈。他们一遍一遍地答应我。我觉得自己是最幸福的孩子，我有一个完整的家，有相爱的父母。可是，画面突然碎裂了开来，像一张被缓缓撕开的照片一样，把妈妈和爸爸分隔开来，我惊恐地说，不要，不要。但是画面还是碎成了两半……

醒来时，额头是汗津津的湿。原来刚才不过是做了一个梦，我挪了挪身体，发现自己躺在床上，而顾堇修蜷在面前的地板上。

我的心，就暖了一下。

你醒了。顾堇修伏身下来，碰碰我的额头，烧退了些了。

谢谢。你的手怎么了？

顾堇修拿药给我吃，只用左手拿着瓶子，右手好像使不了力气。

你怎么那么沉？骨头都碎了。他没好气地说。

我就想起来了，一定是我晕倒仰下去的时候，他用手垫到了我的头下，才受伤的。

不要感动了，我生病的时候你也照顾我，现在我们扯平了。他把药片放到我的手心里，我的脸又开始滚烫起来，我想起上一次我喂顾堇修吃药了……他喂我吃药吗？我打断自己的胡思乱想，赶紧把药片咽了下去。

顾堇修盛了粥给我，他说他只会做这个。说的时候，有些腼腆，原来顾堇修也是会害羞的。

因为这场病，我和顾堇修的关系有所缓和。

我越来越多次在放学路上遇到他，他用单车载我回家。而他听说鼻炎可以用中药调理，竟然买了中药帮我熬。看他在厨房里三碗水熬成一碗，然后端到我面前让我趁热喝，我的内心竟然泛起了涟漪。

因为他的手受伤，所以那几天他没有再骑单车上学。而非要把书包挂在我的肩膀上，让我帮他背。

我们会斗嘴，会吵闹，甚至会你踢我一脚，我给你一拳。我们会争抢冰箱里最后一罐饮料，会拿起圆珠笔在他的手背上恶作剧的画一笔，然后他就直接在我脸上画上一道。我们还会比谁的水漂打得漂亮，谁的模特步更加搞怪……

夜里，我发现自己竟然越来越少的去想念沈青禾，发现自己已经很久没有去过他的学校了。现在的我，因为有了顾堇修的陪伴，变得开朗了一些。

春天就过去了。

朝颜花再开的时候，我发现我和顾堇修已经成为很好的朋友，可以一起喝酒，一起逃课，一起迟到的朋友。

有时候，我会让他坐在花园里做我的模特，然后把他画成一只刺猬的模样，有时候，他会教我骑单车，在我摔得东倒西歪时，笑得不可以抑制，有时候，在昏昏欲睡的午后，他会练习掂球然后把球砸我的头上……

连夏小淼都觉察出了，她说，林夕颜你们和好了？这样真好，你一定要帮我看着顾堇修，不许他接触其他的女孩，如果有，你就去警告她，顾堇修的女朋友夏小淼可是很彪悍的。

我的笑容带着一些我自己也看不清的心虚。

我想，是因为沈青禾吧，我总是在某个瞬间，把顾堇修当成了沈青禾。

因为那些中药，我的鼻炎好了很多，不再没完没了的流鼻涕。只是还改不了用手背擦鼻涕的习惯，顾堇修总是说我邋遢，然后往我口袋里塞纸巾。

有一天，我坐在顾堇修的单车后时，遇到了沈青禾。

他愣愣地看着我，眼里带着难以置信。

那天晚上，沈青禾来找我。我们坐在矮墙上，看繁盛的朝颜花。天是黛青色的，有微微的风，拂过脸上，是舒服。

林夕颜……你喜欢顾堇修吗？他有些迟疑地问我，琥珀色的眼睛深深地凝望着我的。我心里突然有一片很诡秘的安静，空白得有些失声。

我一直喜欢的人是沈青禾呀，是在我面前的沈青禾呀……

可我的内心在他的诘问里，突然失声了。

我这是怎么了？为什么回答不了呢？为什么突然就没有了方向感，为什么突然就觉得迟疑了？是因为顾堇修给的温暖吗？所以就动心了，有了贪念了。

不，不是这样的。顾堇修是夏小淼的，他只能是她的。

林夕颜喜欢的人是沈青禾，是如月光一样温暖的沈青禾。

看着沈青禾的时候，我的心总是涸涸地疼着，那么多的无望让我忧伤不止。可是，现在的我，竟然因为顾堇修琥珀色的眼睛，就有了错觉。

林夕颜，你太不该了。我在心里责备着自己，怪罪着自己。他们是两个人，完全不同的两个人呀……为什么要去幻想顾堇修的温暖，是沈青禾的呢？

林夕颜，不要喜欢顾堇修，永远不要喜欢他，好吗？他是夏小淼的全部，没有他，夏小淼会活不下去的。沈青禾定定地看着我。

我点头，点头，不会，我不会喜欢他的。

可是沈青禾，你知道林夕颜心里喜欢的人是谁吗？是你呀，是在面前的你。可是我的缄默是无法燃烧的火种，只是黯然地望着天，看着地，只是在黑夜里，封成了永远不开的窖。

我的眼泪，顺着暗，缓缓地落了下来。

5．时光流离把物是变人非

和沈青禾谈过以后，我开始冷漠顾堇修。不再坐他的车，不再让他到我家，也不再和他说话。

就像以前，像以前那样，我们对立，尖锐，互不相干。

顾堇修莫名我的反应，只是碰过几次钉子后，也作罢。

他愤愤地说，林夕颜，你青春期加更年期综合征吗？

他低下姿态说，我做错了什么？哪里又不对了？

他讨好地说，我道歉，别生气了。

我突然觉得酸楚，我是在生气吗？我在生什么气呢？而他又做错了什么？也许只是一份友谊，只是单纯的友谊，是我想得太复杂，想得太多了。

转身离开的时候，满眼都是顾堇修受伤的表情。我凛了凛内心莫名的情绪，把步子走得又快又急。

翠微街的初夏异常地热闹，街边卖冰粉的，夜里卖凉皮的，拿着成串栀子花叫卖的……我想起青石板的街面，我和夏小淼来回地跑，吃了一家再吃一家，肚子撑得不行，一边闹着要减肥一边照吃不误。

有时候，夏小淼去买烟，老板嫌弃她年纪小，不卖给她。她就堆出很可爱的笑容，说是买给爸爸抽的。有时候，夏小淼去摘翠微公园的柿子，被逮到了就把眼泪挤得情真意切，别人就轻易放过了我们。有时候，我们踢着石子的时候，会不小心砸到路人的身上，夏小淼就拖着我的手，一溜烟地跑……

那个时候，我和夏小淼没有心事。她的烦恼是那些情书是谁写的呀，都不留名字，我的烦恼是数学公式要如何记住，考试怎么打小抄？我们也会讨论男孩，总是一天换一个话题，谁也不会长久。我们把一切都看得淡淡的，我们的快乐像水晶一样，清澈见底。

只是在十六岁的夏天后，我们的心里，被填上了一块又一块的石头。

我们的步子，不再轻快，以前会让我们快乐的事，现在已经无法开怀了。

时光是那么强悍，把“物是人非”阐述得很淋漓。

我有时候会去看夏小淼的妈妈，她开了一家早餐店，卖一些粉和面。她的脾气还是很大，有一次有几个混混去店里捣乱，她拿着滚烫的水把他们吓退了。他们走后，她无奈地冲我笑，夏小淼什么都没学到我的，就学到我的坏脾气……其实我也不想这样坏脾气，但她爸去世得早，我们孤儿寡母地要生活，为了不让人欺负，我不得不把自己变得很泼辣……

去看夏小淼的时候，我把这样的话告诉了她。她愣了愣，然后伏在桌子上，失声痛哭。

是这个时候，她才懂得了为什么。

而我，也看到了我遗失的一些母爱了。妈妈不是不愿意爱我，是我总把她拒之门外，是我总是冷冷地待着她，不让她靠近。

看过夏小淼后，我去了妈妈家。我站在厨房里，和她一起剥葱，我说，妈妈，我能不能每个周末都来？

她的眼里，就潮湿了一片，哽咽地看着我，点头，点头。

从知道他们离婚后，我再也没有喊过她一声。我在怨恨他们，即使到现在我也无法彻底地谅解他们，但是我知道，她是爱我的。而我，也是需要这份爱的。

这么好的初夏，朝颜花，繁盛一片。

我又开始坐在矮墙上看朝颜花，沈青禾也会来。他一遍一遍地跟我说，第一眼看到夏小淼穿着裙子坐在矮墙上的时候，有多么的惊艳。我微笑着看着他，把自己变得越来越坚韧，不再被他对夏小淼的深情刺到遍体鳞伤。

绘画老师说市里有绘画比赛，想要参加的同学都可以交一幅画上去。报名表发下来很久了，我也没有填，我知道自己是评选不上的，交过去不过是自取其辱。

这是林夕颜改不掉的自卑。

可是复试的通知书下来时，却有我的名字。我诧异不已，到底是谁拿了我的画，帮我填了报名表呢？我能想到的人，只有顾堇修。

绘画比赛的通知是写在校务栏里的，而参赛名字也公布在上面了。

在开校会时，我们在楼梯口遇到顾堇修，擦肩而过的时候，我低低地说了声谢谢。

林夕颜，你好冷漠。他困顿地说。

我没有看他，急急地离去，我不想再把他和沈青禾混淆了。

我也不想，让自己好不容易平静下来的心情被打乱了。

现在的我，只想要好好地学习，只想要考上大学，这样才能离沈青禾近一点。

沈青禾是我的梦想，不是吗？即使成为一匹白马停留在他的身边，我也会觉得快乐。

虽然进入了复试，但我依然没有在绘画比赛中拿到名次。老师说，林夕颜，你已经很不错了。

我笑了笑，在他看来，林夕颜能进入复试已经是个奇迹了。

有时候也想，到底要不要放弃画画？没有人看好我，也没有任何的天赋，只是努力就会有结果吗？只是凭着梦想就可以成功吗？

可是，又舍不得，那么舍不得画画。就像，那么的舍不得，放弃喜欢沈青禾一样。

原来，林夕颜也是死心眼，即使明知道道路可能不通，却还是坚持地走下去。

坚持走下去，是繁花盛开，还是荆棘丛生？

未来，总是一团迷雾。

【第六章】

成全，不是退让，只是想换一种方式，守望

1. 他身上的薄荷味，清爽美好

我是在翠微路口看到顾堇修的，他骑着摩托车风驰电掣的过去，连红灯也没有停下来。紧跟其后的还有三辆摩托车，喧嚣得很打眼。我继续走，可是心里却隐约地担心，他又闯祸了？又和别人比赛了？

我停了下来，转过身，往回走。再停下来，再回转。

犹豫地自己都看不下去，跺一下脚，还是往军区大院去了。

天都黑了，他还没有回来。心里的坏念头杀来杀去，都是血腥场面，出车祸了？挨打了？摔下山了？车速那么快，简直疯了。

初夏的天，还是微微地凉。我踱着步子，坐下，走，心神不宁。

幸好，他终于出现了。没有骑车，一瘸一拐地走着。

我奔了上去，急急地说，撞车了？伤到哪里了？干吗把车开得那么快？

他一个问题也没有回答我，只是怔怔地看着，然后缓缓地说，你是在关心我？

我哑然，心里也愣住了。是的，我也没有想到我会这样担心他，紧张他，是因为什么，因为……

好了，别说，我不会误会。他再一次恢复了冷漠的态度，打断我。

因为什么，我努力努力地想。其实我也不知道。我只是很担心他，这样的担心超过了我自己的控制范围，看到他安然的时候，我的身体才松懈了下来。当我奔跑过去的时候，眼泪几乎要落下来，那么一个瞬间，我几乎害怕再也见不到他。

恐惧裹在我的身体上，挣脱不开。

我在做试车手。他淡淡地说。

我松了一口气，但随即又紧张了起来。我是知道试车手的，当新车还没有推广上市的时候，会请试车手来测试安全性和车辆的指标，这样的工作非常的危险。

为什么？我问。

今天真是一个好日子，林夕颜竟然主动来和我说话……去喝酒吧。他看着我。

算……

好。

在他要说“算了”时，我说了“好”。他的脸有些惊喜。也许是刚才的害怕感让我答应了他，也或者是因为对他有着抱歉感所以答应……

坐在路边的烧烤店，他点了一打的啤酒。

干吗喝那么多？

想把你灌醉，然后……他的脸上有戏谑的表情，我浅浅地笑了。

伤得严重吗？我问。

嗯，挺疼。是在转弯的时候右脚在地面磨了一下，位置太斜了。

我看看，我扳过他的脚，撩起他的裤角。

你不知道，非请勿看？他有些躲闪，脸刹那间变得绯红，嘴微微嘟了起来，像个赌气的孩子。

他的腿伤得不轻，膝盖处血肉模糊的一片，血渍还未干。

我低呼了一声。

你等我，你等我。我急急地对他说，然后奔跑到对面的药店里，买了消毒酒精，纱布，绷带。他这样不处理很容易发炎，何况现在又是夏天。

再奔回街这边，因为太着急，没有看清车流，差点被一辆疾速而过的车子撞到。等我拿着药水回来时，顾堇修已经气急败坏了。

你赶着投胎？他吼。

我不看他，知道他是因为担心所以不想争辩，把酒精倒在纱布上，一点一点地擦洗，消毒。他疼得龇牙咧嘴，拿过旁边的啤酒一口灌了下去。

我白他一眼，没见过用酒来止疼的。

别喝酒，对伤口不好。我说。

他没有再喝酒。只是用手捏着我的胳膊，以减轻疼痛。虽然有些疼，我没有躲闪开，由着他。

清洗过后拿干净的纱布包扎了起来，再绑上绷带。

我抬起头的时候，正好迎上他柔软的目光，我的心剧烈地抖动了一下，然后别过头去。

空气里都是沉闷，我把一条烤鱼吃得乱七八糟，然后被鱼刺卡住了喉咙。顾堇修找老板要了醋让我灌下去。

我突然觉得我们的相处，变得有些诡异了。

莫名的慌乱，紧张，在迎上他的目光时，会突然地怔住。

是把他当做了沈青禾吧，我总是这样。

送我回去的路上，因为被路上的台阶绊了一下，我的身体踉跄地往前扑的时候，他一把抓住我的手臂往回拉，我的身体就撞到了他的胸口。我听见他的心跳，扑通扑通。

他的身上有薄荷的味道，清爽，美好。

突然他的脸朝我覆盖了过来，越来越近，越来越近。我的心几乎要跳了出来，初夏的风里，我的掌心潮湿一片，身体僵硬得不知所措。

夏天的味道扑面而来，阳光，青草，宁静，柔和……

我的眼睛愣在了那里，愣在了他的面前。我看着他轻轻闭上了眼睛，突然头一偏，躲闪了过去。

我几乎慌了神。

他微微地喘了一口气，然后松开了我。

我退后一步，再退后一步，转过身，拼命地跑。我的脸滚烫着，心跳那么紊乱，我觉得整个世界都乱糟糟的。

青石板的路面好像成了一堆棉絮，我踩在上面，是松软，很多的松软。我几乎要站不住了，我几乎要摔倒了。

我一路奔跑回去，没有开灯，抵在门上终于筋疲力尽地滑了下去。我的呼吸抖得不像话，很多的热，四面八方的，我喘不过气来了。我快要喘不过气来了。

我被刚才的那一幕怔住了。

很多的后怕，在我的心里，我几乎要迎了上去。

顾堇修在给我下蛊吗？

他要在我心里画上一道符，让我臣服于他吗？不，不，这绝对不行。我不可以中了这样的魔，可是我的心，为什么变得言不由衷？

我想起他帮系纽扣时的温柔，想起他想要一个“拥抱”做生日礼物的脆弱，想起他为我熬中药时的认真，想起他拿纸巾帮我擦鼻涕的厌恶表情，还有因为发烧坐在他单车后倚着他后背时的心安……

我被自己的念头吓坏了。

那么多的顾堇修，在我的脑海里晃来荡去，怎么赶也赶不走。拍掉一个，又一个，杀掉这个，又一个。

林夕颜被无数个顾堇修困得无法动弹。

是把他当做了沈青禾吗？可是明明知道是顾堇修，明明那么清醒的。

大脑是短路了吧。

整个晚上，都睡不着。辗转反侧，不得安生。

2. 仙人掌的刺扎在了心里

第二天，拉开门的时候，有个人竟然倒了进来。我的心再次剧烈地跳动起来。

顾堇修。我说。他竟然坐在我家门口睡着了，难道昨天一夜没有回去吗？就睡在这里？

他揉了揉眼睛，站起来。

对不起，昨天晚上对不起。他喃喃地说。

昨天坐在这里一晚上，只是想跟我说“对不起”？

我让了让，把他让进房间里，给他倒牛奶，拿面包。让他洗脸，刷牙。他上次走的时候，我没有丢掉他用过的牙刷，有时候洗漱的时候看见他的杯子他的牙刷，会有些发愣。

他坐在桌子上，咬着面包，大口地喝着牛奶。

我等下帮你换换纱布吧，纱布粘上了会疼。我说。

他很听话地坐到沙发上，撩开裤角，清洗的时候没有再捏我胳膊，也没有皱眉头。安静地看着我。

顾堇修，下次试车的时候，注意安全。不要把自己弄伤了……夏小淼，她，她会心疼的。我提到了夏小淼，我用她的名字来阻止内心混乱的情绪。也用她的名字来拉开我和顾堇修的距离。

知道了。我会的。他淡淡地说。

放学的时候，我去找沈青禾，我很急切地想看到他。

他依然那么暖，在一派初夏阳光里恬淡地微笑。

我的心突然安了下来。

是的，我喜欢的依然是沈青禾。对顾堇修只是一时的心动，不代表什么。那样的气氛，那样的瞬间让我突然迷失了。

现在，我又回到了正轨上。

我，林夕颜在看见沈青禾的时候，终于确定了内心。

周末的时候，我和沈青禾约好去看了夏小淼。她瘦了些，形销骨立的感觉。

一见到我，她有些急切地说，他很长时间没有来看我了，写了信也没有回。林夕颜，顾堇修，他是不是喜欢上别人了？是不是？

我的脑海里闪现出那天晚上的一幕，我落在他的怀里，几乎迷失了自己。我的心里充满了罪恶感，我怎么能这样呢？顾堇修应该是夏小淼的。我握着她的手，安抚她，不会，他只是太忙。他在课余的时间在做试车手……

是吗？他为什么没有告诉我。夏小淼的眼里都是惆怅。

是怕你担心，你那么心疼他，他怕你知道了会紧张他。我努力地笑笑，希望她安下心来。

让他来看我。她的眼里噙满了泪水。

我在心里狠狠地骂自己，林夕颜，你在做什么？你最好的朋友在坐牢，你却对她喜欢的人心猿意马？

探视的时间到了，我答应夏小淼会去找顾堇修，让他来看她。而我也让夏小淼答应我，一定要好好地照顾自己。

在和沈青禾回去的时候，我有些迟疑地说，不如……我们去喝酒吧。

我很想和他多待一会儿，也许这样能让我不再纷乱。

沈青禾依然不会喝酒，只是一点点就醉了。我和他走在微凉的风里，心里柔软不已。我心里的爱情海是属于沈青禾的，即使他的目光从来没有在我的身上流连，但这片海，因为他而慎重、美丽。

沈青禾，看着我身边的他，我的心里，隐约地疼着。如果可以，我宁愿像那首诗里说的，化作一棵树，立在你家的路上。为你发芽，为你开花，为你拼了力气地美。

曾经我那么介意自己迟迟不肯发育的胸口，还因为这样，我生生地嫉妒着夏小淼。现在，我的胸口终于如蓓蕾一样开始生长，但是，我依然是林夕颜，是那个不被沈青禾喜欢的林夕颜。

沈青禾的脸有些困倦，他告诉我，马上是高三所以功课加重了许多，父母报的培优班一节也不能拉下。我知道因为大人们对顾堇修的失望，所以把所有的希望都压在了沈青禾这个哥哥身上。

我去买了三盆仙人掌，看见花店里的含羞草的时候，我还是有些惆怅。曾经精心挑选过的含羞草，草草地遗失了。这一次我买的是仙人掌，想着当沈青禾看书累了的时候，困了的时候，能看看这样的绿色植物，缓解一下眼睛疲劳。

我在军区大院里等他回来，没有等到沈青禾的时候，顾堇修先回来了。

我奔了过去，举着那三盆小小的，开着红色黄色小花的仙人掌捧到他面前。

帮我带给沈青禾。我说。

送给他？他的脸上凝了一层霜。

嗯，送给他。我先走了。

顾堇修接过我手里的仙人掌，然后静静地看着我，松开了手。仙人掌哗啦全部落到了地上，陶瓷的小花盆炸裂，仙人掌散乱开来。

我低呼一声，慌乱地蹲下去捡拾，仙人掌上的刺扎到了我，我吃疼地缩回了手。顾堇修一把抓住我的胳膊拉我起来，别捡了！

放开我！我气急败坏，使劲地挣扎。他怎么可以这样不可理喻？他做的每一件事都不去替别人想一想的吗？

他的手箍住我，我挣脱不开，朝他的脚上踢了过去。他微微地蹲了蹲身子，眉头拧成了一团，但始终没有松开我。我想起他的脚伤了，他的脚伤还没有好……可是我凛冽了内心的柔软，我不能为他担心，不能。

林夕颜，你……

放开她！是沈青禾，他及时地出现了。

不关你的事。顾堇修怒气冲冲地说。

林夕颜的事也不关你的。沈青禾笃定地看着他。

顾堇修看着他，手松了下去，我退了一步，站到沈青禾的身后。顾堇修狠狠地瞪了我一眼，然后大步地离开。

我蹲下去，看着已经摔坏的仙人掌。为什么每次送给沈青禾的礼物，不是失踪就是坏掉？

是仙人掌？他说。

嗯，本来打算送你的，被顾堇修扔到了地上了……我有些委屈地说。

没关系，我当收到了。沈青禾笑了笑。

3．顾堇修是一滴墨浸到了我的心田

夜里，我的门被踢得大响。拉开门来，是一身酒气的顾堇修。他踉跄地摔进来，手里还拿着酒瓶子。

我用脚踢了踢他，快起来。

他嘟囔着，手撑着地面站起来，但又摔了下来。我只好拽着他，扶着他，拖着他，把他弄到沙发上，刚躺下，他就低下身，嗷嗷地呕吐起来。

我气急了，但不得不打扫和清理。拿毛巾擦他嘴角的呕吐物时，他用手挡了过去，醉眼迷离地看着我，林夕颜，哥有什么好？他不就书念得好吗？我也可以，只要我愿意！

我不理他，拿毛巾替他擦了擦脸。

他捏住我的手，在挣扎的时候我们一起摔到了地上，他压在了我的面前，手牢牢地箍住了我，我们的目光撞到了一起，我的心又开始恍惚，被震得不知所措。

我喜欢你。他一字一字地说，声音困顿，眼里有微微地疼，散乱破碎。

不要。我抵抗，很无力。

为什么不可以？

夏小……

别提她，我是因为想要接近你才和她走近……我不想要她为我做这么多……为什么我要一直愧疚她……

不行，我们不可以。我急急地说，我想起夏小淼拿出小刀比在手腕处的决绝，想起沈青禾说不可以喜欢顾堇修，想起还在坐牢的夏小淼。

可是，我的内心为何如此痛楚呢？

如抽丝剥茧般，碾来，碾去。那么多的失望，让我几乎抵抗不

了，抵抗不了他柔软的眼睛，抵抗不了他深情的告白，抵抗不了他在我心里下的蛊……

原来，原来，顾堇修是一滴墨汁，漫不经心地浸到了我的心里，就染了满池的色。

无边的沉，在剥开最后一层时，把我撞得粉碎。

可是，我不能。我的心里凛然一惊，拉回到现在，此时。

顾堇修，你放开我。我用力推他，声音是虚张声势的怒火。

不放。他倔犟地用了用力气，唇胡乱地压了下来，屈辱、委屈在此刻崩溃。眼泪在脸上洇洇地散开，顾堇修猝然地放开我，唇上渗出丝丝的血，他抿了抿唇，向后颓然地仰倒过去。

对不起。他喃喃地说。

我迅速地站起来，跌跌撞撞地奔回房间，关上门，摔在地板上，松懈了所有的武装。我迷失了。我再一次错乱了方向，走进了一片迷雾。

月光那么凌乱，空气那么混杂，我的心，百转千回，迂回曲折，在夜色里，我把自己弄丢了。

不是一向那么讨厌顾堇修的吗？不是一直喜欢着沈青禾的吗？可是现在所有的论证都变得不可靠，我的内心，在不停地作战，斗争。

分不清输赢。

怎么了？怎么了？

第二天上课，心神不宁，每一节课后我都伏在走廊的铁栏杆上，十指交叉托着下额，好像在想什么问题，其实我知道，我的目光一直在寻找什么。

夜里，我看着顾堇修离开的，他的背影那么孤单，那么寂寞，然后他停了下来，转过身，看了看，再走几步，停了下来，再回过头来，看了看。即使看不清他的脸，但我也感受到了他的眷恋，他的不舍。

我从来没有认真地看过他的背影，以前我的心里只有沈青禾，我总是痴迷而偏执地看着他离开，走远。是看到顾堇修的时候，知道原来离开的那个人不曾回头，是因为他的心里根本就没有你。

当他对你不舍时，会想要多看一眼，再看一眼。那一眼的荒凉，其实藏着那么多的暖，那么多的温度。

我把过往拼凑起来，我把忽略的那些部分连贯起来。我看到了顾堇修的真心，可是当他把真心坦然地交给我时，我却一次又一次地推开了，我从来不曾相信，与其说我不相信他对我的真心，还不如说我这样自卑的性格，让我不相信自己会得到他的真心。

我固执地认为他只是为了得到，只是为了证明，只是为了满足他花心的性格，可是现在我知道了，在他停下来，转身的这一刻，我终于确定了他的真心。

可是，太迟了。

我们已经错过，在时光里。我们的相遇不仅仅是我和他的，还有那么多的误会阻止了我向他迈进的步子。

原来，他倔犟的，桀骜的，明媚的，疼痛的，忧伤的，无奈的……那么多的眼神，早已经一点点在我心里堆积了起来，填得到处都是。

我一直拒绝的，害怕的，是不想自己陷进去。陷进去，是万劫不复，是永不超生。

而我，一直是这么谨慎而小心呀。

我宁愿绕上很长的一段路，宁愿避开与他的相遇。但现在，我发现我又走了回来，走到了原点，起点。

这么诡异，难道这就是所谓的命运，注定?

可是，夏小淼，亲爱的夏小淼，她呢?

直到放学的时候也没有看见顾堇修，然后看见了陆凯，急匆匆地从我面前经过，脸色凝重。

陆凯。我喊他。

林夕颜，现在没空和你说话，顾堇修出了事，我现在要去看看。

他一边走，一边说。

什么！我的心提了起来，奔到他面前，追问。

好像是试车出了意外，也不大清楚……当初我就不同意他去做试车手，现在可好，真出事……

他出事了？我的声音像一片玻璃一样，“哗”的一下碎掉了。那么多的害怕和恐惧如水草一样缠住了我，顾堇修出事了，他会死了吗？会就这样凭空地消失了吗？

天是孔雀蓝，云是琉璃白，一切看上去都安然美好，可顾堇修出事了。

我跟着陆凯，我也去。我说。

直到看到顾堇修，我才松了口气。即使他浑身都缠着绷带，戴着氧气面罩，静静地躺在病床上，可还好，他还活着。

他还活着。

他的身边围着好多人，沈青禾回过头来看见我，走了过来。

还在观察，应该没有问题，别担心。沈青禾说。我有些木讷地点头，后怕过后，我还有些恍惚。我多害怕，就这样再也见不到他，多害怕，他会死掉。

第一次面对死亡，是爷爷的去世。小时候父母忙，总把我丢在爷爷家里，我和爷爷相依为命，我爱他胜过爱父母，是七岁的一天，我在花园里玩，因为口渴我回到房间里找爷爷要水喝，他在客厅的躺椅上睡着了。我喊他，可他没有答理。我再出去玩。可过了吃晚饭时间，他还是没有醒来，我怎么喊他都不答理，我随便吃了点零食又出去玩。夜里自己爬到床上睡觉，我想爷爷一定是困了，所以才睡得沉。

是第二天，家里有客人来才知道爷爷已经走了。原来死亡是这样的，你再也见不到，看不到，你和他说话他不会回应你，你冲他笑，他也不会理你，他就那样凭空消失在你的世界里，让你落空，再落空。

死亡是多可怕的字眼呀，让人变得虚弱无比。

是这样的恐惧，害怕着顾堇修会死掉，害怕再也见不到，碰不到，害怕说话的时候没有回应，害怕笑的时候，不会理你。

我的身体，虚弱无力。

眼泪，终于涌了出来，我是这样迟钝的一个人，在知道他还活着时，终于哭了出来。

不要死，顾堇修。

不要离开。

林夕颜已经做完了所有的证明，她知道了，顾堇修的重要。那么，那么重要。

可是，然后呢?

然后呢，是空白，是一堵空白的墙，横陈，延伸。

4. 她的眼里煎熬的忧伤

我去医院看过顾堇修几次，总是远远的，隐在观察室的玻璃后。他已经醒来，身边总是围绕着很多人，是他的爸爸妈妈、爷爷奶奶，还有叔叔阿姨吧。他们的脸上都是宠爱、疼惜，我想，顾堇修很快就会好起来的。

我总是装作无意地遇见陆凯，然后再无意地问问他，顾堇修的情况。

是脚踝骨裂，一些外伤，轻微脑震荡。

他无奈地耸耸肩膀，总是喜欢逞强，现在受这么严重的伤，会消停些了吧。

我勉强地笑了笑，是的呀，顾堇修太让大人们操心了，总像长不大的孩子。

我回家的时候，妈妈正好过来，抱了被子去花园里晒。阳光如柳絮翩跹，看着妈妈的时候，我想起了围在顾堇修身边的家人。我是羡慕他的，他的身边满满的都是关爱，而我，我却是一个单亲家庭的孩子，一个常常被忽视的孩子。

最近没有好好吃饭吗？瘦了。妈妈嗔怪地说。

我走过去，学着她的样子，拍打着被褥，掩饰内心的温暖。

没有，都好。

夕颜，搬过来和妈妈一起住吧，你总一个人待着我不放心。

我习惯了，再说上学也不方便，太远了。

可以转学，反正只有最后一年，上完就出国，也不用太努力学。

我背转身，每次谈到这个话题，我们都会不愉快。我不想出国，一点也不想。我的脑海里闪现出顾堇修的脸，我突然觉得，我不愿意离开，是因为不想离他太远。

妈妈做了晚饭，帮我打扫了一下。我坐在客厅里，看电视，其实我什么也没看进去，我的眼睛一直跟着忙碌的她的身影，其实我想要的家庭生活就这样，不要很多很多的钱，想要很多很多的爱。

完整，温暖。

但我还是成了一个单亲的孩子，这是无法改变的事实了。

我叹了口气，倚在沙发上，沉沉地睡去了。醒来的时候，已经在床上，身上盖着被褥，妈妈躺在我的身边，我的眼睛瞬间就潮湿了。

有很长很长一段时间没有躺在妈妈身边睡觉了，其实我还是一个孩子，即使再任性，再尖锐，也只是一个孩子。

我挪了挪身子，把手环绕过去，抱住了她。

这一夜，我睡得很沉，很沉。

放学的时候，陆凯在教室外等我。他说，顾堇修找你有事。

什么事？

不清楚，只说找你。陆凯拍拍单车的后座，让我坐。

到了医院的时候，顾堇修正斜倚在枕上，安静地望着窗外。他转过身看见我的时候，眼睛开始闪闪发亮，那些光芒刺疼了我，让我的心又开始疼了。

是什么事？我凛冽着内心的柔软，生硬地说。

太无情了，住院了所有的同学都来探望，你也不关心一下？他有些赌气地说。

顾堇修，到底找我什么事？我提高了声音，冷冷地说。我不想让他误会，不想这样继续，我们之间隔着太远的距离，跨不过去。只有硬下心来早早了断。

你吃火药了？就算是同学也该来探……

没事我就走了。我打断他，身体很虚弱，我的手一直拽着长长的书包带子，用了很多的力气才让自己尖锐了起来。

林夕颜！他把桌上的杯子“哗啦”的一下砸到了地上，碎了。

顾堇修，你为什么冲林夕颜发脾气？陆凯挡到我的面前。

滚！他吼，把枕头向陆凯砸过来。

莫名其妙！陆凯拽着我的手，往门口走，我的眼里蓄满了泪水。

走出病房的时候，我颤着对陆凯说，我先走，先走了。

转过身，眼泪滑了下来。我想我对他太心冷了，他不过是想让我看看他，可我却用这样的态度刺疼他。当我举着武器向他攻击的时候，我的心生生地疼着。

林夕颜。我顾不得经过我身边喊我的沈青禾。我现在无法面对他，无法解释，无法说清，我只是想逃离，想要远远地走开。

狠下心来，一定要狠下心来。这是对我们的惩罚。

盛夏开始了，朝颜花一朵拼着一朵地开着。我总是坐在矮墙上发呆，叹气，连画画都进不了状态。总是拿起画本就章法混乱，毫无进展。

我比先前更加频繁地去看夏小淼，用这样的方式抵挡内心的防线。我溺水了，我呼唤不出，只是挣扎、矛盾、疼痛。

夏小淼已经知道了顾堇修受伤的事，她为他折了五百二十只纸鹤，她无奈地笑，不能去看他，不能守在他的身边照顾他，只有这样了，林夕颜，我总是把每一天掰开来，我总是说，这一秒过去，我就离见他的时间更近了，再近了。

夏小淼，夏小淼用这样的方式来熬着时间，用这样的方式来撑过思念。而我，我和顾堇修又做了些什么呢？那么多的罪恶感，让我喘不过气来。

林夕颜，我真想只爱一点，只爱一点点。就像李敖曾经说的，他只爱一点点。一点点的爱会让自己不受伤，会保全了自己的完整。夏小淼苦涩地笑了笑，仰起头来，看着窗外那一方逼仄的景。她的眼里是那么深的忧伤，那么多的痛楚。

可我知道，夏小淼不是一点点，是全部，是所有，是全部的所有。

那个如小兽一样强健，快乐，飞扬跋扈的夏小淼，在爱里一城一城地陷落，丢掉了所有的盔甲，丢掉了所有的外壳。原来，一个人太爱的时候，总是拿着柔软面对对方，可这样的柔软却总是一点点，只那么一点点就被伤得痛彻心扉。

太爱，有时候，是对自己的一种残忍。

5．不要成为绊住你幸福的石头

从夏小淼那里拿回来的纸鹤，我交给了陆凯，让他转给他。我决意不再见顾堇修了，我要把他忘记，要努力地，彻底地断了所有的念想。

他是属于夏小淼。是属于她一个人的。

从陆凯那里知道，顾堇修的伤势大好，快要出院了。我淡然地笑了笑，就算只是听到他的名字，只是他的名字，也会让我内心掠过疾风。

在路口遇到沈青禾，他笑容温和地说，林夕颜，一起去喝酒吧。

我们坐在翠微街的盛夏里，梧桐树的叶子在阳光下有着淡淡的清香。有卖栀子花的小贩经过我们身边，沈青禾买下了两朵。两朵花是用绳线穿起来的，他低下头拿着栀子花上的绳线缠绕到我书包的带子上，他的眼睛很柔软，退一步说，很漂亮。

我低下头，看带子上的栀子花，那么芬芳，那么清新。阳光这么美好，心里的阴郁散了些。

那天夜里，我又喝醉了，当酒精灼烧着我的胃时，会觉得心里暖了些。

沈青禾由着我，他安静地看着我。他说夏天快到尾声的时候，夏小淼就要回来了。她还会上学，还要考大学，她很聪明，有天赋，一定要有好的前程。

我点头，使劲地点头。

夏小淼就要回来了，她终于可以回到顾堇修的身边了。

顾堇修说过他会要她的，还会要。

喝到最后的时候，沈青禾看着我的眼睛说，他说，林夕颜，我想做你的男朋友，可以吗？

我想，我是喝醉了，才会有这样的混乱的思维。

我使劲地拍打自己的头，抱着酒瓶笑得很傻，沈青禾，你怎么有两个？

看不清，面前的人到底是沈青禾还是顾堇修。他们一点也不像，可他们分明又很像，同样的琥珀色眼睛，很长的睫毛，眨呀眨，让我心里炸来炸去。

然后，就伏在桌子上，睡了过去。

我梦见了夏小淼，她穿着婚纱，很漂亮的婚纱，她走在玫瑰花瓣的地毯上，笑得很甜，她的身边是顾堇修，他们牵着手缓缓地走过，站在礼堂的中央。很多的欢呼声，喧闹不已，有人问，顾堇修，你愿意娶夏小淼吗？没有等到他回答，我先说了，我说，不要，不要！

夏小淼不可置信地看着我，她说，为什么？

为什么？我问自己。为什么顾堇修不可以娶夏小淼，为什么不可以呢？我也不知道了，很混乱，很混乱，满世界只有夏小淼咄咄逼人的声音，为什么？为什么？

我睁开眼的时候，松了口气。只是一个梦，这个梦让我害怕。

我想起夏小淼的愿望，她希望我和她同一天结婚，穿同样的婚纱，在同一个礼堂。可是，我要成为绊住她幸福的那块石头吗？

沈青禾背着我，微凉的风里，我心事重重。

林夕颜，你醒了吗？

嗯。放我下来吧。

你那么轻，不要紧。

谢谢你，沈青禾，谢谢你。我由衷地说。

刚才我说的话，你听清楚了吗？他缓缓地问。

什么？我的心里，想起刚才他说的话，他说要当我的男朋友的话。可是这怎么可能？他心里只有夏小淼，他那么深地喜欢着夏小淼，刚才的话只是我的幻觉吧。

做你的男朋友。他一字一句地说，我想做你的男朋友，可以吗？

为什么？我的心，突然哽咽住了。我曾经那么的喜欢着他，沈青禾是我的初恋，是我无望的单恋，那么多的夜里，我总是念着他的名字，画着他的眼睛，那么多的时光里，我总是躲在暗处，贪婪而忧伤地看着他。那么多的日子里，我被思念困住了，只是想要见到，见到他。

可是，为什么当他说要做我男朋友的时候，我纠葛地说不出话来？

曾经的我，把这样的情景当成一个梦想。曾经的我，努力地学习，努力地画画，只是为了能变得更加优秀，可以与他并驾齐驱。曾经的我，为了不曾发育的身体，黯然忧伤。

现在这一切如梦一样地实现了，沈青禾说他要做我的男朋友。是童话？是传奇？是奇迹？是冥冥中的念想破解了我平凡的命运吗？

现在。

我的初恋，开出了花来。

我的单恋，守得明月。

可是，快乐，却在我的指缝间，如流水一样地失去了。

我哑然，缄默，胸腔里都是疼痛。

林夕颜……不可以吗？沈青禾放我下来，站在我的面前，细细地问着。他的目光里，有那么多的暖，那么多的柔和，像这个夏季最好的时光一样。

风过，有眼泪，一滴一滴地落了下来。

对不起，林夕颜，我知道你很为难……可是，你知道的，夏小淼，夏小淼那么喜欢顾堇修，她没有他活不了。而顾堇修，我看出了，他其实一早喜欢的人就是你……知道吗？他在医院昏迷的那些日子，喊着你的名字，是你，林夕颜，而不是夏小淼……我被镇住了，我真的很伤心，夏小淼怎么办？她为了他坐牢了，可是他却在心里辜负了她……我很抱歉，林夕颜，我们只是假装，只是假装做男女朋友。因为我是哥哥，所以顾堇修会隐忍的。他会好好地待在夏小淼的身边……

沈青禾说了长长的一段话，我心里的纷乱突然就安静了下来。我知道了，不是因为喜欢我，还是因为夏小淼，为了夏小淼，所以和我在一起。

沈青禾困顿地说，好吗？我想要成全夏小淼的幸福，想让她好好地生活。

好。我说。

为了夏小淼的幸福，沈青禾放弃了自己的内心，为了成全夏小淼的幸福，沈青禾做出了这样的选择。而我，也应该清理自己的内心，让顾堇修走。

沈青禾的手，轻轻地握了过来。

是很温暖的手，但是，当我们的手牵在一起的时候，是冰凉的。

这一天起，我明白了成全的含义，让喜欢的人幸福，这也是爱的一种方式。

【第七章】

有忧伤，卷过我们年轻的脸庞

1. 夏小淼归队了

我和沈青禾故意的，故意地在顾堇修经过的地方出现。我坐在他的单车后，手轻轻揽住他的腰。

在我的余光里，我知道顾堇修看见了我们，他的身体在风里朝我们追了几步，然后停了下来。站在人来人往的街，停了下来。他忧伤的眼睛一路追来，我疼得直不起腰来，只是紧紧地咬着嘴唇，不让自己哭出声来。

阳光在这个时候，被抽离了。只有凉薄的天、凉薄的风、凉薄的夏天，在身后隐隐地哀伤。

夜里，我对着镜子一遍一遍地笑，我挥舞着手，假装自己很快乐，可是镜子里的那个人，分明流着眼泪。

在放学路上，遇到了顾堇修。他立在我的面前，憔悴不堪，眼里都是细细的血色，嘴唇干裂，他幽幽地说，恭喜你。

我抖了一下，紧紧地握着书包带子，淡淡地说，谢谢。

擦身而过的时候，他突然用力拽住了我的手臂，林夕颜，你一点也不喜欢我吗?

我的心里，就有了铁马冰河的荒凉。

以前没有，现在没有，将来也不……

住口！他生硬地打断我，手无力地垂下。

我缓缓地走过，那么安静，忧伤。漫天都是雨，是下雨了吧，在这样无望的时候，这样的情景竟然像蒙太奇一样的空幻，让我分不清真实。

我的身体，突然成了一座空城，空得没有心的城。

我只是经过，擦肩而过，只是，没有回头。是知道了，当一个人离开的时候，不回头，有时候不仅仅是因为他心里没有这个人，还有就是，他哭了。

他哭了，不想被看到伤心的泪，所以昂然，决意地离开。

没有一点回旋的余地，而我和顾堇修只能这样告别了。

漫天的灰，就这样，把我埋掉了。

盛夏到了尾声，夏小淼要回来了。一切都会回到当初她离开时的模样，可是又有怎样的不同，在我们的心里，浩劫了一番。

我和沈青禾去接夏小淼出狱，我知道顾堇修也会去。

沈青禾的脸上都是急切，他在门口来回踱着步子，问我，怎么还不出来？还要多久。

我从来没有见过沈青禾焦灼的样子，他一直那样笃定，一向那样淡然，总是恬然地微笑，很安稳。现在他的紧张，急切，是因为夏小淼，他等不及要看到她自由，重获新生。

我走到他面前，握住他的手，马上，很快。

他冲我勉强地笑了笑。目光朝我身后停了停，我回过头去，顾堇修也来了。看着我握住的，沈青禾的手，皱了皱眉头。

哥，你太没眼光了。他的语气都是冷。

我松开了沈青禾的手，垂下了眼。

铁门缓慢地打开了，我们都转过身去，看到夏小淼了。她提着一方小包，一脸的笑容。看见我们的时候，她尖叫一声，丢掉手里的包，奔跑了过来。

这又是我所熟悉的夏小淼了，张扬，明亮，一身的活力。

她的速度，那么快，然后跳起来，狠狠地抱住顾堇修。他的身体因为她的冲撞退后了一步，但还是稳稳地托住了她。她的手搂着他的脖子，双脚夹住他的腰，一边尖叫，一边急切地亲吻下去。她的身体如盛开的玫瑰，在阳光下，竭力的欢喜，不知所措，百感交集。

她只能紧紧地搂住他，用尽所有的力气，不管不顾，狠命地搂住他。

看着这样癫狂的夏小淼，我的泪，涌了上来。

她的爱，太强大，太震撼。她的爱，不留余地，没有自我。

我想你。顾堇修。

顾堇修，我想你了。

我真的，真的想你了。顾堇修。

她泪流满面，语无伦次。

……夏小淼终于平复了一些心情，从顾堇修的身上跳下来。紧紧地抱住我，在我耳边喃喃地说，我也想你，林夕颜。

我轻轻拍拍她的背。

她转向沈青禾，重重地抱了过去，谢谢你，哥哥。

她的一声“哥哥”让沈青禾的身体晃动了一下，他的脸色变成虚弱的白。我知道，夏小淼的一声“哥哥”拉开了他们所有的距离，注定了他们所有关系。他是顾堇修的哥哥，从此以后也是她的哥哥，他们是亲人一样的关系了，别无其他。

一路，夏小淼都雀跃不已，告诉我们她在里面的生活。她是瘦了些，也长高了，因为消瘦，眼睛显得更大了。头发是碎碎地短发，她说要重新留起来，留成顾堇修喜欢的长发。

沈青禾和我走在他们的身后，他的眼睛总是不由地看着她的背影，很痴迷。我冲他笑笑，知道他的难过，想这样安慰他。他勉强地回了个笑容，眼睛很忧伤。

夏小淼在浴室里洗澡，一声一声地唤，顾堇修，拿毛巾。顾堇修，衣服。

她像个撒娇的小妻子缠着他，用这样的方式表达她的依恋。顾堇修由着她，立在浴室的门口，透过虚掩的门给她递东西。

我和沈青禾坐在沙发看电视，但我们都有些坐立不安。夏小淼从浴室出来时，直接罩着一件宽松的T恤。赤裸着脚在房间里奔来奔去。她白皙修长的腿在我们面前晃来晃去，很性感。我困难地咽了咽口水。

以前夏小淼也是常常这样，穿着宽松的T恤，赤着脚。可那时，房间里没有男孩，现在，这样，让我的脸微微的有些烫。

我看到，沈青禾的脸，也绯红了一片。

她终于安静了下来，躺在沙发上，像只慵懒的小猫蜷在顾堇修的怀里，困乏地睡去。半梦半醒的时候，她嘟囔着，顾堇修，顾堇修。

顾堇修抬眼，望向我。我慌乱地平视前方，假装没有被他的目光烫伤。

现在的夏小淼像个小娃娃，一刻也离不得顾堇修。只是一遍一遍地喊着他的名字，希望他在身边。

顾堇修抬起手来，轻轻地理了理夏小淼额上的乱发。脸很温柔。

我相信，顾堇修对夏小淼是有感情的。

而夏小淼，一定会打动他，让他从内心接受她，喜欢上她。

她一直那样努力，她可以的。

一定。

2．她的情绪牵动着你的神经

夏小淼嚷着要喝酒，非得醉。她说她在狱里时，最怀念的是和我们一起喝酒，那样放肆，那样欢快。

我们早已经准备了酒，在家里为她接风洗尘。

一字摆开的酒，一些熟食。我们碰杯，欢呼，笑闹，夏小淼斜过身子，将啤酒摇出很多的泡沫，然后浇在我们身上。我们躲闪，追逐，互相喷洒啤酒，带着泡沫冰凉的液体从我们身上淋灌下来，很酣畅。

许久不曾这样大声地笑了，我们在青春的路上，跌跌撞撞，无所适从，然后渐渐安静了下来。也许这些伤痕是人生给我们的第一堂课，在这以后，我们可以寻找到更好的方向，好好地，生长。

夏小淼最先醉了，她摔在地板上，重重地喘气。我也躺了过去，她的眼泪蹭到了我的领口，她说，林夕颜，我终于回来。我回来了，林夕颜。

我哽咽，点头。

嗯。嗯。

这一年如世纪那样漫长，每天看着窗外的时候，我的心，就沉得透不过气来。我想你们，想自由，想要更多的阳光和空气……眼泪从她眼里汹涌地流出，然后她沉沉地睡去。

我用指尖细细地擦拭她眼角的泪，夏小淼，我亲爱的朋友终于归队了。

顾堇修抱着夏小淼去楼上卧室，她的身体在他怀里侧了侧，把头埋在他的胸口。

我去了花园，坐在如水的月光下，看矮墙边那些朝颜花。它们快要谢完了，只剩下蔷薇花在夜色里浓烈盛开。这些蔷薇花是夏小淼种的，她搭了花架子，她说，朝颜太素了，会可惜这好的时光。

其实，再素的花，也有自己最美的时光。而我呢，在最美的时光里，遇上了谁？

还不睡？沈青禾坐到我旁边，给我披上一件外套。

今天玩得真累，但很开心……我笑着说。

喜欢一个人的时候好奇怪，她笑，你也开心，她哭，你也难过，她的一点点情绪就牵动着你所有的神经……沈青禾看着夜色，幽幽地说。我知道，他在说夏小淼。

见她这样快乐，我觉得很满足……她吃了那么苦，以后要只剩下幸福。他说。

我想，夏小淼会幸福的，有沈青禾这样的深情，守护着她的幸福，她会安然地微笑，不再受伤。

那天晚上，我和沈青禾说了许多话。我们从来没有这样彼此了解，他的好，他的善良，他的优秀，他的深情，让我觉得他如完美的王子一样高贵。一定会有另外一个公主在不远的前方等着他，他也会幸福。而，林夕颜，也会。

天蒙蒙亮的时候，我倚着沈青禾的肩膀睡着了。

很多的困倦，也有很多的期待，在未来里，岁月会造就我们怎样的人生，怎样的命运？无从知晓，但我们的内心，都充满了勇气，一定要好好地，更好。

那一夜，顾堇修一直留在夏小淼的房间里。

第二天，我陪着夏小淼回家。

站在她妈的早餐店门口，她竟然慌得想逃跑。她说，林夕颜，我紧张。

我握住她的手，说，到家了。

总有一段青春里，我们身上流淌着叛逆的因子，我们想要去更远的地方，走很长的一段路。我们拼命地逃离束缚我们的家，家人，我们以为自由和空气大过于天，我们总想，只要走出家门，一切都迎刃而解。可是当我们离开家，独自行走时，才发现很难，真的很难，原来被我们抛下，丢开的家，才是我们的港湾，是我们很想念，很怀念的温暖。

夏小淼深深地呼了口气，坚定地看了看我，推开门。

看见夏小淼的时候，她妈妈的身体怔住了，然后举起手来，想要拍打下去，只是在落在夏小淼身上那一刻，她一把拉了过去，抱住夏小淼，紧紧地抱住了她。她们曾经如两只兽一样水火不相容，她们彼此伤害又彼此依靠，她们谁也看不上谁，却又谁也离不开谁。这样的母女关系，也是母女。

她们在抱住的时候，所有的怨恨都冰释前嫌了。

夏小淼回了家。

我也去看了爸爸和妈妈。当妈妈再问起我出国的事时，我同意了。

我想，他们是为我好的，我抗拒的不是他们安排我的人生，而是总想忤逆他们的意愿。这样的忤逆，其实是想要更多的关注。

我慢慢地懂得了一些道理，慢慢地学会了原谅和宽容。

虽然这样的领悟总是要付出一些代价才会懂得，但幸好还不晚。

夏小淼的妈妈本来打算让她转学，去另一所学校。免得回到以前的学校，受到老师和同学的非议，那些眼光一定会让夏小淼喘不过气来。夏小淼不想，她说她已经为过去的错误付出代价了，现在只有面对现在的自己，这样有着污点的自己，才能够真的站起来。

她说，我不介意自己。所以，我不在乎别人介意。幸好，还有顾堇修，还有你，林夕颜，你们一直在我的身边，所以我会挺过去的。

夏小淼的复课没有费多少周折，少管所的领导和学校领导交涉过了，而夏小淼的成绩一向很好，校方很快就同意。只要学习能跟得上，她还回原来的班级。

得到消息的夏小淼很快乐，她在学校的操场上一圈一圈地跑。每次跑到我身边，都拧拧我的脸，林夕颜，你是不是穿32A？

我就笑，她也笑，脸上的酒窝更深了，在阳光下非常地美。

一切都过去了，现在是现实安好的日子。夏小淼回到了学校，她成为顾堇修身边唯一的女孩，顾堇修每天都载着她上学，放学。即使夏小淼落下了课程，但她的成绩在第一次测试后还是获得了第二名的成绩。

沈青禾的笔记，提纲都是有用的。那是他在夜里，一笔一笔为她誊抄整理的。

夏小淼会拉着我和顾堇修，给我们补课。她说，要都考上大学才行。

她说，一个都不能落下。

沈青禾也会来，看夏小淼拿着小棍在我们做错题的时候轻轻敲打我们的手心。她笑得那么美，她又成为以前的夏小淼。

只是，她没有再用文身贴纸来假装了，她真的去文了文身。在胸口的肋骨上，文着顾堇修名字的缩写，她说，她是顾堇修遗失的那根肋骨变成的。

她拉开领口给我看，笑得很甜。

夏天的阳光都落在了她的脸上，幸福连成一片。

秋天就开始了。风中的我们，像一株竹子，一格一格的生长着。旺盛，茁壮，生命力很强。

3．喜欢时无从表白，放手时却又知了心意

有一天我们在做功课的时候，夏小淼突然从房间里举着一个画本奔跑出来。

我一眼就认得了，那是我的画本。我画过那么多的眼睛，那么多的沈青禾，那个时候，我深切地迷恋着沈青禾，把他当做我全部的信仰。

我的心，哆嗦了一下。站起来，想要抢夺她手里的画本，她笑得咯咯地，她说，林夕颜，原来，原来……

我紧张地看着她，生怕她把秘密说了出来。沈青禾并不知道我曾经喜欢过他。

我使劲地朝夏小淼眨眼睛，她了然，但还是故意地逗弄我，要我为着画本和她争夺。

原来……原来林夕颜你的画已经画得这样好了。

我松了一口气，幸好她没有说出来。我抬眼看一旁的沈青禾，正饶有兴致地看着我和夏小淼闹作一团。

我挠她的痒痒，她总是会怕这个，每次一挠她痒，她就缴械投降。

好了，给你，还给你！夏小淼把本子递给我，促狭地朝沈青禾笑笑。

顾堇修不耐烦地拍桌子，别闹了，烦人。

夏小淼笑个不停，可是本子在还未到我手里的途中，被沈青禾截住了。他拿了过去，我和夏小淼呆住了，她着急地想要拿过来，别，别开。

沈青禾笑着说，让我看看林夕颜画得怎样。

打开本子的时候，空气突然就怔住了。他细细地翻着，我画的无数的他，每看一页，脸色就凝重了一些。

我曾经的秘密，赫然地摆在了沈青禾的面前。

虽然我们曾经说过要假装做男女朋友，但在沈青禾看来，那只是因为成全我们才合演的一出戏。而夏小淼和顾堇修在一起后，我们并没有表现出太多的端倪，夏小淼一直不知道，我和沈青禾之间的约定。

但是，现在，这个画本让我曾经的爱恋，不合时宜地曝光了。

气氛变得很尴尬，我转过身，奔回了房间，关上门，不知所措。

夏小淼过来敲门。

好夕颜，乖夕颜，我错了。她在门口讨饶。

我把门轻轻地打开来，她挤进来。

原来你喜欢沈青禾……我还这样粗心，不知道好朋友心里想的什么？她拉着我的手，轻轻地笑。

不是，不是的。我争辩，解释。但无法开口。我是曾经喜欢沈青禾的，那么深的暗恋在黑夜里让我疼痛纠葛，但是顾堇修任性而霸道地闯了进来，闯入我的内心，一格一格地，如积木一样地填满了我的内心。

喜欢一个人没有错，夏小淼看着我，去表白，去告诉他，要勇敢。像我一样，勇敢地追求，就可以得到爱情了。

我苦涩地摇了摇头，我永远没有夏小淼的勇气。我只会把所有的喜欢收拢起来，藏在心里，我从来不是一个主动的人，我被动而自卑。何况，现在，我对沈青禾的感情已经时过境迁，但是，夏小淼却认定了我心里喜欢的人是沈青禾。

沈青禾在敲门，夏小淼拉开来，说，你们谈谈。然后闪身出去。

我拘束不安地坐在椅子上，不敢看他的眼睛。

他走到我的面前，把画本轻轻地放到书桌上。

画得真不错，林夕颜……对不起，我不知道你……以前总是在你面前毫无遮拦地说着我的心事，那个时候的你一定很受伤吧，而我，我竟然没有察觉……

不是的……我喃喃地。

林夕颜，我做了很多伤害你的事。很抱歉。他的声音很困顿，而我内心，纠葛地如凌乱线团，怎么也理不清。

沈青禾离开后，我颓然地倒在被褥上。

总是不对时机。喜欢的时候，无从表白，隐忍退让。放手的时候，突然又知道了心意。林夕颜，你的生活怎么总是错乱？

有袅绕的风，把纱帘微微地扬了起来。我裸着脚倚在窗口，借着一袭月光画了起来。直到最后，我才发现，我的画的人，是顾堇修。

挺拔的鼻，薄薄的唇，深邃而骄傲的眼睛……他站在皑皑白雪里，雪花在身边飞扬，盛开。他天然的痞气和俊朗的外形，带着一股绝杀的气息，一路杀来。杀到我的眼里，心里。

我的手微微颤了下，画笔颓然地掉到地上，发出轻微的声响。

就这样被惊醒过来，拉了回来。撕下那一页画纸，狠命地撕下来，然后把顾堇修揉成了一团垃圾。我不能再想他了，不能再这样失魂落魄的想着他。

可是，一片一片地过往落到我的面前。雪地里背我前行的顾堇修，送我手套的顾堇修，躺在病床上发脾气的顾堇修，还有，拉我入怀的顾堇修。

他那么疼的眼睛灼伤了我。

原来，当一个人的疼痛让我们感觉到痛楚的时候，这就是爱情了。

可是，我们的爱情呢？在这样的季节里，在青涩的天空里，能开出怎样的花来？美满和安好，会是最后的结果吗？

伤害，为什么在我们的眼里，闪着冰冷的刀锋呢？

4. 林夕颜的心中住着一个魔鬼

国庆的假期，夏小淼提议我们去登翠微山。还记得那一次，我和夏小淼摔下山坡，顾堇修下来救我们，他的手和我的手用裙布紧紧地捆在了一起，他说，林夕颜，我不会放手的。

因为我们的意外，所以没有继续再去溶洞探险。

夏小淼说她还一直心心念念这件事，想着再要成行。

在高三枯燥乏味紧张的日子里，我们决定彻底地放松一下。邀了好些人，陆凯他们也在，一路都在打趣，说，路边的野花不要采。

顾堇修依然送了我和夏小淼哨子，这一次我没有胡乱地塞进裤兜里，慎重地挂在了颈项处。

沈青禾接过了我的背包，他细心地照顾我。陆凯笑着凑到我面前，没头没脑地说，林夕颜，不错。

什么？我不解地看着他。

沈青禾，他。他促狭。

我的心，就踩到了半空中，虚无。

沈青禾这样的好，而我为什么要从他身上掠过呢？只是望着他，看着他，就好了。

走得累了，大家停下来休息。

我用纸巾擦擦额上的汗，然后，我的面前突然出现了两瓶饮料。我抬眼看去，是顾堇修和沈青禾，同时递了饮料过来，我的心里有些迟疑，伸出手接过沈青禾手里的饮料。夏小淼嗔怪地拿过顾堇修手里的饮料，喂，要不是林夕颜是我好朋友，我就吃醋了。

我的手心，就慌乱地握不住了。

继续上路，夏小淼依然和顾堇修在前面。我看到她的手，握住顾堇修的手，即使是知道这样的结果，即使知道顾堇修是夏小淼的，但酸楚还是在我胸口泛滥开来。我咬了咬下唇，垂下眼去。然后，沈青禾的手，那么突兀地牵住了我的手。

我没有松开，由着他。

我知道，沈青禾是为了刚才的那一幕故意给顾堇修看的。他不能让顾堇修太过明显地表露出对我的关怀，不能让夏小淼受到伤害。

她才恢复过来，才从疼痛里挣扎了出来，他不能让她再摔到更深的绝望的。即使是顾堇修，他也不会允许。

夏小淼无意地回过头来，看见我和沈青禾的手握在一起。欢呼着奔上来，抱住我，在我脸上重重地啄了一下。

太好了，林夕颜，这样真好。你们终于在一起了，你也和喜欢的人在一起了。太好了……她的喜悦那样真诚，感染了我。

我也笑了，只是在迎上顾堇修阴郁的眼神时，戛然地停在了那里。

顾堇修，今天是我最幸福的一天，顾堇修，知道吗，林夕颜会做你的嫂子了！你以后可要对她好些。她欢喜地把手卷在嘴边喊，嫂子，林夕颜，嫂子……

有回声在山涧，远远地传来。

是鸟语花香，草长莺飞。

我们在行走，在歌唱，在青春这条路上，奔跑。

即使流泪，即使忧伤，也要微笑，因为属于我们的青春，是这个世界上，独一无二的，最美。

我们终丁顺利地找到了那个溶洞。狭小的石缝穿进去，赫然地变成一个开阔的天地，所有的人都怔住了。在火把和手电的照明下，经过长长历史沉淀的石头散发出鬼魅的气息，美轮美奂，如临仙境。

所有的呼吸都屏住了，只有泉水的声音，滴答，滴答……空灵地凿来，不染一丝的尘俗。

最初的震撼后，我们带着肃穆的心情四处观看。

因为潮湿，地面有些滑，就着有些寒的风。我的脚下，突然地滑了一下，在摔下去的时候，本能的拽了下，拉住了我身边的夏小淼。

在我的身体压倒下去，有谁挡在了我的面前，我缓缓地睁开眼，看见我竟然跌落在顾堇修的怀里。他仰在地上，鼻息扫过我的脸，而我的心恍惚了一下，茫然地看着他。四目相对里，我的心里，汹涌出了很多的柔情。

顾堇修！夏小淼在一边带着哭腔喊。

我回过神来，赶紧从他的身上站起来。在我摔下去的时候，夏小淼竟然也被我拽得摔倒了，而顾堇修，他只是接住了我，挡到了我的面前。夏小淼就重重地摔到了地上。沈青禾赶紧扶起她来，她嘟着嘴，皱着眉，摊开手来，手心被磨出了血，嫣红一片。

我赶紧拉开包，拿消毒酒精。

夏小淼有些奇怪地看着我，明明你站在我的旁边，他为什么第一反应，是救你?

我的心慌乱成一片，而消毒酒精让夏小淼疼得吸气，我的罪孽感更深了。我鼓起嘴对着她的伤口哈气，希望她的疼会少些。我不能再让夏小淼看出端倪，不能再让她误会。可是，要怎样回答呢？我的心里纠结地卡住了。

因为林夕颜是嫂嫂，所以先救她。沈青禾适时地帮我解了围，笑着把手搭在我肩膀上。我松了一口气，感激地望了望沈青禾。

别眉目传情了，肉麻！夏小淼嘻嘻哈哈地看着我，终于把刚才的问题丢到了脑后。她没有追究下去，只是撒娇地把手放到顾堇修的面前，吹吹，吹吹，疼。

我急切地望着顾堇修，幸好，他拍拍她的头，捧起她的手放在嘴边，轻轻地吹了吹。

我松了口气。

可是脑海里却闪现出刚才摔下去，埋在顾堇修胸口的一幕。他的心跳，他的鼻息，他的眼神……

我真的不能再靠近他了，这样下去，我们都将会陷入到一片迷茫里。

那一夜，我们在山上搭起了帐篷。夏小淼和我挤在一个睡袋里，她环抱着我胸口说，林夕颜，我们会成为一家人，一辈子都不分离。永远都做姐妹，好不好？

嗯，会的，我们永远都是最好的姐妹。我郑重地说。

她甜甜地睡去了，睫毛覆在眼睑上，浓密乌黑。

这样心无城府的夏小淼，这样单纯简单的夏小淼，她只是信赖着我，信赖着顾堇修，我们不能，不能把她推到绝望里。不能让她受到伤。

她是带着决裂的心，喜欢着顾堇修，他是她的天，是她的地。是她的整个生命。

我不能拿掉。不能拿。

即使林夕颜心里隐约地住着一个魔鬼，隐约地冒出一些声音，你也喜欢着顾堇修，为什么你不可以？为什么？

这样“魔鬼”的声音让我害怕，只能看着身边的夏小淼，把它避退，镇压。

不能，不能。

林夕颜不能变成掠夺者，不能成为恶魔。

真的，不可以。

5. 明知不对却还义无反顾

从翠微山回来，就是秋天了。高三的功课越来越紧，老师每天都在黑板上写上，离高考还有多少天。

这样紧张的气息，让我们感到压抑。

我和绘画特长生去了趟市里，参加专业考试。妈妈说我可以不用去，反正成绩到时候也用不上。但我还是想参加高考，学习了这么多年，这样重要的一场考试，不想错过。

我没有告诉夏小淼，高中毕业我会出国学习。不想把分离的情绪早早地牵扯了出来，分离，我们结了长长的伴，也要分开了。这也许就是人生吧，来来去去，分分合合。

在翠微山上住的那夜，夏小淼告诉我，她回来那天，和顾堇修待了整晚的情景。什么也没有发生，她是醉了，拽着他的手，不松开。他就伏在她的床沿边，守了整晚。

她说，顾堇修真的不同了。他变得温暖了，不再冰凉。以前我总是被他的寒冷伤到，总是觉得即使在他的身边，他也离我有着很远的距离。他冷酷，让人绝望，我总是自己迎了上去，用自己火热的心想去焐热他……现在，当我回来的时候，我发现他变了。他不再自我，不再残忍，也不再漠不关心。林夕颜，你知道吗？我甚至觉得，这一年的牢对我来说是值得的，真的。

她的眼里都是执著。

我心里，那些残忍的声音，就被消亡了。我不能自私，不能伤害我最好的朋友。

那天夜里，因为睡不着，我走出帐篷时，遇到了顾堇修。

他就坐在夜幕里，背影孤独忧伤地对着我。

我轻轻地走了过去，我说，顾堇修，你如果伤害了夏小淼，我不会原谅你，绝不原谅！

他没有回头看我，亦没有回答我。只是沉默地坐在那里，如礁石一样，连在黑夜里。

有风，席卷而来。在我们的脸上，刮出了很多的忧伤。

从翠微山回来后，我们又回到了以前。

四个人，一起温书，一起习题，一起吵闹。把单车骑得飞快，把笑容开得更美，把青春挥洒得更淋漓。

有天夜里，我们躺在花园的草坪上，讨论梦想的话题。

夏小淼说她的梦想是嫁给顾堇修，做他一辈子的小妻子。

沈青禾说他的梦想是当幼儿园老师，天天和小朋友一起玩。

我们都被沈青禾的梦想逗乐了。我们曾经以为如沈青禾那样优秀，一定是有更大的抱负，更远的追求，可是原来他的梦想是这样的素净，美好。

而我呢，我的梦想是做漫画家。我要画一本漫画书，把我们四个人的故事画给更多的人看，还有，我还是会给林夕颜画一张普通平凡的脸，让她穿帆布鞋和裤子，不美，不张扬，但是很坚韧。

顾堇修的梦想呢？我们追问了很久，他才说，他的梦想是希望当数学老师，会觉得很聪明。

夏小淼笑得咯咯的，她说，那好吧，我会做你的第一个学生……不过函数公式你能背几个？

梦想，是天上的星星，不远，一点也不。当我们望向它的时候，它就在我们的眼里。

从市里考试回来，夏小淼来家里找我。

妈妈也来了。

她们坐在客厅的沙发上聊天，然后提到了我的考试。

妈妈走后，夏小淼坐到我的身边来，抱住我的肩膀说，你要走吗？出国？

是不一定的事。我说，心里也有那么多的不舍，但不想把情绪带给夏小淼。

别走了，国外有什么好？你遇不到我这样好的姐妹了……林夕颜，我舍不得你。你不要走，还有沈青禾，他也会不舍的。你们要在一起，上同一所大学，在同一个城市，然后我们在同一天嫁人……

她的眼里都是憧憬，而我的心里，漫过很多的辛酸。

我也许要出国的消息，被带给了顾堇修和沈青禾。他们都很诧异，之前从来没有听说过，而且，我这样努力的学习和画画，大家都以为是为了考上更好的学校。

我总是给不确定的答案，其实心里已经做好离开的打算。

要离开顾堇修，才能把他完整地交给了夏小淼。我们之间不能丝丝缕缕地牵绊，而我，也无法坦然地面对沈青禾。

只有离开，也许才是命运对我们最好的安排，对每个人，都好。

也许经年以后，所有的纠葛都风轻云淡，我可以不动声色，波澜不惊地面对顾堇修，可以心若明净地祝福他们，也可以寻找到属于我自己的幸福。

我在放学的路上，遇到了顾堇修。

他铁青着脸，把单车横陈在我的面前。

上来。他命令道。

我不理他，绕过他，继续走。我不要和他单独见面了，这会让我的内心很虚弱。

他再一次把车横陈到面前，上来。

他盯住我，冷冷地。

我抿了一下嘴唇，也好，和他说清楚吧。拖拖拉拉的一直下去，心情无法平复。

我坐上单车，他把车骑得飞快，风扬起他的衬衣，阳光下，他的背影，被氲成了光环。

眼泪又漫了上来，我拼命地隐忍，隐忍，不想泄露心里的秘密。

不是喜欢沈青禾吗？不是已经在一起了吗？为什么要走？在翠微公园的河边，他把车倒在一边，腾然地问道。

以后也会在一起。我故作镇静地撒谎。

大学里漂亮的女孩多了，你不把他看牢了，他会变心。

不会，我相信他。我的脸有些红，从来不擅长撒谎，谎话还是会让心不安。

不要离得太远。可不可以？顾堇修的声音突然变得软弱了起来，深深地望着我，让我的心难过不止。

你这样只会让我累，让我想逃得更远……我只喜欢沈青禾……只有你的哥哥……我攒了很多很多的力气才把这一句话拼凑了出来。

转身的时候，我的眼里，落出许多的泪来。

我知道，我一开始就不应该陷落，不该心存幻想，不该明知道不该却还是走了进去。我是一个犯错的孩子，我找不到纠正的方式。

我只能，看着自己，无能为力，看着自己，无可奈何。

原来，爱情是这样的一回事，你明知道错了，却还只能将错就错。你明知不对了，却还是义无反顾，不管这个人是好人，是坏人，还是……什么都不是。

也只能，无望地看着这样的自己，爱着那个人。

【第八章】夏小淼停在了十七岁的尾声

1. 林夕颜快没有电了

今天放学的时候我看见你和顾堇修了。夏小淼细细地抹着指甲油，她的指甲终于留长了。这么爱漂亮的她，又可以打理它们了。

我被惊得笔“吧嗒”一声落在了地上。

他好奇怪，今天说有事先走，却是去找你……夏小淼把脸凑到我面前，狐疑地看着我，没有什么事吧？你们两个？

我的后背冷汗涔涔。

没有……只是见我和沈青禾闹了些矛盾，所以劝一下。我又撒谎了，脸滚烫着，低下头去，不想被看见。

真的吗？她追问。

嗯，真的。我斩钉截铁地回答她。

心里的罪恶感又涌了上来。

可是你和沈青禾为什么吵架呀，是因为出国的事？她追问。

我吞咽了一下，困难地点头，是的。

夏小淼仰倒在沙发上，有些伤感地说，天已经开始变冷了，要是以后你病了了，谁照顾你呀！

我故作轻松地拍拍她的头，还没走，就咒我病呢！

窗外，又是一个深秋。

朝颜花只剩下枯黄的叶子，缩在墙角边。夏小淼和我还是会常常坐在矮墙上，晃动着双腿，说一些散乱的话题。这样美好的时光，总让我恍惚觉得，要是可以永远，永远都是这样的时刻，那该多好。

为了放松，周末的时候，我们四个人一起去了游乐园玩。夏小淼举着雪糕，拿着风车，欢腾不止。她拖着顾堇修的手，一遍一遍地去坐“跳青蛙”，而我和沈青禾安静地坐在长椅上等他们。沈青禾的目光一直追随着夏小淼，纯净圣洁得如虔诚的教徒。

沈青禾，把夏小淼放下吧。我有些迟疑地说。

他没有回答我，只是垂下了眼睑，有淡淡的哀愁挂在他的脸上。

半晌后，他抬起头来冲我微笑，我会放下她的，谢谢你，林夕颜，愿意一直陪在我的身边吗。

真希望我们都能放下那些该放下的人和事。真希望我们能轻松，再轻松一些地往前面行走。看着顾堇修，我的心里也在暗暗地说，你要幸福，一定要幸福。

夏小淼拉着我和沈青禾去坐旋转木马，她说这是最浪漫的游戏，情侣都要试试。

我和沈青禾拗不过她，只好答应。

旋转木马转动的时候，我看见在一边朝我们欢呼尖叫的夏小淼还有一脸冷漠的顾堇修。阳光下，我的心柔柔地疼了。

即使我把自己藏得很好，却在每次遇上他的目光时，还是忍不住地心痛。

到底要把头转过去多少度，才能装作没有看见呢？到底要骗自己多少次，才能瞒得下去呢？很多的累，让我觉得很疲惫。我只是想离开，也许离开了，一切都会好起来的。关于夏天，关于琥珀色的眼睛，都可以被统统收纳起来了。

那天在回家的路上，我们还遇到了一个人。是去年夏天和顾堇修一起比赛赛车的人，他看见顾堇修的时候递了一张名片过来，他说一直记得顾堇修，觉得可以做赛车手，有时间可以谈谈。

他走后，夏小淼一把抢过顾堇修手里的名片，用手指夹着然后轻轻地丢进垃圾桶。

忘记这件事。夏小淼有些担心地说，别忘了，你出过很严重的车祸。

顾堇修耸耸肩膀，没有答理夏小淼。

其实我也和夏小淼一样地担心他，害怕他真的去做职业赛车手，上一次的车祸我们都还没有忘记，那些恐慌和无助还很清晰。从陆凯那里听说，上一次做试车手，也是这个叫许名远的人介绍去的，他知道顾堇修对赛车有兴趣，而且觉得他很有天赋，所以让他先接触一下。

我以为，夏小淼丢掉了那张名片，顾堇修就不会去了。

可是，他还是瞒着我们所有人去见了那个人。

这是后来夏小淼告诉我的，他们之间爆发了一次很严重的争吵。夏小淼希望顾堇修不要去，说不想看他冒险，他的梦想不是做数学老师吗？但顾堇修说他从来都不愿意被约束。还有梦想是一回事，兴趣又是另外一回事，数学老师只是小时候的事了，过去很远了。

他们争吵，互相推搡，在最激烈的时候，顾堇修重重地推了夏小淼一把，她就跌坐在了青石板的地上。而他，连扶都没扶她一下，转身就走开了。

她在他的背影里，伤心欲绝。

我找到夏小淼的时候，她已经喝醉了，趴在桌上一边哭一边嚷着要酒。头发乱蓬蓬的，脸上都是泪痕，狼狈不堪。

她哽咽着说，林夕颜，我害怕他会死。

我知道的，我知道。我轻轻拍她的肩膀，安抚她。

是因为担心所以才会阻止他，可是顾堇修却把这样的担心当做了束缚。而还在年少的我们，常常会犯的就是意识的错误。

我给顾堇修家里打电话，他不在，沈青禾接的，知道夏小淼和顾堇修吵架了，所以赶了过来。他紧张而关切，因为奔跑，额头上汗津津地湿了一片。

夏小淼在沈青禾的背上又哭又笑，很折腾。我提着她的鞋子，走在沈青禾的身边，月色很凉，我知道，她的眼泪，让他心痛。

他从来不愿看到她受伤，他为了她，宁愿选择和不喜欢的我在一起。可是，那个可以给她幸福，让她幸福的人为什么不是他呢？我说我可以照顾夏小淼，沈青禾说他想留下来，他期许地看着我说，我想留在她身边，就一会儿，可以吗？我点头，不忍拒绝。他从来没有和夏小淼有过单独相处的机会，当她清醒的时候，她的眼里便只有顾堇修了。

沈青禾整夜都没有睡，坐在地板上，柔柔地看着夏小淼。给她处理呕吐物，给她拿水，为她擦脸……

他说过他会放下夏小淼的，但是他从来没有放下过。

原来，我们都是提得起，放不下的那种人。

当我们看天时，就有凉薄的风，呜呜地吹过。

那几天，夏小淼和顾堇修一直在冷战。但我知道夏小淼心里很难受，她每天都无精打采，我送她漂亮的衣服，她耷拉着眼睛，不看。我说冷笑话，她抿着嘴唇，不笑。这样虚弱的夏小淼让我无所适从。

她一直都那么旺盛，强悍，可是现在，一场争吵让她的内心灰暗极了。

她喃喃地说，为什么两个喜欢的人要彼此伤害呢？是相爱容易相处难吗……林夕颜，我觉得我变得很小心眼了，无端地猜疑，敏感，没有安全感……我总是怕他会不要我，总是担心他喜欢上别人……

她拿过一张纸巾覆在脸上，然后，那张纸巾就被浸湿了。她再拿一张盖住，瞬间就湿了……有隐忍的哭声在纸巾下哽咽地传来。

她那么难过，难过顾堇修的不理不睬。难过他把她扔在路边，绝尘而去。难过在难过的时候，他却不在身边……

我伸出手去，抱住夏小淼，她就伏在我肩膀上放声大哭。

放学的时候，我去找顾堇修。

我让他去跟夏小淼道歉，让他去哄她。

他阴沉地看着我，半晌后说，好，你叫我去，我就去。

当顾堇修出现在夏小淼的面前时，他什么都还没有说，夏小淼就哭了，扑在他的怀里，举起手来捶打了几下，然后委屈地抱住了他。

我别过脸去，我知道他们和好了。

可是，顾堇修的话却一直萦绕在我的耳边，你叫我去，我就去。

为什么要说这样的话嘞，你不知道这让我很难过吗？不能只是因为夏小淼吗？不能和夏小淼好好地相处吗？

而我，所有的力气，快要用尽了。

林夕颜，快没有电了。

2. 反反复复地争吵

这一场争吵很快就过去了，但夏小淼却变得越来越情绪化。她会搂着顾堇修的脖子很深地吻下去，种出“草莓”来，说这是她打的标记。她会让顾堇修和她一起穿情侣装，说这样别人才知道他们是情侣。她会让顾堇修在人多的时候大声地说喜欢她……

她变得越来越没有自信，她不停地追问顾堇修喜欢她吗？有多喜欢她？会喜欢她多久？

这样没有安全感的夏小淼变成个空盒子，只是不停地想要证明，想要让自己安心，可是顾堇修却烦恼不已，他不愿意被她束缚，所以争吵，再争吵。和好，再和好。反反复复。

争吵的时候，夏小淼会抛出很多伤害的话，但过后，又后悔不迭，去道歉，抱住顾堇修哭。

爱情让她没有了任何自卫的能力，只留下伤害，和被伤害。

疼痛，纠葛，矛盾，挣扎。

歇斯底里，声嘶力竭。

越爱，就越敏感。一个眼神，一个动作，都成为伤害的由头，都可以引起一场争吵。他们变成两只撕咬的小兽，无法妥协，平和。

夜里，夏小淼开始失眠，辗转反侧，然后在噩梦里惊醒过来。

她哽咽着说，林夕颜，我坐过牢，他其实是介意的。

我知道了，其实夏小淼并不像她表现出来的那样坚韧和无所顾忌。回到学校，她的内心也承受着巨大的压力。

以前，她是公主，高高在上，不可一世。美丽，耀眼，优秀。同学羡慕她，老师也看重她。即使现在，老师、同学都没有变，但在她看来，他们看她的眼神不一样了。

她觉得他们总是带着一种提防，一种说不清的疏离。

说不介意自己的夏小淼，也慢慢地在这样的环境里介意了自己。她把自己摔在了众人面前，狼狈而不知所措。

她那么强的自尊心，却被磨得越来越没有棱角。

而她所付出一切得来的恋情，也总是患得患失，像手中的沙，想要握得更紧，却遗失了更多。她觉得得不到重视，这样的不重视，让她觉得不安全。

她惶恐，那么的惶恐，找不到安全的方法。她尖锐、犀利，又茫然不知所措。

她不知道如何和顾堇修相处了。她总是想起她为他所做的事来，总是想起他把她留在大街上的事来，她耿耿于怀，却又找不到出口。她和自己生气，穿很少的衣服，吃很少的饭……

以为出来后可以和顾堇修好好地在一起的夏小淼，有了很多，很多的失望。

这个冬天异常的寒冷，夏小淼让自己病了。

持续的低烧，咳嗽，憔悴不堪。

我心疼、无助地看着她如脱水的蔷薇，苍白，疼痛。却一筹莫展。

因为他们的争吵，沈青禾和顾堇修甚至打了一架。

沈青禾觉得顾堇修太自私，为什么不能忍让？而顾堇修觉得一切都是夏小淼的敏感。

他们如困兽一样，撕扯，摔打，然后累倒在地上。

我就站在窗口，没有劝阻。我知道他们都需要宣泄一下情绪，这样压抑的气氛像下雨前的空气，沉闷地压在胸腔里，难受极了。

那天夜里，夏小淼一直持续低烧，迷糊地喊着顾堇修的名字。我便去找顾堇修，想要让他陪伴在夏小淼的身边，这样她就会快点好起来。

之前他们又争吵了，因为一些很琐碎的事。

在军区大院等到顾堇修，我站在他的面前，有很多的埋怨。他不可以这样对夏小淼的，他不知道夏小淼现在很脆弱?

他怎么可以在每一次争吵后拂袖而去，怎么可以在争吵后总是让她去哄他，怎么可以一意孤行，想做什么就做什么？他怎么可以在夏小淼不安的时候，不安抚她？他怎么可以残忍，薄凉地对待夏小淼呢?

那天夜了，下了今年的第一场雪。雪花飘舞的时候，我默默地祈愿，希望夏小淼好起来，很快地好起来。不是说冬天过去，春天就不远了吗?

这个夏天开始的时候，我们就毕业了，然后上大学，开始各自的人生。

是因为困乏，我躺在沙发上就睡着了。

顾堇修在夏小淼的房间照顾着她。

他还是答应来看她了，我对他说，如果不去看夏小淼，我永远也不理他了。

后来，我在迷糊中听到了夏小淼的凄然的声音。我睁开眼睛的时候，正对上顾堇修的眼睛。他俯下身来，脸在我的面前。我慌乱地，一把推过他。他朝后踉跄地摔了下去，我站起来，毯子滑了下来。

我朝夏小淼奔过去，我知道刚才的一幕一定让她误会了。

我跌跌撞撞地解释，不是的，夏小淼……不是这样的!

她推开我，难以置信地看着我，眼泪胡乱地流着，声音哆嗦得厉害，林夕颜，你们……顾堇修……你们……

她眼里的绝望把我推到了痛苦的深渊。

为什么，为什么会这样？为什么会让她看到这样误会的一幕?

我试图接近她，而她不停地退，别过来，别过来!

不是的，夏小淼！我哽咽。

对不起……夏小淼……其实……顾堇修站到了面前，腾然而困顿地说。

不是的！我尖锐地打断顾堇修，不许他说下去。如果他说出来了，夏小淼会死的。她会死的！

我不要听……夏小淼推开我们，冲进了夜色了。

她生病了，她穿着单薄的睡衣，她赤着脚……外面下着雪，那么冷，那么寒，可她的心里一定比冰雪更加的凉了。

我走过去，走到顾堇修的面前，抬起手来，狠狠地，歇斯底里地扔过去一个耳光。他没有抬手拦住我，他只是忧伤而疼痛地望着我。

他说，林夕颜，爱是无法掩饰的……我自始至终喜欢的人，只有你！

眼泪从他的眼角滴落了下来，那么缓慢，那么痛楚……

夏小淼……

我和顾堇修追出去时，夏小淼已经消失在皑皑白雪里，翠微街的路原来是这样难走，我不停地摔倒，爬起来，再走，我拒绝顾堇修扶我。我冷冷地，冷漠地，摔开他的手。

雪不停地下，好像要把之前所有的隐忍都爆发出来。

我的身体不停地哆嗦，颤抖，茫然不知所措。

夏小淼会去哪里呢？这么大的雪，她会被冻坏的，何况她还病着……我的心里，汹涌着很多的哀伤，我们怎么会走到这里？怎么会变成现在的模样？

我们去了夏小淼的家，可是灯是灭的，她没有回来。那么是去哪里了呢？一整夜，我们都在大街上寻找，奔跑，呼喊着夏小淼。

她在哪里？亲爱的夏小淼，到底在哪里？

3. 夏小淼如飞鸟跌落

天蒙蒙亮的时候，我和顾堇修还是没有找到夏小淼。一整夜她都去了哪里？

也许她回去了。顾堇修迟疑地说。

刚到家的时候，电话铃声刺耳地响了起来。我几乎是扑过去接起来的，是陆凯。

快来……学校，夏小淼……他的声音跌跌撞撞，充满了惊慌。

夏小淼怎么了？！我急切地问，心提了起来。

她……站在楼顶，在楼顶……还没有说完，因为哽咽他已经说不下去了。我丢了电话，转身奔了出去，冲向学校。

夏小淼站在楼顶……她要自杀！

不要，不要。夏小淼，我很快就要离开，我会把顾堇修完完整整地交还给你，不要轻易地放弃……那么辛苦那么用力才走到现在，为什么要放弃呢?

眼泪模糊了我的视线，雪花硬硬地拍打着我的脸，我只能听见自己的呼吸，那么沉重，那么惶恐。

我看见夏小淼了，看见她了。穿着长长的睡裙，散着发，立在七楼的顶上。

我大声地喊，夏小淼——

然后我看见，夏小淼在空中飞了起来，像一只巨大的飞鸟，我突然失去了听觉，脑袋里是大片的空白，只能疯狂地奔跑过去，想要迎住那个下跌的身影。然后，我的听觉又被重新打开来，我听到了很沉闷的一声响，在我的面前炸开来。有很多的血，漫天的一片，扑面而来。

如盛夏里最美最美的蔷薇，呼啦呼啦地全部开放了。

雪被染红了，很突兀的大片，整片，茫茫的一片。顾堇修抱住了她，但还是迟了，在一瞬间，所有的时间都停在了那里。

风停了，雪停了，空气停了……

我的身体软软地，软软地，滑了下去。

最后一眼，是夏小淼微微睁开的眼睛，那么哀伤地看着我。那么哀伤地，看着我。

我好像回到了以前，十六岁的夏天，我和夏小淼坐在矮墙上聊天，小心翼翼又肆无忌惮地抽一支烟。她咯咯地笑，哧哧地笑，不可抑制地笑，她的笑容是夏天里最美的蔷薇，潋滟，美好。

那个时候，我们把夏天吵翻了天，阳光的声音，知了的声音，还有课堂上老师沉闷的声音。我们奔跑，不停地奔跑，汗水湿了我们的脸，但很多很多的欢喜，莫名其妙，很莫名其妙的欢喜。

在盛开的油菜花地里，我们牵着手。孔雀蓝的天，棉花白的云，还有青草，蝴蝶，一棵树……走累了时，我和夏小淼就倚着树休息，夏小淼说，我们要永远地在一起，要永远做姐妹。

夏小淼那么美，她是林夕颜最骄傲的一件事，因为这么美而高傲的她是林夕颜最好的朋友。夏小淼她穿裙子，抹唇彩，会抽烟，也会拎着酒瓶子砸人。

可是夏小淼越来越虚弱，苍白。她的人生在遇到一个叫顾堇修的少年后开始打结。她痴狂，痴迷，癫狂，不顾一切。

她收起了自己所有的硬壳，丢掉了所有的盔甲，她把自己陷入了没有退路的路上。她像个勇士一样，不停地冲，不停地冲……

她为他打架，为他学跆拳道，为他与所有女孩为敌，为他，坐牢！

她亦为他，流了许多的眼泪，伤了很多的心。

她在风里憔悴了下去，枯萎了下去。她的脸，苍白而虚弱。

然后，我们被很多的声音吵闹着，夏小淼的脸突然变得很缥缈，我伸出手去摸，可我摸到的，只有风。我喊她，夏小淼，她只是笑，露出好看的酒窝。

我急了，大声地叫，夏小淼，夏小淼……

画面就黑了，像电视“啪”一声被合上了。

我睁开了眼睛。

周围都是白色，明晃晃的日光灯。我的脑海中闪现出夏小淼如飞鸟一样跌落的情景，那么多的血……我凄厉地喊了出来，不……不是真的……不是。

4. 十七岁的尾声我们痛彻心扉

夏小淼的葬礼是三天后。

天很冷，都是雪，我跪在夏小淼的坟茔前，迟迟不肯离开。

是我害死了夏小淼，是我。

如果那天夜里我没有去把顾堇修找来，就不会看到那样误会的场面了。爱得如此惨烈的夏小淼，在看到这样一幕后，所有的信念都灰飞烟灭了。

我成为杀死夏小淼的凶手……我这一辈子都无法原谅自己，永远也不。

夏小淼，可是夏小淼，为什么不听我解释呢？为什么不再给我一点时间呢？为什么这么轻易地把自己抛弃呢？

这么痛楚的心，要如何才能面对？

只要我闭上眼睛，就是夏小淼跌落的身影，就是她望向我的最后一眼。她眼里的绝望把我击得粉碎，在白天，黑夜，在我的心里剜来剜去，疼。

我抽离不了这样的疼痛，只是蹲下身去，潸然泪下。

阳光下，大街上，游乐园里，电影院里……这个世界上，再也没有夏小淼了，再也没有了。

当我和她说话时，她不会理，当我冲她笑时，她也不会回应。

我常常地恍惚，矮墙上是不是还坐着夏小淼，穿着长过脚踝的裙子？

夏小淼离开后，所有的喧嚣都戛然而止。

只有凉薄，无尽的凉薄，在我们的眼里，萧然，哀伤。

顾堇修来看过我，他站在门外，我站在窗里。我们都没有动，只是静静地望着，然后他离开了。

我知道，他的身上也背负着罪孽。

和我一样，不可饶恕。

我们的心里，都会烙上夏小淼的名字，是一把刀，横陈在那里，发出冷冷的光。

我亦去看过夏小淼的妈妈，她关了店铺，回乡下去了。这是一座让人伤心绝望的城市，每一处，都有着夏小淼的影子，我们都无法面对。

我们的心，永远跨不过去了。

我告诉妈妈，我要离开，越快越好。去哪里都好，就是不要在这里。

我带着夏小淼的一枚发卡，那一枚是她最喜欢的。总是在重要的日子里，才会别上。她在镜子前，甩着裙摆旋转，很轻快地唱歌。

现在，再也没有这样的画面了，再也不会有了。

很多的冷，让这个冬天，显得尤其悲伤。

我再没有去学校，等着妈妈的安排。那间教室，那所学校，会让我崩溃掉所有的疼痛，那是夏小淼最后待过的地方。我想，那一夜，她带着怎样伤痛无望的心走上了学校的顶楼。

她什么都没有留下，没有遗书，没有话语。

她沉默地离开，没有控诉我们，没有指责我们，没有向众人交代原委。她的离开变成扑朔迷离的悬案，只有我和顾堇修知道为什么。

但我没有勇气说出口，在我自私的心里，还想着要保全顾堇修，不想他被众人指责，不想他无法面对老师，同学。也许，夏小淼也是这样想的，在最后的最后，她也善良地想着我们。所以，她缄默了。永远，永远地缄默了。

在等待离开的日子里，我每天都去看夏小淼。她小小的坟茔那么孤单，那么荒凉。黑白的相片上，她永远停在了十七岁。

永远是十七岁的夏小淼，停止了成长。

眼泪汹涌，我擦拭着她的相片，总觉得也许转过身，她就活了过来。

她曾经说过，要和我穿同样的婚纱，在同样的礼堂举行婚礼。她曾经也说过，她最大的梦想是要做顾堇修的妻子。但是她的梦想，再也无法实现了，所有的过去都幻灭了最初的模样。

一点，一点，我们被罩在了阴影里。

抬起头的时候，我看见了顾堇修。

他哀伤地看着夏小淼的照片，那张照片里，她笑得多甜呀。

我站起来，从他的身边擦身而过。我想夏小淼不会愿意的，不会愿意我和顾堇修同时站在这里，她会不开心的。

缓缓经过的时候，他拽住了我的手臂。

泪水布满了他的脸，他说，你再也不会原谅我，是吗?

我摇头，再摇头，是夏小淼，夏小淼永远也不会原谅我们。

和你没有关系，是我，是我一相情愿，情不自禁……他哽咽地说。

别当着夏小淼说这些，别说！我打断他。

林夕颜，不要自责，是我的错，都是我。他走到我面前，扶着我的肩膀。

顾堇修，你要好好的，夏小淼会希望你好好的……她不揭穿我们……一直到死，她都维护着我们……所以，你要好好的，不要辜负她对你的心意了……

可是，林夕颜，你呢?你呢?

忘了我，忘记我。只要记得夏小淼，记得她的好，就行了。我宁愿从来没有出现过，没有出现在你和夏小淼的生活里……

雪又开始下了，落在我们的身上，化掉。如果所有的伤害都可以这样轻易地化开，那夏小淼，你肯活着吗?

在十七岁的尾声，我们痛彻心扉。

因为，我们失去了你，夏小淼。

5. 这一年一个人在北京

我到底没有去国外，不想走得太远。

本来是去北京转机，但我突然地想留下来。我不想离得太远，我害怕，当我走得太远后，我的身边什么也没有了，没有亲人，没有朋友，没有了过往的记忆。

那些夏天，朝颜，蔷薇，阳光……都成为永远无法封口的伤。

即使疼痛，我也不想忘记。因为那里有我最好的朋友，有我曾经的青春年少，曾经那样肆无忌惮，喧嚣不止的青春。

我的任性，妈妈再一次的原谅了我。

让我留在北京，进了一所民办学校复读。

当年的高考，我也去了，毫无悬念地落榜了。高考结束后，我让妈妈去帮我查顾堇修和沈青禾的上榜名录。

让我意外的是，沈青禾没有考上重点，是很一般的专科学校，在太原。而之前所有的人都认为他会上清华或者北大。顾堇修考去了成都，刚刚过重点线，是一所综合学校。

沈青禾没有考上如意的学校，这让我难过，是因为夏小淼的离开，受到了很大的打击。他曾说，夏小淼那么重要。

她是他的初恋，是他心里永远无法磨灭的初恋。

即使夏小淼的眼里从来没有他，即使夏小淼把他们之间的距离拉得很远，但他的痴迷，并不比夏小淼的少。他用自己的方式喜欢着她，成全，守护，等待……

可夏小淼的离开，那么突然。

直到现在我还恍惚，希望在一场梦里醒来，发现所有的过去都是臆想的梦境。夏小淼还在，真实地存在。

常常，哭醒过来，看着沉沉的夜，无助，迷茫。

这一年，我一个人在北京。

住校，吃食堂，抱着书去上自习。没有人知道在我的身上曾经发生过什么，他们都诧异于我的刻苦和沉默。

有欢快的声音在身后喊我时，我总是猝然地回过头去，以为是夏小淼。在街上看见有酒窝的女孩，我总是跟着她们走很远的距离。

夏小淼，我想你了。

我画画，却再也没有人物，都是风景。我总是害怕提起笔来，会画出很多的眼睛，像夏小淼的，像顾堇修的。

我把自己完全地隔离了起来，只是学习，画画。

我想要连同夏小淼的一起学了，我要带着她一起上大学。以前她给我补习时，做不出题，她会装作很凶的样子拿小棍拍我的手，其实一点也不疼。现在没有人给我补习功课了，没有人为了我解不开题而发脾气了，但我却比任何时候都努力。

第二年的高考，我如愿考上了大学。

北京美术学院。

这让爸爸妈妈都吃了一惊，在他们看来，这是不可能的事。我是从高二才开始系统地学画画，那个时候他们总觉得我是拿兴趣在胡闹着。现在看来，是真的喜欢，要继续走这条路了。

拿到录取通知书的时候，我回家了。

在北京的一年，前所未有的孤独，但，我还是坚持了下来。

这座城，依然繁华，但是翠微街上，再也没有夏小淼了。

我去看夏小淼，想要告诉她我考上大学的事。虽然迟了一年，但我还考上了，她应该会高兴的吧。

远远地，我看见顾堇修了。清瘦、挺拔的他，立在夏小淼的坟前，忧伤地看着她。他变了些，有了些许成熟的气息，眉眼间不再青涩，那些叛逆、桀骜的日子，因为夏小淼的离开，都被抽空了。

而我们，终于长大了。

我捂住自己的嘴，不让自己哭出声来。原来，在我的心里，依然想念着顾堇修，即使每想一次，心里的罪恶感就会多添一些。但这样的隐忍、压抑，却抵挡不住强悍的思念。

我怀念着夏小淼，却思念着顾堇修。

可是，我们再也回不去了，回不到十七岁，回不到曾经的年少轻狂。

直到他离开，我蹲在夏小淼的坟茔前，哭得溃不成军。

这一次回来，我依然住在以前的房子里。我去看过爸爸家了，弟弟已经会说话，喊我姐姐。他在我的面前奔跑，我就在想，当他长成一个少年时，会是怎样的模样。但是，一定要幸福，一定要很平稳，平稳地走过青春。

妈妈把工作放下，整天陪伴着我。她觉得我一个人在外太孤独了，从来没有时间好好地和我说话。

有一次我坐在妈妈的车里，看见了沈青禾。他低着头，手插在裤兜里，走得很慢。只有满腹的心事才会用这样的速度行走。我在倒车镜里，一直看着他，看着他渐行渐远。妈妈随意地问道，要去打个招呼吗？你的朋友。

不，不用了。我摇头。

我无法站在沈青禾的面前，无法告诉他，夏小淼自杀的原因。他不会原谅我，也不会原谅顾堇修的。我不想再在他的心里插一把刀了，也许他会好起来，慢慢地走出来，开始全新的生活。

入睡的时候，我听见了敲门声。我从二楼的窗口看下去，竟然是顾堇修。我的身体开始瑟瑟地发抖，心被拉开了一个口子，哗啦地掉出了很多的眼泪。

为什么还要来找我？为什么还要有纠葛？

夏小淼已经受到了伤害，而我们，也应该用永不相见来惩罚自己。

是的，永不相见。

门固执地敲打着，我走过去，倚在门口，颤着声音说，你走吧，不要来找我。

林夕颜，你开门，你开开，求你了……我看见你的灯亮了，回来后我每天都来这里，我总是希望出现奇迹，灯亮了，你回来了……林夕颜，这一年多你在哪里？你好吗？

我的心里，汩汩的都是心酸，你走，我不会见你的。

求你，开开门，我们谈一谈，谈一谈。顾堇修急切地说。

不要再见了，夏小淼……夏小淼在天上看着我们呢……我哽咽。

不要折磨自己，不要自责，我真的很怕……怕你因为自责过得不好……那不是你的错。林夕颜，所有的错误都是我……

你走吧。我倚着门滑下去，颓然地跌在地板上，虚弱不止。

顾堇修，你要好好的……等到我们心里的伤口都好了……也许我们会见面……

可是顾堇修，我们不能再见了。这一生，这一辈子都不要再见了。我们亏欠着夏小淼，我们对她有着那么深的抱歉，我们不能忘掉她的伤口，不能。

我始终没有打开门来，虽然我知道，顾堇修就在门外。我们就那样，隔着一扇门，坐了整整一夜。

翠微街的阳光都合拢了起来，在夏小淼离开后，再也没有开过。

那些梧桐树的香草气息，也草草地散去了。

而我们也就此告别，就这样，淹没在茫茫人海里。

我回到了北京，开始我四年的大学生活。大学校园是如此的广阔，我总是停在某个时刻，想起夏小淼，想起顾堇修，还有沈青禾……

亦有涨红了脸的男孩截住我，往我的手里塞情书。可是我的心里却装不进任何的爱恋了，我只是淡然地望着他们，说，对不起。

闲时，我会坐着公交车在北京城里闲逛。依然是裤子，短发，背着有长长带子的包……看时光一点一点地过去，看那些风，卷起一些笑容。

在这座城里，我安静，淡然，平凡而普通地生活着。

只是在想起过往时，我的眼睛，便湿了。

【第九章】

是伤口，在夜色里泛着冰冷的光

1. 美宁你和她很像
2. 再次遇见沈青禾
3. 见证过彼此青春的朋友
4. 这样的重逢满满地都是悲凉
5. 罩在夏小淼的阴影里走不出来

1. 美宁你和她很像

五年后，北京城。

渐渐适应了北京干燥的气候，拥堵的交通，每年都有的沙尘暴，还有如潮涌般的人群。我在其中，依然平凡，普通，淹了过去，没有一点的痕迹。

毕业后，我还是没有成为漫画家，而是进了一家杂志社，做美术编辑，用所学来的各种软件排版。闲时，会为杂志画一些插图，梦想其实离得很远。每一年美术学院大把的毕业生，又有多少成为一线的画家呢?

而我，对画画也只是兴趣，是不是要走到某一个高度，却从来没有想过。我对画画没有天赋，而且现在除了给杂志画插图时，也疏于画了。

我从来不是一个有太多功利和事业心的人，慵懒、闲散，安于现状。闲时，就把自己宅在家里，看碟、听歌、看书。并且，在工作后，已经学会隔着一个手臂的距离，带着公式化的笑容与人交往，不瘟不火，浅浅淡淡。再也不会有十七岁时的喧嚣和肆无忌惮，身体里那些叛逆的因子只剩下了柔顺，关于那些时光，灿如夏花的时光，都过去了，再也寻不到。

时光，原来是一个最最容易时过境迁的词，一个无比的强大的名词，它把我们推到了现在，给了我们一个无法揣测的现在。

我的朋友很少，在北京已经六年。补习，大学，工作，我总是习惯了一个人冷冷清清地生活。

看见美宁的时候，我依稀看到了夏小淼。她穿着波希米亚风格的大摆裙，大花的鬈发，在耳际边别着一朵小小的水晶发卡。她的眼神充满了无畏和明快，嘴角带着倔犟和任性。

从我身边擦肩的时候，我的身体，就停了下来。

她的身上带着强烈的阳光的气息，像极了十七岁的夏小淼。

我转过身，急切而慌乱地跟了过去。

我跟着她转过一条街，然后进地铁。我从来没有尾随过别人，可是突然地很想认识她，也许是因为她的眼睛，因为她身上阳光的气息。

座位上有个困乏的中年男人，他睡着了。手里的黑色皮包在手里轻轻地松了开来。有个穿银色西装打着领带的男人悄然地移到了中年男人的面前，我看到了，很多人都看到了，但没有人会多管闲事。

我正犹豫着要不要挺身而出的时候，美宁突然“晕”了一下，然后摔倒在中年男人的身上，把他惊醒了过来。他莫名其妙地看着她，她揉揉太阳穴，对不起，我低血糖，总会晕。

中年男人笑了笑，起身让给她坐。

而那个小偷愤愤地瞪了她一眼，转身离开。

我笑了，她是这样聪慧机智的女子，和夏小淼一样。

如果是现在，夏小淼应该也是二十三岁的年纪，是更加风情更加潋滟了吧。

我走到她的面前，从口袋里拿出一块糖。

低血糖，吃一块糖会好些，我笑着说。

她诧异地看着我，随即笑开了，接过并无城府地撕开外面漂亮的糖纸，塞进嘴里。

就这样地认识了美宁，我在北京唯一的朋友。我总是会在美宁的身上寻找夏小淼的影子，那个时候，我总是会觉得片刻的恍惚。而夏小淼，如果能继续成长，继续地长，现在的她会是怎样的模样呢?

美宁是地道的北京女孩，说儿话音很重的普通话，从小在胡同里长大，那些阳光练就了她些许的匪气，也让她有着旺盛的生命力，如太阳花一样，绚烂。

她在三里屯的酒吧驻唱，没有正式的工作，虽然她是音乐学院毕业的高才生。她喜欢随性的生活，而这，和我很合拍。

我会跟她提起夏小淼，我总是说，你和我的朋友很像。

她会侧着身子说，那她呢？现在在哪里？

我会沉默一下，在国外，和喜欢的男子在一起。

是的，我想要给夏小淼一个虚幻的生活，我在假装她过得很好，很幸福，很健康。她的梦想已经实现，那些在十七岁里所拥有的梦想都一一实现了。

美宁对夏小淼充满了好奇，在我的描绘里，她们都是同质的女孩，一样的倔犟，一样的高傲，一样的美。

因为有了美宁，我的生活不再那么的寂寞了。她是一个热闹的人，有很庞大的朋友圈子，总是一个连着一片，她把她的圈子向我展开来，是应接不暇。

喜欢她的人很多，那些男人变着法地追求着她。

送花，送钻戒，用大把的钞票来捧她的场。也有还在上大学的痴情男孩天天守在酒吧的门口要送她回家。即使有很多所谓的恋情，但她对我说，这些都不是想要的爱情。没有怦然心动的感觉。

这时我就会想起顾堇修来，即使心动，即使有着怦然心动的感觉。我们还是错了过去。有些遇见，是需要时机的，早，或者晚，都会成为一场劫难。

我有时也会去听美宁唱歌，坐在五光十色里，喝伏特加。这让美宁很费解，在她看来，像我这样柔顺乖巧的女孩，应该是喝绿茶的。

她不知道，我只是不再喝啤酒了。总觉得，啤酒应该是和夏小淼一起喝，别人，再也不会有酣畅淋漓的感觉。

是再也没有了。

这样烈的伏特加，一些盐，一片柠檬，又苦又涩，是浓烈而奇怪的味道，却总会让我想到十七岁来，也许那些时光就是这样的苦涩。

可是，再也不会有十七岁了，回不到过去，回不到夏小淼还在的过去。

每一年，我都会回去看夏小淼。她在照片里，一点也没有变，倒是我，觉出了一些沧桑的味道。我总是送她浓烈的蔷薇，玫瑰，鲜艳的花，不愿意用素色的花。夏小淼一直是热烈而缤纷的，即使在天堂里，也会要喜欢这样浓烈的颜色。

我再也没有见过顾堇修，也没有见过沈青禾。

我们都散落在了人海里了。

亦去看过夏小淼的妈妈。她说每年都会有人汇款给她，猜不透是谁。

我知道，不是顾堇修，就是沈青禾了。

夜里风过的时候，我会坐在阳台上抽烟。烟雾缭绕的时候，很多的思念就汹涌而出，是这么多年过去了，可我还是把自己困在了原来的地方。

这，很无可奈何。

2. 再次遇见沈青禾

我是在三里屯的夜色里，看见沈青禾的。从上次回家在妈妈的车上见过一眼后，我们已经五年没有见了，可我依然一眼就认出了他。穿着白色的衬衣，英气逼人的脸。只是他的脸上，没有了恬静的微笑，眼里满满地深沉和冷漠，他的手臂上，缠绕着一个年轻的女子。

我的心，如高空坠落的雪糕，破碎得一塌糊涂。

时光在我的面前，不停地回放，倒退。有很多的旋转在空气里，急速运动。我被推了起来，好像漂浮，然后看到了十七岁的我们。很多很多的阳光，刺眼，明亮。我们在翠微街的青石板上，甩着手，轻快地迈着步子。

眼泪湿开了，我奔跑了起来，我战栗地喊，沈青禾。

可是他们坐上了一辆出租车，绝尘而去。

我把自己摔倒在地上。

沈青禾，沈青禾。你在北京，原来你和我一直生活在同一个城市。

美宁奔了上来，急急地扶起我，他是谁啊？是叫沈青禾吗？你为什么哭啊？

我说不出话来，哽咽着，汩汩地，都是辛酸。

那一次的擦肩，让我恍惚了好些日子。

后来再去三里屯的时候，我的眼神就开始下意识地搜寻了起来。

三个月后的一天，我终于再次见到了沈青禾。

我的椅子在很暗的角落里，美宁正在唱一首水木年华的《在他乡》。是的，我在他乡，走在异乡的风里，呼吸着陌生的空气，胸腔里，是很多的思念。

沈青禾拥着一个女孩从我的面前经过，然后停了下来，不可置信地看着我。我的目光，也腾然地怔住了。

没有想到，我们会在这样的时候重逢，也没有想过，在五年后，我们还会在北京遇上。五年了，我们的青春已经在指缝间流了过去。如水一样，不会淌过相同的地方。

他缓缓地，缓缓地看着我，林夕颜。

我的眼泪，漫了上来，百感交集。

你走吧，他放开身边的女孩，低低地对她说。声音里的生硬让我恍惚，这还是沈青禾吗？曾经的他是那么的温暖，那么的温和，总是带着微笑，让人的心里充满了阳光。

女孩愤然地瞪了他一眼，抱着双臂，没有出声。

沈青禾从皮夹里拿出一沓钱来，扔了过去。

我的心，黯然得厉害。

他是变了，真的变了。

沈青禾自嘲地笑了笑，拉开椅子坐到我的面前。

很惊讶吧，我怎么会变成这样？他娴熟地拿出烟，点上，烟雾缭绕里，在他挽起半截袖子的手臂上，触目惊心的，有烟头烫伤的痕迹。

好吗？这些年？我喃喃地问。

还好，大学读了一年就退学了……爸爸的朋友在北京开了软件公司，我便到北京了……现在自己也开了这样一家小公司，算是在北京扎了下来。

沈青禾竟然没有把大学上完，是因为夏小淼的事，所以把自己放逐了？虽然他的身边有着女孩，但我能看出来，他的心里很空，他依然想念着夏小淼。是的，我们都忘不了她。

只是沈青禾这样颓废的生活还是让我难过，原本的他该有多好的前程，怎样明亮的人生。

我们说着彼此的五年，谁也没有去提夏小淼，去提顾堇修。虽然好多次，这个名字都让我几乎脱口而出了，可我还是隐忍住了。知道他的现状又怎样呢？我们不能再有交集，不能再相见了。

我和顾堇修，一开始注定了，没有未来，没有以后。

这是宿命。

美宁唱完歌也过来了，她若有所思地看着沈青禾，然后安静地坐到一边，听我们聊天。

沈青禾离开后，美宁一直追问着，他很英俊，不是吗？她说。

我的心里，有些复杂的情绪。

我能看出美宁对沈青禾的好感，但我不知道再把她牵扯到我们的人生里来，对她会是好，还是坏呢？沈青禾一直都忘不了夏小淼，他能够再对别人真心吗？

那么多的不安，让我对美宁开不了口。

再次的重逢，是命运吗？

在美宁一再的恳求下，我终于答应她给沈青禾打电话，约他见面。

在我心里，竟然想着，也许美宁可以代替夏小淼。她的身上有着夏小淼的影子，我不是也常常恍惚觉得吗？

沈青禾手臂上的烫伤让我疼痛，那些日子里，他是怎样熬过来的?

美宁立在镜子前，甩着裙摆旋转时，我好像又看到夏小淼了，十七岁的夏小淼，漂亮、健康、勇敢，有着旺盛的生命力。

自始至终，沈青禾都没有看美宁一眼，虽然她穿着长裙，留着大波浪的发，有着和夏小淼一样小麦色的皮肤。但她始终不是夏小淼，她的沮丧那么的明显，而他的忽略同样的明显。

沈青禾只是同我说话，侃侃而谈，他的公司，他的事业，他在阿谀奉承尔虞我诈的商场怎样绝处逢生。是阳光安好的六月，我的身体，却冷，高昂地冷。

这不是我所熟悉的沈青禾了，不暖，身上有着世俗的气息。

又想，是我要求得太多了，我们都不再是十七岁的孩子了，当生活向我们展开狰狞的一面时，我们还能保持住最初的单纯稚气吗?

他，定然是吃了许多的苦，才走到了现在。是磨炼，把他身上温润的部分磨了去。而我，有什么资格失望呢?

在北京，我又有了除美宁之外的朋友了。即使面对他的时候，我总会有罪恶感，但他却是离我青春最近的人。

我们偶尔会见面，吃一餐，或者坐一坐，但我们不去提夏小淼，不去提顾堇修，也不提我们的十七岁。那是我们内心的伤口，再碰，也是疼，无边的疼。时日过去，竟然还没有愈合的迹象，既然还渗出那么多的哀伤来。

—

3．见证过彼此青春的朋友

我打电话给沈青禾的时候，才知道他病了，胃病。

我放下工作去看他。

在路过超市的时候，我买了一些豆腐、鲫鱼、蔬菜。

系着围裙在沈青禾的厨房里忙碌，点缀着青葱的豆腐鲫鱼汤很快就做好了。我端到他的面前，用汤勺小口小口地喂他。

他倚在床边，虚弱地看着我。他说，林夕颜，你总是这样好。

我的手，微微地颤了一下。我哪里好？夏小淼因为我才离开，而我竟然还向所有人隐瞒了这个事实，我是带着愧疚走向沈青禾的。我总是想对他好，让他因为我们改变的人生能安好平稳起来。

我有这么深的罪孽感，面对沈青禾的时候，一心想着赎罪。

为死去的夏小淼，为改变人生的沈青禾。我什么都愿意做。

沈青禾是浅表性胃炎，这个病是要好好养胃的，平日里要吃清淡的饮食，还要按时吃饭。如果不好好照料，会落下严重的病根。

那些日子，我开始在下班后去沈青禾家，他甚至给了我一把他家的钥匙。我会为他收拾房间，整理衣物，煲好汤水等他回来。

我是在打扫房间的时候，看见沈青禾的一个很精致的樟木箱。打开来，是一些零碎的东西，用过的杯子，纸巾，旧的发卡，笔……还有一张夏小淼的照片。我的身体怆然地跌了下去，我知道了，这些东西都是夏小淼的。

她用过的杯子，纸巾，笔还有发卡……都被沈青禾如宝贝一样，一点一点地收着，珍藏了起来。

夏小淼在我们的心里从来没有离去，我们如此的不舍她。

沈青禾是这样的痴，即使夏小淼已经离开了六个年头，她始终是他唯一的爱情。沈青禾身边从不缺女人，他是英俊多金的男子，总有蝴蝶一样女人缠绕着他。他和她们来往，调情，约会，但他的心，还是属于夏小淼的。

即使她们来到他家，却始终也没有走入他的心门。

这也许是那些爱上沈青禾的女子的悲哀了，和一个不存在的人去争，输赢却是如此的分明。

他把自己变得冷酷，绝情。

在表面上，他却是一派的玩世不恭。

我曾经为三个女孩开过门，拉开来，都是诧异而凄然的表情。沈青禾就把手揽在了我的腰上，我的妻。

她们是带着泪痕离开的。他无所谓地耸耸肩膀，是早就想了断的，幸好你在。

我开不了口。

我只能，为他端上汤水，照料他的起居。以为这样，就可以心安。

是的。我这样自私的以为，为他做些家务，就可以让心安了下来。

我开始阻止美宁去见沈青禾，是已经知道她会受伤的。在还没有开始之前结束，是对她最好的保护。我见过沈青禾对别人的绝情了，我不能让她如飞蛾扑火一样地坠下深渊。

你喜欢他？美宁直视我。

不是的。

那为什么不可以？我不可以喜欢沈青禾？

他心里喜欢别人……你会受伤。

他喜欢别人是他的事，我喜欢他是我的事。美宁理直气壮地说。

这是什么逻辑？他不喜欢你，为什么还要扑过去。我担心地看着她。

林夕颜，你没有喜欢过谁吗？你不知道喜欢一个人是不受控制的，不管他心里有谁，不管他是怎样的人，自己的心意却改变不了……

我愣住了。是的呀，我也曾经喜欢过，可是我不能让美宁像我一样……即使知道阻止不了，我也希望让她的伤痛减到最低。

我希望沈青禾不要去见美宁，希望他早些和她说清楚。他若有所思地看着我，然后答应了。

那些日子，美宁变得很颓废，喝酒，和随便是谁的人约会。

我知道，这样的心痛会有的，但及早的终止，会好过继续的纠缠。美宁的对立情绪很强烈，她把我当做了情敌，她始终觉得我因为喜欢沈青禾所以才会阻止他们的来往。

我是在回家的路上，被人跟踪的。

黑暗的街，如鬼魅一样让人心慌。我急速地奔跑起来，希望奔到明亮的地方，或者有人的地方。

我突然地被人从后面一把勒住了咽喉处，一把明晃晃的刀举到了我的面前。

不许喊，小心刮花你的脸。

我困顿地说不出话来。很多的害怕和恐慌，身体止不住地发抖。

皮包。命令的语气。

我知道我遇上抢劫了。

我把皮包举起来，在他腾出手来抢夺时，我迅速而胡乱地朝他的脸上拍了过去。他吃疼地向后推了一步，手里的刀却顺势向前划了过来，在我的胳膊上刺了上去。

我顾不得疼，转过身，拼命地跑，拼命地喊。

终于有人向这边奔了过来了，我松懈地停了下来，冷汗潺潺。

我在医院的时候，给沈青禾打了电话。因为恐慌和无助。他用最快的速度赶了过来，我的伤口已经缝合好了，幸好没有在动脉上，只是皮外的伤，缝合了七针。

沈青禾来的时候，急切地拉过我，左右地看。

哪里伤到了？是哪里受伤？你傻了？为什么不把包给了呢？他关切的脸让我又看到以前的沈青禾了，那个温暖，总是微笑，体贴的沈青禾。

我就笑了，举起手，只是划了口子，但是太害怕了。

沈青禾不放心我，让我去他家住。宽敞的房子，他收拾了一间卧室给我。他说要照顾我，因为他生病的时候我也照顾着他。在北京，有着故人一样的惺惺相惜。偌大的北京城里，我们把对方当做了依赖的人。

因为我们有过共同的青春，共同的伤痛。

不管我们走了多远的路，有过多少的朋友，但见证过彼此青春的朋友，是怎么也忘不了的。

4. 这样的重逢满满地都是悲凉

美宁敲开门，看见是我，提着的早点的手停在了半空中，笑容变得很生硬。

都住一起了？不是说只当他是朋友？她冷冷地说。

不是这样的，因为受伤……

林夕颜，你是最虚伪的人！美宁尖锐地打断我，把早点扔到地上，转过身气呼呼地跑掉。

美宁，我追了出去。

她站在电梯口，拼命地按着按钮。

你听我说……

然后我的声音突然地被抽空了，我定定地看着，电梯的门开了，顾堇修，是顾堇修从电梯里走了出来，和美宁擦身而过。电梯合上的时候，我还愣在那里，只感觉到一片的空白，身体虚弱地要摔下去。

他就站在那里，站在我的面前，不可思议地看着我。

四目相对里，空气静止了下来。

没有声响，没有心跳，没有呼吸，一切安静地宛如初生。

我退后，再退后，眼泪开始滑落。

这是顾堇修，是我在梦里想念了五年的顾堇修。他变了，更加成熟英俊，英气逼人，他已经不再是那个青涩的少年，不再是翠微街上那个叛逆、桀骜、肆无忌惮的男孩。

时光拉过了五年，这么地漫长，又好像是弹指一挥间的距离。好像我们从来没分离，只是转身，只是一个转身，就又看到了彼此。

这样的重逢却没有欢喜，满满地都是悲凉，是让人心碎的回忆。

那么多的血，在我的脑海里，渲染开来。还有，夏小淼，绝望而哀伤的最后一眼。

这五年来，我以为我已经平静了下来，以为我不再会为顾堇修心痛，可是在见到他的这一瞬间，我明白了，我从来没有忘记过他，一刻也没有，一秒也没有。那些感情只是被我掩埋了起来，但当我们再次重逢，所有的情感都破土而出，以势不可挡的姿态，涌了上来。

我的身体被封住了，我这么地想离开，想奔跑，但是却没有力气了。我只是挪着步子，纠结着他的眼神，惘然不已。

顾堇修的声音，从天际传了过来，林夕颜。

不，不。

我们不该再见的，不该……

我的身体活了过来，醒悟一样地跌跌撞撞地往前急速地奔跑。

可是，他还是一把拉住了我。

林夕颜，你还要逃到哪里？他几乎是吼出了这样的声音！

我摇头，眼泪横飞，不，不要再见。

已经六年了，她已经离开了六年，我们该受的惩罚已经够了！他拼命地摇晃我，想让我清醒过来。

可我陷入了更深的悲哀里，是的，夏小淼已经离开了六年，但我始终没有走出良心的谴责。我最好的朋友在我的面前摔了下来，她用这样的方式控诉着我。她用这样的方式让我看到了自己的残忍和自私。

即使夏小淼是因为误会而死的，但是我的内心呢？我的内心早已经背叛了友谊，这无法被宽恕，无法被原谅！

那个雪夜，那个悲凉的雪夜里，夏小淼是怎样的心碎，才会义无反顾地奔赴死亡呢？她那么的美，那么的年轻，她还像蓓蕾一样的没有盛开，却被我们，她最好的朋友，和最喜欢的人，逼上了绝路。

她一直都是那样的旺盛呀，但摧毁自己，却那么快，那么的快！

不留余地，没有回转。

而我，还能做些什么？这么多人受到了伤害，不仅是夏小淼，还有因为夏小淼的离开受到沉重打击的沈青禾，还有这个世界上，她唯一的亲人，她的妈妈，他们心里的伤口，我们要如何去抚平呢？

一切都难以挽回了。

堇修？你怎么会来？沈青禾站在门口，看着我和顾堇修。

哥，你们……顾堇修复杂地看着沈青禾，松开了手。

我低着头，默默地走进房间，拿过牛奶准备早餐。手抖得厉害，牛奶洒得到处都是。

让我来吧。沈青禾接过我手里的牛奶，你的手受伤了，别动。

他回过头去，问顾堇修，你怎么到北京了？为什么不提前说一声？

是比赛，有比赛。顾堇修盯住我，你的手受伤了？

遇到抢劫了……

我走了。我拿过沙发上的皮包，对沈青禾说完这一句，夺门而逃。

内心恍惚得厉害，顾不上沈青禾在我身后说，不舒服吗？

我摇头，走得跌跌撞撞。

然后想起了美宁，是追着她出去解释的。拿出手机来，想要拨给她，但是在最后一个号码的时候停了下来，也许这样会好。也许误会我和沈青禾在一起了，会放弃。

我叹了口气，合上了手机。

不能再把她牵扯进来了。

整个上午，我都无法静下心来。脑海里都是和顾堇修在电梯口遇上的一幕。我拍打着自己的头，想把他忘记，可是我的心还是出卖了自己。

不管怎样地阻止，我却还是想着他。

林夕颜，我们谈谈。我抬起头来，赫然地看到顾堇修，他立在我的办公桌面前，挡住了大团的光线。那些从玻璃窗外透来的阳光就在他的身后氤氲成一摊光圈，我的心，就被狠狠地撞了一下。

走，我们出去谈。他拽我的手臂，看来霸道的脾气他还是没有丝毫的改变，总是这样被他拽来拽去，以前是，现在还是。

我低呼了一声，他松开手。手臂上就渗出了血。

为了避免被同事们玩味的目光探索太久，我疾步地走出了办公室。

在平台，远处有鸽子在天空中扑扇着翅膀，划过一道优美的弧线。

你的手……他迟疑地说。

没事！我打断他，把手横抱在胸口，用防御的姿势看着他。

我有很多的问题要问，林夕颜……为什么会在北京，没有出国吗？为什么会和我哥在一起，你们是什么时候遇见的，我竟然从来也不知道，这些年你好吗？都好吗……

和你都没有关系。我冷冷地，阻止他继续问下去。

还是因为夏小淼的事恨我吗？难道就要恨一辈子？他难过地看着我。

我不恨你……从来没有，我只是无法原谅我自已……

林夕颜，我也去跳？我也去跳，会让我们摆脱掉夏小淼的阴影吗？这样了，我就会得到宽恕吗？他一步一步地走到边沿处，眼神决绝，嘴边扯过一丝苦涩的笑容。

不，不要！我凄厉地喊了起来，眼泪落了出来。

不要，顾堇修，不要。

他走到我的面前，伸出手来，轻轻地抱住了我。我不会死的，林夕颜，因为我不想让你难过。

我“哇”的一声哭出了声来，埋在顾堇修的怀里，痛哭失声。

最终，我们的命运还是纠葛在了一起，即使离开了六年，即使我们散落在了人海茫茫。但我们还是相遇了，还是再见了。

原来，你以为他只是过客，只是在你的生命里走过一程。但是，他带来的影响却是一生都无法忘记的。如果爱情只是一秒的遇见，那么忘记，需要多少秒呢？无法计算，永远也无法计算。

如果年少时，只是那么多那么多的喜欢，但现在，已经沉淀成爱了，深深的爱。在六年的时光里，从来没有忘记的爱。

但结局早已经预示，我们逃不过命运。

逃不过，夏小淼在我们生命里，留下的痕迹。

5．罩在夏小淼的阴影里走不出来

是知道了，顾堇修到底还是做了职业赛车手，通过许名远的介绍。

那个时候的一场比赛竟然改变了顾堇修的梦想。还有，他和夏小淼因为赛车的事情争吵过许多次，但是他现在是走上了这条路。

咖啡屋，临窗的位置。两杯绿茶。

顾堇修说他已经不喝酒了，因为赛车所以戒掉了。还在年少时，不被允许做的事总想要尝试，以为喝酒是很了不起，很成熟的一件事，但是现在可以不被约束的时候，却放弃了。

从来没有想过，有一天我会和顾堇修安静地坐在这里。

以为再也不会遇上，以为从此就是错过，但是我们竟然能够坐在这里，度过片刻安然的时光。

这是多么奢华的一件事呀！

我把这六年的情景简单地告诉了顾堇修。一直在北京，学习，工作，生活。

他的眼睛一直深深地看着我，这双琥珀色的眼睛，让我魂牵梦绕了许多的日子，现在又见到了。

电话响了起来，是美宁，说想要和我谈谈。

我送你去。顾堇修站起来说。

我在他期待的眼睛里点了点头，也想要多待一下，只是一下下。

赶到酒吧的时候，美宁已经喝得烂醉，身边有两个男人猥琐地纠缠着她，她厌恶地想要甩开他们搭过来的手，但又无力地被挡开了。

美宁。我喊她。

她醉眼惺忪地看着我，踉跄着想要走过来。

两个男人拉住了她，她的身体晃荡了，落到了他们的胸口。

美宁！我上去拉美宁过来。

手臂被其中一个男人拽住了，一起喝酒吧！

我还没有回过神来，男人的脸就被重重的一拳击中了。顾堇修把我拉到身后，说，你先到一边去。

两个男人看见顾堇修，眼中露出凶狠的目光来。他们扑了上来，和他扭打在了一起。

我惊慌失措地看着他们，然后看到了吧台上的酒瓶。

我拎起酒瓶子朝其中一个人的头上砸了过去，他吃疼地停了下来。

快走！我冲顾堇修喊，然后拖住美宁的手，朝门口跑去。我们跑到了大街上，幸好门口正停着一辆出租车，在他们还没有追出来以前先离开了。

好险！我喘口气。

美宁迷糊着靠在我的身上，顾堇修看着我，笑了起来，这么多年不见，你变厉害了，也会拎着酒瓶子砸人，我还以为只有夏小淼会……

然后我们都愣了一下，是的，夏小淼。我们总是提到夏小淼，然后愣在了当下。

不管是我，沈青禾还是顾堇修，我们都没有忘记夏小淼，她好像从来没有离开，一直或近或远地在我们的生活里存在。

也许我们真的是被困住了。

没有月光，但她的影子那么长，把我们全部罩在了里面，走不出来。

送美宁回家时，她嘴里还嘟囔着，林夕颜，我要和你决斗！

顾堇修奇怪地问，怎么回事？

我默然，如果只是简单的爱情，彼此的喜欢，那就不会有痛苦了。喜欢的人，不喜欢自己，等待的人，无法被等待，这样的悲哀，是心里永远的伤口。

我没有回沈青禾家，打过电话说回家住了，已经不怕了。

他在电话那边迟疑地问我，要我送你回家吗？

我拒绝了，没有告诉他，我和顾堇修在一起。

挂上电话，正对上顾堇修的眼睛。

你们……不要有负担……好好地在一起。他轻轻地说。

有车急速而过，在我恍惚的时候，顾堇修一把拉过了我。我就跌入了他的怀里，温暖的，我渴望已久，却始终抗拒的怀抱。他的身上有着青草的气息，干净，清爽，如以前一样，那么的熟悉。是我心里，所有的，关于顾堇修的气息。

我的心，如一张纸，被打湿了。

记忆里也曾有过这样的情景，曾经的我，就是这样一点一点地被打动，一点一点地开始心动。

可是在他的心里，无从知晓。

在他看来，我依然喜欢的人，是沈青禾。是他的哥哥。

那么，就这样误会吧。不要去知道我的感情，永远也不想要被知道，那是毫无意义的一件事，知道了，只会徒添更多的伤口。

我们没有继续的可能，也没有完好的结局，那，就这样缄默吧，把这份感情缄默在胸口。

而顾堇修，也该放弃我了。该忘记我，寻找他自己的甜美的，幸福的爱情。不再有悲伤，不再有眼泪，不再有伤害。

只是简简单单的，彼此相爱。

我想，夏小淼也会同意的。她会放顾堇修走，让他自由，让他幸福。

让他拥有，静如秋水的幸福。

而我，也会好起来的，会慢慢地好起来，然后开始继续我的人生。

夜色，就在我们的身后沉了下去。

【第十章】

请你一定要幸福

1. 仿佛又回到了那个夏天
2. 爱是无法被遮掩
3. 眼泪在夜色里不被看见
4. 彻底放手
5. 心空得没有了意义

1. 仿佛又回到了那个夏天

顾堇修在北京要停留一段时间，为参加全国摩托车锦标赛做准备。我是从沈青禾那里知道的，顾堇修这几年一直热衷于赛车，在一次全国的新人挑战赛中崭露头角，被著名的区氏威豪车队选中，开始参加一些国内和国际的比赛，已经有一些名气了。

沈青禾说，他总是不安分，从小就这样，不过能按照自己的意愿生活，其实很让人羡慕。

即使心里还是担心他选择这份职业，但也许让他选择自己喜欢的生活，会让他觉得快乐。

下班回家的时候，在家门口看到了顾堇修。

提了提手里的袋子，他笑着对我说，你的手受伤了，哥又忙，所以我想……

我掏出钥匙来开门，因为慌乱，钥匙怎么也对不上，“吧嗒”地跌到了地上。

我来。顾堇修默默地拾起地上的钥匙，开了门。

我先进去，然后迅速地想把门关上。他用脚抵住门缝，不满地说，你总是改不了。

是的，我总是这样想把他拒之门外，但每次都被他的痞气打开来。像我的心一样，总是把他往外面推，却又抗拒不了。

我坐在沙发上，生自己的气。假装想要拿一本杂志看，不去理他，可是杂志在手里却怎么也看不到一个字，满脑子都是混乱。这样温柔的顾堇修是我所从未见过的，他的眼里不再是叛逆和冷漠，他的嘴角总是轻轻地抿起来，笑得很浅，却把我的心，牵扯得不知所措。

我不得不承认，即使是经年不见。他依然带着让我怦然心动的魔力。让我想要抗拒却无法抵挡的能力。他就是这样，步步紧逼，不给我一点喘息的机会，就让我迷失了下去。这样的迷失，让我惶恐不安，让我忐忑辗转。

我该拿你怎么办？顾堇修。我又该拿自己怎么办呢？所有的防线都有了决堤的可能，我的抵抗越来越无力了。

你坐着，我给你做饭……他把袋子放在餐桌上，拿出很多的菜来，青椒、白葱、红番茄、绿青菜……

他拉开我的冰箱。

林夕颜，冰箱里怎么只有泡面？你都不做饭吃的吗？应该学的，要是……哥会辛苦的……他的声音突然地黯然了下去。

我的心里，柔柔地疼了一下。

我不会和沈青禾在一起。我低着头，拿着杂志的手，微微用了力。

他走到我面前来，停下来，逼视我。

是因为我还是因为夏小淼？林夕颜……不是说过那不是你的错吗？而我也会坦然接受的……坦然接受你喜欢的人是我哥，你会成为我的嫂子……一家人，以后我会努力地把你当成是一家人，亲人……林夕颜，你要幸福，一定要幸福。

我别过头去，不想让他看见我的眼泪。

心里有那么多念头想要脱口而出，我想说，我不再喜欢沈青禾了，我的心里现在已经被一个叫顾堇修的填满了。但我只是，拼命地握着自己的手，把所有的念头都逼了下去。

顾堇修娴熟地在厨房里忙碌，我不知道原来他已经学会做菜了。以前我生病的时候，他熬过粥给我喝，说那是他唯一会做的，而我嫌难喝倒掉了许多，后来一直为此懊恼。

糖醋的排骨，家常的鲫鱼，水嫩欲滴葱花豆腐，还有水墨一般的紫菜汤……顾堇修太让我惊讶了。

是叹为观止吧，他有些得意地冲我笑，独立了，什么都得学……以后我教你，让你也贤惠一些。他点点我的鼻子，像对一个孩子一样娇宠。

我的神色又开始恍惚。这样现世安好，是我在梦里吗？

听到门响，我拉开来，是沈青禾，没想到他亦会来。

看到顾堇修的时候，他有些诧异。再看看桌上的菜，他眼神里都是复杂。

你怎么会来？他问顾堇修。

怕你忙，帮你照顾生病的嫂子。顾堇修用稀松平常的语气说。

我还没有来得及解释，沈青禾就转过身来问我，手还疼吗？拆线的时候我会陪你去的。

他没有阻止顾堇修喊我嫂子，也没有向他解释误会。我有些忐忑地看着他，而沈青禾却没有表现出丝毫的不妥，给我夹菜，帮我添汤，体贴不已。顾堇修始终没有再看我一眼了。

坐在沙发上看电视的时候，美宁来了。

看到沈青禾，再看到顾堇修，有些愣。

林夕颜，你不打算向我解释一下吗？她看着我。

介绍过后，美宁就笑了，握着顾堇修的手说，小叔子你好。

她的一句“小叔子”让我们三个人都怔住了，沈青禾更是剧烈地咳嗽了起来。

她笑得哧哧地，我和林夕颜是情敌，在我们还没有决出胜负的时候，你就是我的小叔子。

我尴尬地看着沈青禾，他一定被现在的状况弄得很混乱了。

而顾堇修认真地说，我只是林夕颜一个人的小叔子，其他人别想了。

美宁鼻子哼哼，不再理他。

这个晚上，我们四个人竟然会聚在了一起。这让我又好像回到了夏小淼在的时候，四个人，一起笑闹，一起喝酒，把啤酒洒到身上。

只是现在是北京，不是翠微街了。

而那些朝颜花也只能开在记忆里，开在那一年的盛夏里。

美宁让我们去听她唱歌。那天晚上她在每一首歌开始前，总会说，这首歌送给我喜欢的男人，沈青禾。

顾堇修朝沈青禾的胸口轻轻捶过一拳，不要再让她有幻想，赶快解决吧。然后他看了我一眼，迟疑地说，还有，林夕颜……她会受伤的。

沈青禾深深地看着他，好像要探寻些什么。

而美宁正在台上低唱着一首陈明的《幸福》

终于还是差了这一步/停在幸福前方不远处/若是爱与痛都曾铭心刻骨/又何必想哭/决定放手也是种幸福/至少不用再为爱尝辛苦啊/这一段旅途/就当做我对爱的梦想彻底的觉悟/我曾那么接近幸福/你却将我冷冷放逐我的感情从此麻木/没有结束/不能重复/我曾那么接近幸福/怎么可能就此打住/为何上天要我孤独/好孤独/谁清楚/我曾那么接近幸福

歌名是《幸福》，内容却是停在了幸福的门口。也许如歌词说的，放弃也是一种幸福，至少我们不用再为爱尝辛苦。但是原来这个世界上，最难放弃的，最不易割舍的，是心里爱着的那个人。

要经历多少的辗转，多少的痛苦，才能向自己告别呢？

2. 爱是无法被遮掩

大雨。我立在办公桌前，等着雨停。

哈着气在雾水腾腾的玻璃上，画来画去，竟然还是眼睛。这诡异的习惯，多年来却从未改变，画眼睛，很多的眼睛。好像这样就可以注视着内心的自己，让自己平和下来。

天暗了下来，雨却越下越大。

打开灯来，准备再排几个内页。

顾堇修是带着一阵风进来的，他的头发有些湿漉漉地贴在额头上，脸上带着浅笑。

手里的键盘噼里啪啦地敲打着，我竭力地不让自己表现出慌乱，但我知道电脑屏幕上是一行乱得不成文的字。

在你家门口等，不见你回来，就猜你在办公室了。是要加班吗?他捋了捋头发，我有些失神。

你先走吧，会忙很晚。我努力用稀疏的语气说。

我等你吧，你住的地方太不安全，晚上回去……

你走，不要你管！我打断他的话，提高了声音，怒气很莫名其妙的。

他有些不解地看着情绪激动的我，是因为担心……

你不要管我了！我深深地呼口气，想让自己平静一些。每一次他的出现都让我纠葛，都让我的情绪处于混乱的边缘，都让我无法克制地心痛。

我要用很多很多的力气才能抵挡住他，才能把心里的柔软克制下去。每一次，我都觉得自己要虚脱了，好像走在悬崖的边沿处，总是一步，就会摔下去。我止不住地想要摔下去，想要毁灭，想要不顾一切地奔过去。

是的，这样的林夕颜已经不受控制了。她的脑海里有无数的声音，心里有很多的念想，想要走近他，想要扑在他的怀里，狠狠地哭一场。

把这些年，所有的隐忍都哭了出来。

这让我害怕，这样失控的自己让我害怕。而顾堇修却丝毫没有察觉我内心的痛苦，他一次又一次地出现，一次又一次的拿着温暖来蛊惑我，一次又一次地让我在矛盾的旋涡里，苦苦挣扎。

他说过，爱是无法被掩饰的。

而我，是拼尽了所有的力气在掩饰自己的内心。

我快无能为力了。

我只能奔跑出去，逃离开去，一头闯进了雨里。

不要再出现在我面前了，顾堇修，难道不知道每一次见面对我来说，都是煎熬吗？

林夕颜！他在我身后急急地喊着。

雨水模糊了我眼睛，泪水让我辨不清方向，我只是茫然，茫然地让自己迷路了。在和他重逢的那一刻起，我又让自己迷失了。

这很悲哀。

他从身后拽住了我，把伞举过我的头顶，你怎么了？发生什么事了？

我推开他，拼命地推开他。

声嘶力竭地吼，不要再来纠缠我了，夏小淼……夏小淼会诅咒你，会诅咒我！你忘记了，是我们谋杀了她，你忘记了，她是因为我们而死的吗？

伞从他的手里滑落了下去，他伤心欲绝地看着我，眼里有泪水碎裂开来，嘴唇微微开启，却说不出话来。

我猛然地停了下来。我在做什么，说什么？我又拿着我的武器去攻击他了，每一次，都让他遍体鳞伤，每一次都让他痛苦不堪。他有什么错？他只是喜欢上我，喜欢上了我。因为喜欢着我，所以可以被我肆无忌惮地伤害吗？因为仗着被喜欢，所以我可以轻易地去伤害他吗？

他已经为夏小淼的死背负许多的沉重。

而我，还要一次一次地撕裂他的伤口，让他永远活在罪责里吗？

你的鞋带散了。他一字一句地说，走向我，蹲了下来。他的手不停地在颤，背影如此孤独无助。

我的心都要碎了，我为什么要如此的伤害他呀！

散乱的鞋带终于被他系好，他站起来，虚弱地笑了笑，知道了，我不会再来纠缠你了……你要幸福了……祝你永远幸福！

他向着雨里走去，我轰然地倒塌下来，蹲在人来人往的街，失声痛哭。

风雨飘摇，如此的悲怆，我们的命运，是空中的两只风筝，线早已经缠绕在一起，无法解开。

我醒来，我开始朝他离开的方向奔跑过去。我想告诉他，不是这样的，我不是想要刺伤他，我只是想要抵御他。

我抵抗的，还有，我心里汹涌的爱情。

在转角的地方，我停了下来。因为我看见顾堇修在车流如梭的马路中间木然地走着，我紧张地捂住嘴巴，不让自己喊出声来。我怕我一喊，就会让他摔落了下来。

像夏小淼一样，当我喊着她的名字时，她就凄然地从空中飞了下来。

而现在，顾堇修也把自己置于这样的危险里。

当看见一辆车，又一辆车从他身边贴着过去时，所有的情绪都要崩溃了，所有的听觉都突然地失去了，大脑内是一片的空白。我开始疯狂地向前跑，想要截住他，绝望万箭穿心，飕飕地带着凉气，我是要赶不上了吗？我是要追不及了吗？没有截住夏小淼，是迟了，是晚了，而现在，我又要犯同样的错误，经历同样的痛彻心扉吗？

然后，我的听觉又被骤然地打开了，有尖锐的声音，撕裂开来。

那么惊慌失措地撕裂开来。

我又看见了蔷薇花，在夏小淼离开时的蔷薇，再一次鲜活了过来。它们开得如此的妖娆，鬼魅，它们狰狞着，繁盛着。

而我，深深地跪了下去。

跪在了一片的雪地里。皑皑白雪，宛如新生。

我又看见夏小淼了，看见了我们的过往。她穿着长裙，咯咯地笑，她裸着脚奔跑，风吹起了她的长发，吹起了她的长裙，她如此的鲜活，如此的快乐。她把手卷起来，边跑边喊，林夕颜，顾堇修……

顾堇修，顾堇修。我猛然地坐了起来，顾堇修，顾堇修在哪里？

身体钝钝地，我茫然地转过身，对上沈青禾的眼睛。

顾堇修，顾堇修。我踉跄地问着，拼命地拽着沈青禾的手。

没事，他没事。不要担心他，是你出了车祸……为什么要横穿马路……沈青禾担心地看着我。

是我？是我出了车祸？只是我出了车祸，顾堇修没有事？我松了一口气，被绷紧的神经“砰”一下，断裂了。

我向后仰倒了去，绵软地倒了下去。

我的脑海里又出现了很多混乱的画面，好像总是置身于十七岁，置身于大片大片的朝颜花里。夏小淼，顾堇修，还有沈青禾，我们都是十七岁的模样。

3. 眼泪在夜色里不被看见

再次醒来的时候，天已经亮了。

我转了转身，看见伏在床沿边的沈青禾。

你已经昏迷两天了。沈青禾见我醒来，把床稍微地摇高了一些，倒了一杯水给我。

你一直在这里？我感激地问。

怕你醒来的时候，身边没有人，会害怕。他揉了揉我头发，温柔地说。

谢谢你……你一直都这么好。我喃喃地说。

你抢了我的台词，这句话是我说过的，林夕颜，你一直都这么好。他浅笑着。

我的伤没有大碍，司机及时地刹车，是因为惊吓，摔下去的时候脚崴了。医生说长时间的昏迷是因为精神压力过大造成的。

沈青禾一直在医院照顾我，美宁也来看过我。她看着沈青禾为我擦脸，削水果，喂饭时，长长地叹了口气，好吧，林夕颜，我认输了。

她伸出手来，握住我。

她的笑容很真诚，我也笑了。我想，如果有一天沈青禾能放下夏小淼的时候，也许会喜欢上美宁。她爽朗干脆的性格真的和夏小淼很像。

我让沈青禾去忙公司的事，不用每天都来陪我。他说，正好他也可以偷懒，不去操公司的心了。

而顾堇修，我一直没有见过他。只是有天夜里醒来的时候，发现桌子上放了一束花，小小的雏菊，新鲜地带着夏天的阳光。我能想到，顾堇修来过了。

我把头埋下去，埋在雏菊的香气里。

有天夜里，当他来的时候。我轻轻地喊住了他，顾堇修。

他的眼里都是慌乱，我以为，以为你睡着了……我这就走。

别走。我喃喃地说，对不起，那天说的话……不要放心上……

林夕颜，答应我一件事，好吗？他看着我。

什么？

不要把自己困住了，不要让夏小淼把你困住了……

其实我们都被困住了，走不出这样的迷雾里。

我很快就出院了，沈青禾替我请了假。上楼的时候，他俯下身子，上来，我背你。

趴在他的背上，时光又开始拉伸，那个时候，我还单恋着沈青禾。喝醉了酒冲经过的沈青禾大叫，他也是背我回家。他身上有很多的温暖，让我从内心里感到安全，安心。

他把我放到床上，体贴地帮我掖掖被褥。

林夕颜，如果你不反对，我想和你在一起。他深深地看着我。

我的心，被突然而来的话怔住了。

以前，因为喜欢夏小淼，所以他和我在一起，现在呢？

我喜欢上你了……林夕颜，我喜欢你，他缓缓地说。我以为我会一直都怀念着夏小淼，我以为我再也不会喜欢上别人了，为此，我开始游戏感情，开始放纵自己……但是……在和你重遇后，我的心好像又活了过来……我知道了，只有你能让我忘记夏小淼，只有你能让我感到心动了……

你还喜欢我，是吗，林夕颜？

沈青禾的话让我无所适从。我被镇住了，那么多的震惊在我的心里，炸成了一团。我一直以为沈青禾依然喜欢着夏小淼，他收藏着她的那些旧物，不是最好的证明吗？我一直以为他的心里从来没有放下过夏小淼，但是突如而来的表白让我整个人蒙了。

所有的人都误以为我还喜欢着沈青禾，沈青禾也是。

可是，我的解释却找不到一个理由。五年来，我的感情世界里一直都是空白，即使是美宁都觉得，我在等候着某个人。

越来越混乱了。

这样的命运安排，错综复杂得如剧本，让我的心事，如这厚重的夜一样，沉。

当美宁误会的时候，我没有解释，当顾堇修喊我“嫂子”的时候，我亦没有解释，我这样分明地承认，当然会让沈青禾也相信了。

而我，能和他在一起吗？

如果他知道了，夏小淼是因为我和顾堇修才死，他会原谅我们吗？他因为这件事改变的人生还能扭转过来吗？

这样的疲倦，累。茫然地不知所措。

看着天的时候，我仿佛看到了夏小淼在那里，我追问着她，我该怎么办？我该怎么做？

沈青禾突然地表白，而顾堇修执意的误会，我该怎么来面对他们兄弟俩呢？

是再一次的离开吗？

可是我的逃离，对沈青禾又会是怎样的打击？他好不容易才从夏小淼的影子里走了出来，好不容易告诉我，他喜欢上别人了。可，为什么那个人是我，不是美宁呢？

为什么要这样嘲弄着我们？喜欢的时候，不被喜欢，放弃的时候，又被重新记得？

难道爱情的时机就是如此的难以掌握，让我们不得要领吗？

夏小淼，你能告诉我，我该何去何从吗？走与不走，逃与不逃，都显得这样的凝重。

我真的，不再忍心，向沈青禾的心里插上一刀了，真的不再忍心再给他打击了。我不想变得残忍，可我总是在残忍。

是什么让我如此的冷酷呢？每一个接近我的人，都在受伤。每一个于我来说很重要的人，都在被我刺疼。

那么多的为什么，在我的胸腔里，追来追去地问。我只能无助地看着这样的自己，茫然地看着这样的，自己。

我的眼泪滑了下来，在夜色里，不被看见。

4. 彻底放手

在家赋闲的时候，美宁过来陪我。

她已经决定放弃沈青禾了，她说不想再失去一个朋友。

我的心里松了口气，至少美宁不会再因为这件事受伤了，她会好起来的。

不过是失恋，如果一直沉浸在失恋的情绪里，会越来越无法自拔的。美宁说。手里玩着一沓多米诺骨牌，把这些长方形的骨牌竖立拓扑结构成行，然后轻轻推倒第一张牌时，其余骨牌依次纷纷倒下。

每一次推倒，她又重新地摆上，玩得不亦乐乎。

这样不无聊吗？推倒一张牌，所有的牌都会倒了下去？我问她。

如果想要不倒下，只有一种可能。一边说，美宁一边把一张牌往后面推了一下，倒塌的牌就停了下来。

你瞧，只要这张牌在中间往反方向倒，就会阻止后面的牌倒了。

美宁说。

我被美宁的话，震了一下。

多米诺骨牌……我们四个人的命运多像这牌呀，一个人倒下去，后面的人全部倒了。轰然地倒塌，而如果其中的一个人能够回过头来，也许后面的人还能摆脱倒塌的命运。

如果我和沈青禾在一起，他会逐渐走出夏小淼的生活，会好起来。

而顾堇修呢？也会就此罢手，开始新的生活。

只要我停下来，只要我回过头去，我们的命运会被改变……

这样的念头，在我的心里慢慢地扩散。

我们去看顾堇修的比赛，全国的摩托车锦标赛。

从来没有见过顾堇修如此专注的眼神，当他骑在摩托车上时，整个人都在闪闪发亮。那么多的欢呼声，尖叫声，鼓掌声响了起来。

一直记得看过顾堇修的第一次与别人打赌的比赛，他那么沉稳冷静地赢了，那个时候就觉得他熠熠生辉，觉得他身上倔犟坚韧的部分让我欣赏。现在的他，热爱着他自己的事业，并且在为着梦想努力。

也许放下我，放开我，会让他的人生更加轻松。

他一直内疚我因为夏小淼的事无法和沈青禾顺利地在一起，无法得到幸福。也许我幸福了，他才能卸下沉重的包袱。

我从来没有为他做过一件事，他总是在付出，在不停地受到我的伤害。也许我能做的，也只有放手了。

让自己对他彻底地死心，才能让他死心。

顾堇修的表现很出色，拿到了名次。

美宁嚷着要庆祝，我们一行四人就去了三里屯美宁驻唱的酒吧。我的脚还没有完全地好，沈青禾一直扶着我，美宁和顾堇修走在前面。

她雀跃地说，顾堇修，你今天好帅呀，让我都动心了……既然我们都是单身，就凑合在一起吧。

她的手挽住了顾堇修的手臂，他躲闪了一下，笑着拍她的头，算了，你不是我喜欢的类型。

那你喜欢怎样的类型？美宁不甘地追问。

他们的笑闹，让我的心里，有了复杂的情绪。我发现自己是如此的羡慕美宁，羡慕她总是这样，喜欢的时候就大声地说出来，想要知道的问题就大声地问出来。而我，永远是优柔寡断，永远是隐忍藏捏，把所有的话都放在心上。

小时候妈妈就说我是一个心事很重的女孩，这样总归是不好，会让自己很累。可是，我却无法洒脱起来，无法像夏小淼，像美宁那样一路追寻自己想要的东西。

这个夜晚，我们玩得很疯。

美宁订了蛋糕，她把蛋糕抹到我们的脸上，然后笑着逃开。我因为脚不方便，所以无法去追她，坐在那里，看着他们笑闹。划拳，喝酒，扔蛋糕，玩真心话大冒险的游戏。

美宁问我，你喜欢沈青禾吗？

我愣了一下，是的，我喜欢他，喜欢他的温暖和体贴。但是这样的喜欢，已经变成朋友式的，而无关乎爱情。

你喜欢他吗？美宁追问。

我看了看沈青禾，然后点点头，喜欢。

即使是真心话大冒险的游戏，我也撒谎了。我撒越来越多的谎，为了一个谎言去圆更多的谎，而且不再脸红。

我想我是喝多了，好久没有这样轻松的心情，没有这样开心了。在北京的六年，我一直很孤单，但是现在，我好像又回到了热闹而喧嚣的十七岁，回到了单纯幼稚的十七岁，回到了很多年前的翠微街。

这样的欢喜，这样的肆无忌惮。

我的身体有些踉跄，视线模糊了。我想，我真的喝多了。总是把顾堇修和沈青禾混淆在了一起，我看不清他们的脸，我努力地睁大眼睛，拍打自己的头，但头越来越重，越来越重。

我是第二天早上醒来的，美宁睡在我的身边，脚搭在了我的身上。我轻轻地挪开她的脚，想倒一杯水喝，头疼欲裂。

昨天晚上的情景完全不记得了。

林夕颜……你确定你喜欢的人是沈青禾吗？美宁突然在我身后幽幽地说，我手里的杯子几乎摔了下去。

干吗在背后说话，吓我一跳。我白她一眼。

可是，你知道你昨天晚上做了什么？她直视我。

我的心紧张地提了起来，我做了什么？

昨天你喝醉了，你站起身来的时候，差点摔倒，沈青禾和顾堇修同时扶住了你……而你，你看着他们俩，然后倒在了顾堇修的怀里！这太不可思议了……你真的确定你喜欢的人是沈青禾？美宁探究地看着我。

因为……因为他们长得太像了……因为我喝醉了，我分辨不清……我忐忑不安，结结巴巴地说出了这句话。

沈青禾，沈青禾会难过吗？看到我倒在顾堇修怀里的他，会是怎样的心情？我拍打自己的头，怎么能喝醉呢？

可是喝醉了才……美宁继续追问。

好了，我头疼，去洗个脸。为了不让美宁继续地问下去。我只能赶紧地逃开了，倚着门口，我的心，剧烈地跳着。

美宁都开始怀疑了，那沈青禾呢？

我总是希望别人能得到幸福，总是不想要去伤害别人，可所有的人都在为我受伤，夏小淼，沈青禾，顾堇修……

我不能再犹豫了，不能再伤害沈青禾，再和顾堇修纠缠不清。夏小淼已经……难道我们还要让沈青禾遭到沉重的打击吗？

我，顾堇修。我们会遭到天谴的。

这份爱，太过沉重了。

5. 心空得没有了意义

本来以为锦标赛后，顾堇修会离开。但是他却暂时留了下来集训，要准备世界摩托车室内障碍赛，这个比赛是属于重量级的赛事。对于他和整个车队来说，都很重要。

酒醒后的那天，沈青禾来看了我。

想起头一夜我的举动，有些忐忑。但幸好他什么也没有问。

我稍稍地松了口气，也许是因为愧疚，我对他说想看电影。但他说我的脚伤不方便，还是不要出去了，可以在家里陪我看碟。

我坐在沈青禾的身边，电影里放着什么情节，根本看不进去。我心里有些混乱，面上却是不动声色的静默。

沈青禾的手轻轻地揽了过来，我的身体骤然地僵硬了起来。他的眼睛深深地望着我，他说，林夕颜，我爱你。

我的心，痛楚了起来。

抵在胸前的手，慢慢地松弛了下去。他的脸朝我这边覆盖了过来，月光斜斜地照了进来，影片已经出现了字幕，故事结束了。

他的脸，越来越近，越来越近。

我的手心开始出汗，然后，轻轻地闭上了眼睛。

他柔软的唇覆到了我的脸上，唇上……

那一夜，他没有离开。

当他抱着我走向卧室的时候，我的手环住了他。

也许这样，我才能不让多米诺骨牌彻底地倒塌。也许这样，当我反方向走的时候，会截住一个下坠的身影。也许这样，我会让自己彻底地死心，而顾堇修，在我的生命里，永远地被清退了。

很多地疼，在身体里冲撞。

我始终抬着头，看向上空逼仄的空间，有眼泪从眼角缓慢地滑落了下去。

我知道，这于我来说，意味着什么。

是告别，告别我的少女时代，告别我心里的恋情，告别我纠葛的人生。从此以后，我会守在沈青禾的身边，会和他一起，努力地幸福。

至少，这样的付出，会有一个人幸福。那就够了。

我不能再把沈青禾推到如夏小淼一样的绝境里，那样的残忍，再也不想发生。

北京的冬天来得特别地早，不过是十月，已经异常的寒冷。

我常常走在风里，又突然停了下来，茫然地没有了方向感。人潮汹涌，车声鼎沸，一切都如常，北京，依然雄伟壮观，这城市，依然日新月异，这片土地，依然承载了太多人的梦想和哀乐。而突然的这一切，在我看来，是如此的空。

空得，没有心。

没有了意义。

而我，终于和沈青禾在一起了，不是约定，而是真正的在一起。

我和他拖着手，出现在顾堇修的面前。我无法忽略掉顾堇修疼痛的眼神，他隐忍的笑容，故作轻松的语气，让我的难过汩汩的。

我的心里满满的都是荒凉，有着近在咫尺，却远在天涯的荒凉。我们勉强地说笑，忽略空气里悲伤的气息，原来北京也是一座凉薄的城市，让人的心里，很冷。很冷。

有大夜里，我站在窗口时，看见了楼下的顾堇修。

他在月色下仰着头，孤独而落寞，我慌乱地退了一步，心疼了起来。

然后，趿着拖鞋向楼下奔跑了去。“咚咚”的声响在楼道里传来回音，我的身体变得异常地急切。

顾堇修，我站在他的面前，重重地喘着气。

我……路过……他有些诧异地看着我，喃喃地解释，然后转身。

不要再来了，顾堇修……以后都不要再来了，这样是没有用的，只会让我有负担……我说着完全和心里相反的话，可我知道我必须得要他死心，必须得逼着他离开。再这样的执著，只会让我们都感觉到痛。

我知道了。他没有回头看我，轻轻地说。

而我的心里，已经流出了很多眼泪。

也许在告别的时候，我可以任性一下，只是当做一个纪念，一个回忆，为我心里隐藏的情感做一个交代。

我对着他的背影说，顾堇修，握个手吧，潇洒地说一声“再见”。

他转过身来，努力地笑了笑。他的笑容让我很难过，这样勉强的笑，这样虚弱的笑，这样无力的笑容……要怎样才能回到过往里，若阳光少年一样的心底无杂呢？像那部电影里的，当奔跑的速度超过光速，时空就会被逆转了吗？

也许不过是臆造的想象，没有的可能。

时空永远无法逆转，而我们，再也回不到十七岁了。

我伸出手去，缓缓地伸出手去。

他看着我的眼睛，然后伸出了手。我的手在他的手心里轻轻地拍打了一下，然后轻轻地，靠在了他的怀里。

这是第一次，我这样勇敢，这样顺从于自己的心意。我们总是在意外的时候才能如此接近，总是在被他拽住的时候才会如此的靠近。

我把自己埋在了他的怀里。我说，我们都是成年人了，来一个成年人的告别吧！

泪水湿了我的眼，四下里，是青草忧伤的气息

我缓缓地，在他的胸口说，要幸福，顾堇修，你一定要幸福。

【第十一章】

这座城如此的空，空得像没有心一样

1. 他的眼里是陌生的冷酷

我搬去了沈青禾的家里住。北京的冬天太寒冷，沈青禾说两个人靠在一起才会温暖。

很长的时间没有见到顾堇修，是忙着训练，也是在刻意避免我们的遇见。

电话铃声响的时候，我总是不会让自己去接。怕其中的一个会是顾堇修打来的。害怕听到他的声音让自己平静的心情再起波澜。

已经告别了，在心里，也要完全地割舍掉了。

现在的我，决定好好地对待沈青禾，要努力去喜欢上他，爱上他。让他觉得幸福，让自己感到幸福。

美宁常常会来，把自己陷在沙发上，看我忙碌。

我会用手搓洗他的衬衣，趴到床下打扫灰尘，买大把的鲜花插到花瓶里。

我会为他做早点、榨豆浆、挑领带……

我已经把菜做得越来越好，买了饮食的书，照着食谱一样一样地学。

沈青禾的胃病已经很少发作了，他握着我的手说这全是因为我的功劳。

而我就想起了自己的鼻炎，在冬天里折磨了我多年的鼻炎竟然是顾堇修帮我治好的，他为我熬中药，在烟熏火燎里把三碗水熬成一碗，然后满足地看着我喝下去。是那一年后，我的鼻炎再也没有发作，不会动不动地流鼻涕，而我，也不再用手背擦鼻涕了。我总是想起顾堇修一边厌恶着我的鼻涕，一边拿纸巾帮我擦的模样，很暖。

美宁说，林夕颜你忙碌的样子越来越庸俗了，不过现在能做沈青禾的小妻子一定是你最大的心愿吧。

洋葱让我的眼睛有些辣，我好像听到了夏小淼在说，她说她最大的心愿是做顾堇修的小妻子。如果她现在还在，如果她不是这样绝望地把自己抛弃，她的梦想会实现的。

美宁也说，林夕颜你不能太惯男人了，会宠坏了。

我笑，不会的。

我了解沈青禾，他一直很温暖善良，怎样地好，对他都是不够的。

沈青禾亦对我很好。他会送我上班，接我下班，闲时，带我去看看北京的风景。

青石板的胡同，香山的红枫叶，王府井的小吃……

和他在一起的时候，我心里幸福的感觉越来越多。这样被宠爱着，被疼着，是福气。

夜里，他会打来热水，把我的脚浸泡进去，细细地搓揉。他说，林夕颜，我要让你成为世界上最幸福的女人。

我点头，微笑，是的，我很幸福。这样现世安好的幸福。

收纳着夏小淼旧物的樟木箱依然放在那里，我从来没有想过要让沈青禾刻意忘记夏小淼。在他的心里，我知道的，她从未离开。

在夜里，他的梦呓里总是会轻轻地唤着夏小淼的名字。在他身边的我，心里充满了复杂的情绪。我总是坐起来，在幽暗的光线里，睁着眼睛到天亮。

他喜欢我穿裙子，长到脚踝的裙子。我也试着不再常年地穿裤子，开始穿他为我选的裙子。他看我的眼神，让我依稀地觉得，他把我当成了夏小淼，他在我的身上寻找着夏小淼的影子，就像我在美宁的身上，会寻找这样的气息一样。

我总是告诫自己，不要介意。毕竟，她是他厚重的初恋，用了六年的时光才让自己缓了过来。

可是我的心，总在夜里涩涩的。

妈妈到北京来看过我，我带了沈青禾去。

妈妈看到他的时候，很满意。我知道的，所有的长辈对沈青禾都会满意的，他这样的柔顺，笑容安好。

这些年我一直没有在爸爸妈妈的身边，心里充满了愧疚。在他们看来，我也是独立的女孩，不管到哪里，都是让人放心的。她告诉我，以前的旧房子有人来问，很长时间没有住人，想要卖掉了。本来那房子是爸爸妈妈分手时说好留给我的，所以想要问问我的意见，如果卖了，可以重新买新的房。

我想还是把那房子留下吧，即使破败了，但那里也有着我美好的回忆，关于青春里所有的回忆。我不舍得。

那些朝颜花亦没有再开过。那些坐在矮墙上，坐在繁盛的朝颜花里的情景只能在回忆里看到了。

妈妈离开北京的时候说，夕颜，如果在外面受了委屈，记得你还有家。

我在妈妈的这句话里，落下泪来。

已经把自己打磨得滴水不漏了，即使情绪再糟糕，也只是抿着嘴，独处着。不会去抱怨，不会去诉苦，不会拿自己的情绪去影响别人。

我总是，小心翼翼，这样别扭的性格，大约一辈子也改不了了。

北京下第一场雪的时候，我病了。

总是恶心，反胃，瞌睡，怎么睡也睡不足，慵懒极了。

美宁在浴室门口探究地看着我，半晌后说，你不会是有了吧？

有了什么？我有些没有反应过来，随即就明白了。

我看着镜子里的自己，有些复杂。

也许我的身体里正孕育着一个孩子，这个孩子会受到祝福吗？我有足够的承受能力，来负担一个孩子的成长吗？而我，仿佛才从孩子的角色里走了出来，我能适应去做一个母亲吗？

太快了，这样的发展快得让我有些适应不了。又是怕的，怕自己做不好。

还有一些，柔软的天性在身体里萌生了出来。

沈青禾回来的时候，美宁就欢喜地蹦了过去，你要做爸爸了哦！

赶紧准备钻戒求婚吧！

他的身体好像被镇住了，停在了那里，然后转过身，不可思议地看着我，你有了？

我摆手，有些羞涩，没有，还没有确定。

沈青禾的脸上带着一些如释重负，他把外套挂上衣帽架上。我看出了他的慌乱，他挂了几次才挂上，脸上带着勉强的笑容。

他僵硬地说，先去看看医生确定一下吧。

美宁不满地说，你怎么是这样的反应？不管有没有确定，但应该高兴一些。

我转过身，去了厨房。端汤的时候，我的手被烫了一下，很疼。我把手放到水龙头下冲了冲。

水“哗哗”地流着，我想，如果真的有了孩子，这个孩子是不被沈青禾喜欢的。

夜里，他不停地辗转，我知道，他带着心事，而我，也带着心事。

我们中间，被拢了一团的被子，小心而谨慎地拉开了一个距离。

第二天，沈青禾没有去公司，直接带我去了医院。

检查的结果证实了，孩子已经一个多月。

拿着单子的时候，我的身体很灰，沈青禾说的第一句话是，打掉他。

他的眼里是陌生的冷酷，他那样干脆而迫不及待地想要抛弃这个孩子，他的孩子。我不明白，他不是说过爱我吗？但是我怎么会感觉到这么多的疏离呢？怎么突然觉得无法相信他说的话了呢？

不是说过爱我吗？却在梦里总是喊着夏小淼的名字。

不是说过爱我吗？却要把我打扮成夏小淼的样子。

那样信赖的他，突然让我有了质疑，是爱的吗？这个孩子的突然出现好像一块试金石一样，让我对自己的决定有了怀疑。

我是对的吗？不想伤害沈青禾所以选择在一起。这样的决定对我来说，是正确的吗？

我已经不确定了。

这让我，很不安。

2. 身体里有什么在迅速地流失

美宁急着知道结果，打了电话来追问。

知道结果后，她在电话那边欢呼，开心不已，嚷着要去买孩子的衣服。

她说，再等七个月，是明年初夏的时候孩子就出生了……不过你们得先把婚礼举行了。

她没有感觉到我低落的情绪，我，并不如她一样地欢喜。

是在知道这个孩子存在的时候，我身体里柔软的母爱涌动了出来。我想要这个孩子，不舍去伤害他。也许这个孩子会让我和沈青禾的关系，能更加缓解一些？

下班的时候，我在小区的门口看见沈青禾了。他坐在车里，若有所思。

在家门口也不愿意回家，是因为房间里有我，还是因为不想看见怀了他孩子的我？

我抿了抿嘴唇，压住心里酸楚的感觉，笑着走过去，你回来了？

看见我，他有些失神，然后拉开车门，走了下来。

刚到。他说。

是在吃饭的时候，沈青禾说了，你考虑得怎样？这个孩子……打掉吧。我们……我们刚刚在一起……我还没有心理准备。

我放下碗筷，直视他。

我想要这个孩子，这是你的孩子。我说。

我不想要，你必须打掉。他突然地提高了声音，变得冷漠和尖锐。

为什么？

总之打掉他。他不再理我，摔下这句后，把自己关进了房间。整晚没有出来。

我们之间第一次出现了冷战。

我突然觉得我不了解沈青禾了，不了解他心里在想什么。他变得很陌生，不再是六年前我所熟悉的沈青禾了，他心里有着心事，阴郁，沉默。

即使在众人面前，他在微笑，但笑容，已经不再真实了。

连着几天，沈青禾都是很晚回家，然后把自己关到房间里。他用这样无声的方式抗议着我，我在夜里辗转。

我觉得自己好像走得更远了，离十七岁的距离。

下班的时候，在杂志社门口看见了顾堇修。

隆冬的北京，寒流不断。

我迎着风口过去，硬朗的感觉，在脸上，刮得生疼。

他有些踌躇地看着，知道不该来见你……但是，恭喜你！

空气里有很多粉碎气息，我努力地笑了笑，谢谢。

是美宁告诉他的吧。可是没有人知道，这个孩子是不被期待的，而我和沈青禾，正因为这个孩子而冷战着。我想用这个孩子来缓解我们之间的关系是破灭了，而我，到底要怎样做？

看着我的手时，他说，你总是不记得戴手套，多冷呀！

我垂下眼去，说，走了。

我送你……可以吗？送你到楼下我就走，下过雪的路面太滑了，我怕你摔倒……你知道的，你总是不会走这样的路，摔……他突然地停了下来。

我们都想起来在雪地里他背着我前行的情景了，而那一次，顾堇修发着高烧，把我送到家门口就晕了过去。

我不会再让自己摔倒的。我生硬地拒绝。

我知道他在我的身后，一直望着我的背影。我凛冽着内心的情绪，一步，一步地离开了。

我已经不再是十七岁了，即使摔倒，我也能靠着自己的力量站起来。如果被他搀扶，我会想依赖的，会不想放手。

到家的时候，沈青禾已经先回来了。

他的脸色有些不好，我笑着迎了上去，马上就做饭，很快就好。

你今天见谁了？他冷冷地盯着我。

我诧异地看着他，有些不明白。

见他了？是去见他了吗？他很激动，脸变得很陌生。

谁？我说。

“啪”的一声，在我没有反应过来的时候，他的手已经在我脸上掴了过来。

我整个人蒙掉了。

难以置信地看着他。

我从来没有想过，沈青禾会打我。可是这一个耳光这么真实地开在我的脸上，火辣辣地疼。

以后不许单独见他！他歇斯底里的吼了起来。

我想他说的人是顾堇修了，是下班的时候到杂志社门口接我，然后看到了吗？这样的误会总是会发生，以前夏小淼误会了，而现在，又让沈青禾误会。

我试着抱住他，我说，顾堇修只是来祝贺的，知道我有了孩子……

沈青禾使劲地推了我一把，我的身体撞到了茶几上，手哗啦地扫过去，杯子不小心被拂到了地上，碎开了。

我挣扎着站起来，走近他。我的心里，有个念头，我不能让他误会，不能让他带着误会。

太害怕被误会了。这样的恐惧让我忘记了刚才被掴过一个耳光。

我和顾堇修什么也没有……真的，你要相信我……我恳切地说，抱住他想要让他的情绪平静下来。

他狂躁地捏住了我的胳膊，像要把我的骨头都捏碎了。

疼。我哀求地看着他。

他使劲地晃动着我，很多的疼，在身上，心里，搅着。眼泪滑落了下来。

之前我们不是很好吗？我们互相照顾，彼此依赖。可是这个孩子来到后，一切都变了，他变得如此的陌生，冷漠。

沈青禾，你听我说，我和他，什么事也没有。我哽咽。

他抬起手来，在我的脸上再扇了过来。很清脆，很响亮，很疼痛……

你以为我不知道吗？上次车祸你昏迷的时候，你喊的名字是他，是顾堇修！说什么喜欢我？都是骗人的话，你以为我相信你吗？林夕颜，我早知道你喜欢的人顾堇修了，而他，一直都没有忘记你！

我在他的歇斯底里，潸然泪下。

而他却暴跳如雷，开始往我的身上砸下更多的拳头。我哭喊着，沈青禾，沈青禾。

他不再是翠微街温暖的少年，不再是背着醉酒的我回家的温暖少年。六年的时光真的太长了，改变了许多，太多，让我一下完全地接受不了，完全地被震蒙了。

我只是绝望地看着他，看着陌生的他。

我不明白，为什么明明知道我喜欢着顾堇修还要走近我，不明白为什么在和我在一起后变化会如此的巨大。这样的落差让我完全地接受不了。这是现实吗？还是我在一场噩梦里，醒不过来。

可是那么多的疼，狰狞地明晰，我无法欺骗自己这不是现实。

我看着他摔门而去，看着他怒气冲冲地摔了出去。我追了出去，我拽住他的手臂，连声地问，你去哪里？

不想看到你，我去公司！他愤然地摔开我的手

直到现在，我还担心他，担心等不到我的解释，会像夏小淼一

样……这样的恐慌让我忘记自己身上的伤。

沈青禾，要相信我，我是真心的想要和你在一起。我在他的身后，凄然地说着。而他的步子没有任何地停留，决然地离去了。

我虚弱地滑了下去，在冰冷的地板上。我不明白，生活怎么会变成这样，我们四个人的命运怎么会成这样，是要受到惩罚吗?

我，是要为夏小淼的离开受到命运的诅咒吗?

我感觉到身体里有连根的疼痛，我捂住自己的肚子，冷汗涔涔。

我觉得身体有什么在流失，在迅速地流失……疼，虚弱，汗湿了我的衣衫，我只能挣扎着拨通了美宁的电话，竭尽全力地说，送我去医院……

3. 大片的血如蔷薇盛开

有很多的血，汹涌地流了出来，在地板上，染红了大片。我恐慌不已，我知道，我是流产了，这个孩子他自己决定选择放弃了。

不，不要！我惊恐地捂着自己的肚子，努力地说，坚持，你要坚持！不要放弃，不要放弃我。

可是血。大片的血，如蔷薇一样盛开的血，以势不可挡的速度涌出了我的身体。

救命，救命呀！我哭喊着，朝门口爬了过去。汗水和泪水在我的脸上肆掠，我拖着自己的身体，绝望越来越清晰，我觉得自己快要死了，就这样，死了。

有谁来救我，救救我的孩子。我的声音太虚弱，怎么也传不开。

是要死了吗？我，就要死了吗?

我听见了美宁的尖叫声，我的心里突然松了口气。

林夕颜，你怎么了?！美宁的声音传来时，我已经被抱了起来。

我虚弱地睁开眼，是顾堇修，居然是顾堇修。

每一次当我有危险的时候，他总是会出现。总是这样及时地出现在我的面前，安慰哭泣的我，无助的我，绝望的我。

林夕颜，我不会让你有事的，决不！我听见他哽咽的声音。倚在他的怀里，我无比地安心，我知道，我会得救的。

他的心跳“怦怦——怦怦”，很吵，可是在我看来，却如此的悦耳，这是我所听过最美好的声音了。

有温润的液体滴在我的脸上，是他的眼泪，顾堇修哭了。我总是让他落泪，总是让他心痛，我是这个世界上最残忍的人了。

我又回到了翠微街的夏天了，我看见桀骜不驯的顾堇修了。他骑着单车，风把他的衬衣吹得鼓鼓地，他的背影在阳光下闪着光，这样英俊的他，让我心动，沉迷。

林夕颜！我听见美宁的声音，她不断地喊着我。

我想答应，可是发不出声来，我想挥挥手告诉她我在，可动弹不得。

我微微地睁开了眼睛。

看见美宁哭得通红的眼睛，还有，顾堇修急切的脸。

美宁一下就哭了，吓死我了，林夕颜，我差点以为你死了！你怎么可以流这么多血……

我抬起手来，笑着擦她的眼泪，没事。没事。

到底怎么回事？你怎么会流产？身上的伤又是谁弄的？沈青禾呢？他在哪里？是他让你受伤……美宁一连串的问题让我应接不暇。

是我不小心。我打断她，说。

不想让他们担心，而顾堇修，我亦不愿意让他看到如此狼狈不堪的我。

顾堇修正好在我们酒吧……若不是他在，我真不知道怎么办了，突然接到你那样的电话，把我都要吓死了。美宁掖掖我的被子，我去给你打些水吧。

美宁离开后，单独和顾堇修待在一起的我，有些局促。我知道他的心里如美宁一样有很多的疑问，我也知道他在想什么。

你……

是我自己不小心，换灯泡从椅子上摔了下来。我打断他，急切地说。

林夕颜……

孩子，我的孩子是不是没了。我困顿地问，心里是铺天盖地的难过。

还会有的，你还会有孩子的……

我侧过头去，不想让他看见我眼角滑落的泪。

孩子没了，这个孩子终于还是没有保住。

是我，没有保护好他，没有保全住他。我怎么配做他的母亲呢？也许，这也是注定吧，沈青禾不喜欢他，而他也不想要我们这样的父母。

你走吧，我累了。

林夕颜……哥，哥对你好吗？他对你好吗？

好，我们很好，这只是意外。我的手紧紧地拽着一方床单，不想让自己的声音泄露掉心里的委屈和恐慌。

沈青禾他变得如此的陌生，他让我感到害怕。

可是，这是我自己选择的人生，自己做出的决定。我现在能来告诉顾堇修吗？我还能在他面前说什么？他已经放手了，放弃我了，他会有更好的生活，我不能允许自己再打扰他了。

他们离开后，我在黑暗里一直睁着眼睛。

我的孩子，就这样的没有了，他在我的身体里只停留了一个多月，而这一个多月里我竟然没有好好地照顾过他。

我自责，愧疚。

我把自己埋在枕头里，闷闷地哭出了声来。

我是如此的脆弱了，我真的再也经历不了失去了。生离死别，是如此的痛楚，如此的凄凉，让我的整个人都垮掉了。

是这样的，垮了下去。

一点力气也没有，所有的对幸福的期盼突然就灰飞烟灭了。

我还能幸福吗?

还能够像十七岁以前那样，过着快活的人生，心如明净？我还能面对沈青禾，面对陌生的沈青禾，和他继续一起生活吗?

我已经不知道，他究竟是把我看成了夏小淼的替身，还是只是因为喜欢我才和我在一起。

而我的人生，到底还会有怎样的波折呢?

4. 更多的好安抚他不安的心

沈青禾出现的时候，是天蒙蒙亮的早上。

他推开门进来，脸上带着关切。

对不起，林夕颜。他把我揽在怀里。

我的心，突然就决定原谅他。

是爱我的，是因为爱我才会敏感，多疑。是因为爱我才会变得面目全非，他心里是知道我喜欢的人是顾堇修，这让他痛苦，无法克制自己。

我抬起手来，摩挲他的脸，现在的他似乎一点也没有变，在琥珀色的眼睛里，都是初夏的温暖。

沈青禾，我们不要再吵架了，我会把他忘记，会全心全意地只爱你。我看着他的眼睛，一字一句地说。

好，我答应你。

这一次的风波悄然地过去了，可是我们之间突然出现的裂缝却怎么也缝合不了了。那个失去的孩子，成为我们谁都不能开口的禁区，成为一道伤口。或者，这一次的争吵，让沈青禾变得不必隐藏了。

他越发的敏感，因为加班晚回来，他会不停地追问我是不是去见了顾堇修。因为想讨他欢心换上长裙，他突然撕扯掉，说这样是为了媚惑谁，即使只是抱着膝盖发一会儿呆，他也会暴跳如雷地说是不是又在想念顾堇修……他翻看手机，查我记录，会凑到我的面前，嗅出一些所谓的端倪，然后大打出手。

所有温情的面纱一下一下地撕掉了。

我的生活，坠入了一口井，不断地跌落，无边地黑暗。

我的身上总是伤，已经渐渐无法遮掩，心里的疼比身体的疼更加让我无所适从。这么短的距离，我们只是走了这么短的距离，就变得如此不堪了。

我越发少地去见美宁，这样的疏远是不想让她看到我的伤口。不想让她再猜测，也许会告诉了顾堇修，他是他的哥，他又怎么插手过问?

我的隐忍，退让，原谅。没有让沈青禾就此罢手，他把这一切都看做了我的心虚，我愧对于他。

我对你这么的好，为什么还要喜欢别人，而那个人为什么又是顾堇修？他总是追问，癫狂得很陌生。

而每一次的暴力后，他又会来道歉，说只是因为爱我。

那个时候的他，又变回了以前的沈青禾。那个在我青春时曾经深深迷恋的少年，那个让我站在他的校门口，偷偷思念的少年，那个，我初恋中的少年。

我的心就软了下来，即使知道这样的道歉毫无任何的意义。在下一秒，或者再下一秒，他又会对我暴跳如雷，拳打脚踢。

我总是觉得，是因为爱我，所以敏感猜疑。我总是不想让他带着误会，我总是在自己的身上找寻一些原因来谅解他。

用更多的好，希望能安抚住他不安的心。

所有的时间，不是在办公室，就是在家里。每一日，我都早早回去，做他爱吃的菜，买大把的鲜花希望家里有阳光的气息。可是，冰冷，他越发地冷，让我的心里压抑极了。

我总是想，冬天，这个冬天过去，就会好起来了。

可是整个冬天都过去了，我们的生活却还如同在冰窖里。

让我难以启齿的是，他甚至带着女人回家。

不曾避讳我，把我关在门外，如同一堆垃圾。

我开始下定决心离开，可是在他来道歉，说是因为很介意我心里爱着别人时，我又跟着他，回了家。

林夕颜永远是这样的羸弱，永远是这样无法选择。她总想要唤醒沈青禾眼里纯净的部分，想让他变回以前那个温暖的他。总是觉得，这样放弃他，很残忍，把他丢弃，就好像任着夏小淼跑出家门，没有来得及阻止一样。

我这样的悔恨，为什么当夏小淼冲出去的时候，没有及时阻止呢？

小区的樱花开了，春天的气息很浓厚。低落的时候，我会去小区的樱花树下坐一坐，看草地上孩子翻着跟头的嬉戏，看满头银发的老人打一场太极。看上去，一切都好，我浅浅地笑，然后如常地生活。

只是需要时间，需要时间沈青禾就会好起来。

现在，他会在夜里给我倒一杯牛奶。即使只是一杯牛奶，也让我看到了希望。

我们的关系会缓和的。

三月的天，沈青禾带我去放风筝。我雀跃不已，我们已经很久没有一起出门了，是刚在一起的时候，他带我去游玩过北京，后来，就疏落了。

我们玩得很开心，风筝飞高的时候，他的手，握着我的手。我侧过身去，冲他笑，我想一切的不愉快都风轻云淡了，他心里的伤口已经愈合。

他提议我们去坐船吧，我迭声地说好。难得见他兴致好，我也开心。这一天，阳光灿烂，天高气爽，这一天，让我又看到了希望。

坐在小船上，沈青禾划着桨。

我的身体舒展开来，很久没有这样惬意地伸展了。

我给你拍张照片吧，沈青禾提议，你站起来，在船头，这样背景很美。

船有些摇晃，但我还是配合地小心地站到了船头，不想拂了他的好意。我望着他笑，在他的镜头里，让自己尽量地美丽。

可是船越来越晃，没有扶靠，我的身体难以支撑住平衡。

沈青禾。我焦灼地喊他。

别怕，我过来，扶住你。他在小船上朝我走来，试图握住我的手，让我平衡。但因为他的走动，船更加晃了。

船倾斜得厉害，我的身体朝一边不受控制地倒了下去，跌入了水了。我挣扎着，手在水里胡乱地抓着，当我张开嘴想要呼吸的时候，有汩汩的水不断地咽入我的口腔，让我窒息不已。

我觉得自己在下坠，每一次挣扎着浮出水面，却会陷到更深的深渊。

我呼喊，却发不出声音。

我只能，拼命地拍打。

然后渐渐地失去了意识。我的大脑在某一个瞬间被关闭了，很长的黑暗，一片的黑暗。什么也没有。

我被呛出了一些水，猛烈地咳嗽，然后醒来。

沈青禾焦灼的脸出现在我的视线里，见我醒来，他一把抱住了我，低低地啜泣。

林夕颜，对不起……

我轻轻拍他的背，安抚他。

5. 所有美好的过往一一破灭

我以为这一次后，我们的关系会缓和下来。

但只是几天后我又失望了。因为在做饭的时候，我失手打碎了一只碗。

他的脾气又上来，说那是因为我在想念顾堇修才会犯错。

当拳头落在我的身上时，我已经变得麻木了。我没有哀求他，没有哭喊，我只是冷冷地垂着眼，由着他。

我在十七岁的时候从来没有想过在许多年以后，我会被年少时的朋友摧垮掉。心灰意冷，万念俱灰。

我曾经以为，我只要反方向地走，多米诺骨牌就会停止倒塌。可原来，我还是倒塌了下去，不过是换了方向而已。

变得疯狂的沈青禾，他的心里充满了嫉妒，他的神经如此的脆弱不堪，一碰，就会碎掉。

原来，比黑夜更黑的，是无望的生活。

我让自己病了，憔悴，忧郁，神色恍惚。沈青禾替我办理了辞职手续，我开始整日地待在家里，待在很空的房间里。

偶尔，我会想起画画来，无所事事的时候，会拿出画笔来。可是我惊恐地发现所有的技巧都退掉了，我的线条越来越凌乱，连最简单的都画不好了。

我的手开始微微地颤抖，不受控制，笔下的线条如麻绳一样地扭曲。

我的脑海里，画面开始变得跳跃，一格一格的，连贯不起来。总是一个瞬间就黑了。

我觉得自己被关在了一片黑暗里。

越来越黑，我伸出手来，看不见自己，碰不到自己。

我开始觉得，我是在十七岁，还是在二十四岁？我是在过去还是现在？或者，我站在时空的背面，被所有的人遗弃了？

我在夜里冷汗涔涔，噩梦纠葛。

我一遍一遍地看到夏小淼跌下去的画面，那些艳丽的蔷薇花像青藤一样缠住了我，裹住了我。我拼命地挣扎，疯了一样地喊叫，但是我还是被困住了，皑皑白雪里，我的身体变得很卑微，我止不住地恐慌。

镜子里的我，变得眼神呆滞，面无表情。

我总是恍惚，那是我吗？会是我吗？

房间里，充满了鬼魅的气息。

我总是回过身来，就看见夏小淼，看见沈青禾，看见顾堇修。

我向他走过去，我哭泣着说，救救我，救救我。当我走过去，想要握住他的手时，他又凭空地消失了。

沈青禾带我去看医生，医生开了大把的药给我，他说，这是抑郁症。

我朝他吼，你乱讲，你胡说，我怎么可能得抑郁症？

很多的人朝我奔跑了过来，他们拿着武器要攻击我，我挣扎，拼命地挣扎，声嘶力竭。可是我的意识越来越模糊，我睡了过去。

这样的状况越来越糟糕，我的情绪越来越不受控制。

莫名的哭泣，胡乱的幻觉，忧伤在我的心里，步步紧逼。

我累了，很累。我想让自己休息，睡觉，可是我总是睁着眼睛，看天花板，看窗外那些阳光灿烂的空气。

我有了跃下去的冲动。我总是想，夏小淼跳下去的时候，会是怎样的心情。

有人说，在接近死亡的那一刻，是幸福的。

而脑海里有个声音不停地和我说着话，也许死了，就可以结束一切了，也许死了就能忘记所有的痛苦了……

我摇头，拼命地摇头，不可以，不可以这样放弃。

这样争吵的声音让我脑子乱哄哄的。我拼命地拍打，拍打。

沈青禾抱住我，他说，吃药了，吃过药你的病就好了。

我很怕他，我接过他的药，乖乖地咽下去。讨好地冲他笑。

他的眼睛里有逼仄的冷，他满意地看着我，然后把我推到了地上。

我不明白地看着他。

他的脸在我的面前放大来，他逼视着我说，林夕颜，你听清楚了！我从来不曾爱过你，从来没有！我知道你和顾堇修彼此相爱，可是夏小淼呢？她那么可怜，她那么执著！

他的眼神变得癫狂，他的手指向我，你以为我不知道夏小淼自杀的那天晚上发生了什么吗？是你们逼死她的，是你们！顾堇修有什么好？从小到大他什么也不如我，可是我却很羡慕他，羡慕他可以和父母对抗，羡慕他可以做一切想做的事，而毫无压力……你们，夏小淼和你林夕颜，你们却偏偏都喜欢他……我恨他，我也恨你！林夕颜，若不是你，夏小淼可以活着，可以得到幸福！而现在，她不在了，你和顾堇修可以光明正大的在一起了？休想！我告诉你，林夕颜，我为了要守护夏小淼的爱情，所以和你在一起！

我爱的人始终只有她！沈青禾惨淡地笑着，脸变得扭曲。

顾堇修可以跟任何女人在一起，但绝对不可以是你！不可以是你林夕颜！在你害死了夏小淼后，你还想要得到幸福吗？而你曾经是她最好的朋友，我绝不许你来玷污她的爱情！我和你在一起，只是为了阻止你和顾堇修在一起！

他仰起脸来，泪水在他的眼里滑落了下来。

我的心，钝钝地疼着。

我不知道，真相是这样的。

沈青禾偏执的爱，执意的恨，那么的强烈，那么的让人害怕。

为了守护夏小淼的爱情，为了阻止顾堇修和我在一起，为了发泄心里的恨，所以和我在一起，然后来伤害我……

我的身体蜷缩了起来，这样地无望，绝望。

我们再也不是纯真的我们了，爱让我们疯狂，恨让我们毁灭，我们四个人的命运从一开始就纠缠在了一起。

我的心里，所有的美好过往都如肥皂泡沫一样，一下，一下地破灭了。

我只能，把自己缩在角落了，以为这样，可以安全。

【第十二章】

忘记，然后告别

1. 死了，爱恨才会散去
2. 回忆是不能面对的伤
3. 他的表情有了融化的迹象
4. 所有的到此为止吧
5. 青春里走过的，叫伙伴

1. 死了，爱恨才会散去

看见茶几上的水果刀时，我的心里动了一下，我挪过去，拿了起来。

刀子闪着森森的光。

死亡的念头又涌了上来，一次比一次的强烈。我死了，一切都可以摆脱了，我们的命运终于可以解开了。我死了，爱恨都会散去。沈青禾会忘记恨，顾堇修亦会完全地放开我。

这样痛苦地活着，对我来说，太难。

刀在切下去的时候，犹豫了。如果我在这个房间里自杀，如果我这样死掉，沈青禾会受到指责的。我知道背负一个生命有多沉重。而顾堇修会一路追查真相，当他知道沈青禾的所为时，会痛苦不堪。

我原谅沈青禾对我所做的一切，是的，夏小淼是因为我而死。我难逃其咎，而沈青禾是受了这样沉重的打击才开始堕落，忘记善良的本性。这些年，他的心也被夏小淼困住了。

我赤着脚，踉跄地向门外走去。

风很凉，我想要去一个安静的地方，静静地死去。

我给美宁打了电话，有许多的日子没有见过她了。沈青禾不喜欢我和她在一起，于是我关了手机，连和她也断了联系。

我对美宁说我要去一个很远的地方了。

你要去哪里？和谁？美宁在电话那头急急地问。

是工作的缘故，要去国外待上很长一段时间，和你说一声……

林夕颜，是不是发生什么事了？她问。

没有，你保重。我挂了。我等不及她回答，就挂上了电话。

想了想，我给顾堇修也打了一个电话。

电话通的时候，眼泪滑了下来，我咧开嘴拼命地笑，我想，我们还是带着笑容告别吧。

林夕颜。他在电话那边唤我的名字。

嗯，是我，顾堇修，我要去国外了……是工作。我故作轻松地说，手背上被咬出一排深深地齿印，我努力地隐忍，拼命地压抑。

哥呢？会和你一起吗？他问。

不，我一个人……放心，我和你哥……我们分手了……是我太想出国了……不想放弃这次机会……好了，你保重。

合上电话的时候，我抱住膝盖失声痛哭。

我就要死了，顾堇修，即使到死，我也没有对你说过，我喜欢你，我深深地爱着你！这是我的宿命，从一开始，就注定了结局。

不过，幸好，我从来不曾告诉你我的感情，这样，你不会有负担了，你会忘记我，会在某一天忘记林夕颜的脸。

对于我们来说，这也许是最好的安排了。

我静静地躺在地板上，血在我的手腕上，渗了出来，然后是大片，像蔷薇花一样。我闭上了眼睛，我很累，想要好好地休息一下。

没有人来打扰我，这真好。我终于可以安静地睡着了。

我看见夏小淼了，她在朝我挥手，我就来，这就好了，夏小淼。

死亡，原来是这样静谧的一件事，慢慢地流失，然后是空白。

我想，如果有下辈子，我要做什么呢？还是做一朵朝颜花吧，静静地开，默默地谢，在最美的盛夏，都是阳光的温暖。

没有冷，寒冷，没有灰，铺天盖地的灰。

2．回忆是不能面对的伤

可是我没有死，醒来的时候，身边是哭红了眼的美宁，还有紧紧握着我手的顾堇修。

一个恍惚的时间，我以为我在天堂里了。

可我看见滴答的液体，从细管流到我的身体里。明晃晃的白，我知道，我在医院里了。

我被救活了，我活了过来。

林夕颜，你傻了吗？到底怎么了，要自杀？美宁哭喊着。

然后我的身体落到了顾堇修的怀里，那么紧，那么紧地被顾堇修揽入怀里。

哥对你做了什么？他究竟对你做了什么？他的眼泪湿了我的脸，那么悲怆，那么疼痛。

我牵扯出一些虚弱的笑，没有，是身体……我生病了……所以很绝望。

他哽咽不已，林夕颜，你别骗我了……你这样，我会心疼，会心痛的！

美宁告诉我，是接过我奇怪的电话，然后她打电话给沈青禾，始终不通，担心着就给顾堇修打了电话。他们在我家敲门，听见电话在里面响，所以闯了进去……还有，医生在我的身体里发现了一些精神药物的成分。

医生说，这些精神药物会让人产生抑郁，幻觉，甚至是自杀的念头。

我用的剂量太大了，这很危险。

我知道了，这些药物都是沈青禾给我的，他想让我情绪崩溃掉，所以不让我上班，让我在家，让我抑郁，然后给我吃药……

原来，他的恨不仅仅是要阻止我和顾堇修在一起，还要让我消失，永远地消失。

这些药物是怎么也瞒不过去了，每一次看病都是沈青禾带我去，而且开药给他的医生，也承认是收了很多钱所以多开了许多。

我拉着顾堇修，我苦苦地哀求他，是我自己要多吃药的，因为觉得有病，所以才会多吃。

他紧紧地抱住我，他几乎谋杀了你，为什么还要替他说话？为什么他要对你这样？

我的眼泪蹭到他的胸口，我知道他的难过，难过我被他最亲近的哥哥伤害……可是所有的恩怨都该结束了。

沈青禾只是因为太爱，爱让他的恨变得疯狂。

顾堇修执意要带我走。

要带我去一个平静的地方，让我抑郁的情绪恢复过来。那些药物的后遗症让我的精神状态极度地糟糕，会有幻觉，会很低落。

离开的时候，美宁抱住我，她在我的耳边喃喃地说，我早知道你喜欢的人顾堇修，感情是无法隐瞒的。现在，和他在一起吧！

我的心里，震了一下。

我，还能和他在一起吗？我们的人生已经渐行渐远，在我选择和沈青禾在一起的时候，我和他就注定结束了。

生于内陆的我，在见到壮美的海时，惊喜极了。

蔚蓝的海，汹涌的浪花，充足的阳光，银色的沙滩……这是一个世外桃源一样的地方。

我，顾堇修。

我们住在有白色栅栏的房子里，推开窗户的时候，就可以闻到有些许腥味的海水的气息。我仰起头来，摊开手，看那些阳光在我的手指间闪闪发光。

顾堇修会给我戴上一顶太阳帽，带我去海边散步。我们赤着脚奔跑在细软的沙滩上，看一大一小的两排脚印。

傍晚的时候，我们会坐在礁石上，看夕阳落下。漫天的红，在云层里，渲染出无与伦比的壮观。我几乎不舍得眨一下眼，怕遗漏掉一个细枝末节。

岁月洪荒的尽头，我好像看到我和顾堇修，我们偎依在一起，凝成了化石。

这是我最快乐的日子。

宁静，安好。

我们一起钓鱼，一起堆砌长长的沙堡，一起在夜幕里放烟花，一起做一餐清淡的小菜，一起……是的，我们总是一起。两个人，好像怎样也不愿分开，要把每一秒都黏在一起。

我是如此的幸福，这样的快活。

我从来没有奢望过会有这样的生活，如在梦里。我总是悄悄地咬咬嘴唇，疼的时候我欢喜不已，是真的，这一切都是真的。

我和顾堇修在一起，我们两个人在海边。

大片大片的阳光，在我们的身边，盛开，绚烂。

顾堇修甚至去找了一辆单车来，他说要教会我骑单车。可是我总是学不会，我想我是不愿意去学，我希望坐在他的身后，揽住他，脸轻轻地贴在他的后背上。

这样的亲近让我的心里，哆嗦地开出花来。

在顾堇修的照料下，我的精神越来越好了，脸色也红润了起来。

身体里抑郁的因子，慢慢地被抽空了。

这一场疾病后，我彻底地活了过来。

忘记那些让我恐慌和不安的日子，忘记沈青禾在我身上和心里造成的伤害。

只是，在身体恢复过来后，我的退意就越加的深入了。

是到了离开的时候了。我知道车队在不停地催促顾堇修回去，世界摩托车室内障碍赛已经临近了，他如果还不回去训练，参赛的资格会被取消。

我是无意中听到他的电话，他对着电话说，无所谓，取消名额吧。

我知道，我该离开了。

他的世界那么广阔，而我，只能待在很小的一个地方。林夕颜从来就这样的没出息，没有多远大的目标和抱负，所以，不能束缚他了。

顾堇修早早地起来，带我去看日出。

坐在红彤彤的太阳前，顾堇修举过了一枚戒指。

林夕颜，嫁给我。他慎重地看着我，琥珀色的眼睛里闪动着细细密密的柔情。

我的眼泪，在心里繁盛着。

我看着那枚戒指，我多想伸出手去，让他套在我的无名指上，我知道，我戴上了，我的幸福，就开始了。

可我，只是长久地看着它，然后别过头去。

对不起，我不能。

对不起，顾堇修，我不能和你在一起。我们中间隔着太多的前尘旧事了，我们的心里都有着伤口，有夏小淼的，沈青禾的，他们心里的伤口我们无法抚平，而我们，不能只顾着自己的幸福，就忽略了过去。

我们忘记不了，我们亲爱的朋友，何况，沈青禾是他血脉相连的哥哥，我们要怎样去面对呢?

所以，我们不能。

3．他的表情有了融化的迹象

我是悄然离开的，回了翠微街。

海边的生活，是一场童话。当零点的钟声响起时，灰姑娘回到了自己的厨房。

我和顾堇修再一次的错过了，我们总是在错过，马不停蹄地错过。

盛夏里，朝颜花在矮墙边很鲜活。

我像十七岁时那样，坐在上面。晃荡着双脚。我想我真的很傻，我以为我这样就可以回到十七岁了，就可以忘记心里的忧伤了。

这是一场掩耳盗铃的救赎。

我在一个夜里接到美宁的电话。回来后，她偶尔会来电话，彼此问候。她已经知道了关于夏小淼，关于我们四个人之间所有的纠葛。

原来夏小淼并没有在国外，并没有和喜欢的人幸福的生活，她停在了十七岁。

美宁说，她爱得太刚烈了，这样的爱太沉重……林夕颜，你和顾堇修都不要自责了，已经过去的事，忘记吧。

可我忘不掉，我想，这一生也无法忘记了。

美宁告诉我，沈青禾病了，视网膜脱落，但他不愿意动手术，也不愿意告诉家里人。她说，林夕颜，也许你是他的心结，只有你才可以解开。

我还能出现在沈青禾的面前吗？我犹豫了整个晚上。我无法忘记他对我的伤害，即使是原谅了，但却不愿意再见。

但是，第二天，我还是订了最早的飞机去北京。

房间门没有关，缓缓地推开来。

看见坐在落地玻璃窗前的沈青禾，还有在一边的美宁。沈青禾的眼睛如常，我想他真的失明了吗？而美宁，如此凝神而静默地看着沈青禾的美宁，让我突然地醒悟。原来，她还喜欢着他，那个时候的放弃不过是为了成全朋友的幸福，现在，他病了，而她，义无反顾地守护在他的身边。

是有人吗？沈青禾转过身来，但眼神在空中很茫然，找不到一个落点。

美宁转过身来，林夕颜，你来了。

我冲她浅笑一下，走过去，走到沈青禾的身边。

他是瘦了，很憔悴。

为什么不治疗？我蹲下来，把手放到他的手上。在见到他的时候，我的心里充满了难过，曾经那样优秀俊美的少年，曾经意气风发，前途似锦的少年，因为仇恨变成完全陌生的人。

不再带着温暖的笑容，不再妥帖而安好。

他仓皇地躲开我的手，是来嘲笑我的吗？林夕颜，看我得到报应你很开心吧！

他站起来，想要离开，他却找不到方向，撞到了茶几，碰上了椅子，慌乱中，跌倒了下去。我扶住他。沈青禾，我来，是因为我想要你放下心里的仇恨。

他把自己关在了房间里，谁也不理。

美宁说让他冷静一下吧。

我住了下来，留下来照顾沈青禾，直到他愿意接受手术治疗。

我像以前一样地为他做早餐，榨豆浆。他不理我，会发脾气，摔东西，或者把自己摔倒在地上。

我扶他起来，怕那些破碎的东西伤到他。

他推开我，拒绝我的帮助。

他盛怒地吼，林夕颜，你是什么居心？你不知道我想你死吗？上一次划船并不是意外，是故意的，只是你被别人救了起来……还有那些神经药物，我一直把它们放在给你喝的牛奶里，它们会摧毁掉你的，让你抑郁，自杀……你滚开，不需要你的怜悯，我恨你！

我沉默地把一地的碎片收拢起来，我知道的，知道他怎样地恨我，但是，我始终不愿意放开他，在我心里，他依然是我美好的初恋，是翠微街温暖的少年。

需要时间，只是时间，他会好起来，彻彻底底地好起来。

让我们，和平共处，像以前那样，微笑，交谈。

阳光安好的时候，我会不由分说地带着他去外面散步。老这样待在房间里，对他的情绪不好。他不理我，但在茫茫的黑暗里，却又只能由着我，牵着他的手。

我跟他说，有小孩子在玩着跳格子的游戏，跟他说有鸽子从面前扑扇着过去，跟他说远处的新楼修得很美，对面过来的女孩很漂亮……

我说，这个世界是值得被看见的，不要放弃自己的眼睛。

他很沉默，这样的静默里让我看到他的虚弱。

其实是害怕的，害怕这样的黑。每走一步都很小心，每转一个身都不知道前方是哪里？他只能由着我牵住他的手，由着我打理他的生活，照顾他的起居。

一些日子后，他不再很抗拒了。

说要出门的时候，也会带着些许的笑容了。有小孩奔跑过来撞上他，他会摸索着扶他起来。我甚至带他去了游乐园，我们坐摩天轮，在高的时候，我跟他说，天很蓝，云很白，四周很宽阔。

我牵着他的手，穿过街道，走过天桥，去超市买菜，选水果，教他做蛋糕和榨豆浆。

他的手，开始握住我，开始有力地握住我。

我欣喜，欣慰。是的，他在黑暗里慢慢地找到了方向，他会好起来的。

偶尔，我会带他去美宁唱歌的酒吧。我对他说，那个女孩很好，可以好好地去爱。

夜里，我醒来的时候，会看见他坐在窗口，若有所思。他的眼睛看不见了，可是他脸上的表情却已经有了融化的迹象。

4. 所有的到此为止吧

见到路边有卖红薯的，我对沈青禾说，等我，我去买红薯。

是跑过马路再返回的时候，看见沈青禾竟然走到了路中间来。大概是等了一下，见我没有回去，很害怕，所以摸索着过来找我。

别动，站在那里，我马上过来。我冲他大喊起来。

我奔跑过去，心已经快提了起来，车流穿梭，在他的身边冲来闯去。

眼看着一辆急速过来的车要冲向他时，我奋力地推过他，尖锐的刹车声响了起来。我的身体被撞击了一下，然后像飞鸟一样被弹开来……

我听见沈青禾在喊我，林夕颜，林夕颜！

我虚弱地想要答应，可是我只能缓缓地闭上眼睛，我说不出话来，动弹不得。我只能由着自己睡过去。

有很多的声音，机械碰撞的声音，许多人交谈的声音，走路的声音。我听见自己的呼吸了，很急促，很困顿。我迷糊地睁开眼，然后再睡去，反复，再反复，每一次出现的画面都很模糊，我想，我是不是死了？

是死了吗？

我的身体感觉不到疼痛，也没有知觉。我无法开口，无法让自己坐起来，甚至无法动一动手指。

只是很杂乱，很多的杂乱。

我是被沈青禾喊醒的，他的声音在我的耳边，那么真实，那么温暖。像年少时，我站在他的学校门口等他出现，他笑着走到我面前说，林夕颜。

觉得他的声音如天籁一样的美好。

我睁开眼来，虚弱地说，不让我休息一下吗？好吵。

他的手在空中摩挲，你醒了？林夕颜，你终于醒了？

我握住他的手，轻轻地放在我的脸上。醒了，被你吵醒的。

沈青禾一直守在我的床边，不愿意离开。美宁说，早点把你的眼睛治好，才不添负担，你这样怎么能照顾林夕颜？

去治疗吧，沈青禾，是不大的手术，很快就好的。

他不说话，沉默地，想要拿水果给我吃，可苹果却被碰掉在了地上。

林夕颜，你不知道你的手术有多危险，脾脏破裂，腹腔内出血，血色素只有七了。要不是抢救及时，你就死了！她瞪沈青禾一眼，都是你！看你把林夕颜害成什么样了？

沈青禾垂下眼，沉默。

我握住他的手，努力地笑，我不要紧地，这也不管你的事。

觉得口渴，我挪着身子，想抬手去拿桌子上的水杯。沈青禾倚在沙发上睡着了。从我住院开始，他每天都在这里，即使什么忙都帮不上，却不愿离开。美宁每天都会来照顾我，也照顾沈青禾，她叹气，说，真不知道是不是欠你们的，一个瞎，一个病。

她总是这样口硬心软，一边怄着沈青禾的气，一边又对他关怀备至。而他，对她已经不再很疏离了，那是一种从内心的接纳。即使是朋友式的。

有光线遮住了，我抬起头来，看见了顾堇修。他深深地望着我，替我拿过桌子上的水杯。

他的眼里，都是细碎的泪水。

我抿着嘴唇笑了笑，希望自己看上去会漂亮一些。这样的虚弱的自己，不愿意在他的面前出现。

为什么不告诉我？不告诉我你到北京了……你出车祸了……他的声音，满满的都是疼痛。

比赛怎样？我问。

别管那个，你的身体，你，不要紧吧！

嗯，很健康……不要担心我……你哥，你哥……你劝说他去动手术吧。

打电话给顾堇修的人不是美宁，而是沈青禾。他让他来，让他留在我的身边照顾我。

要出院的前一天夜里，沈青禾说想要和我谈谈

他说，林夕颜，我一直不愿意动手术，不愿意看见……那是因为……因为我觉得夏小淼在惩罚我……惩罚我对你，对顾堇修所做的一切。

他用手捂住自己的脸，低低地啜泣，泪水从他的指缝里滑落。

沈青禾……他看上去如此的悲恸。

对不起，林夕颜，他缓缓地说，我一直告诉自己夏小淼是因为你们而死的……但事实上，是因为我，夏小淼是因为我而死的。

他泣不成声，身体战栗得厉害，好像负荷了很多的东西，突然地要垮掉了。

我扶住他的肩膀，试图安抚他。

他退后一步，悲伤地看着我，眼泪不断地从他眼里流了出来，他一字一句地对我说，我强暴了夏小淼。

这几个字扔过来，在我心里“轰”的一声炸开来，是血肉模糊，是撕心裂肺。

不可能，这不可能。我摇头，无法相信这样的话。

我的手陷入头发里，我使劲地摇，想让自己清醒过来，我一定是听错了，一定是又出现幻觉了。

那天夜里，那个雪夜……我想来看看夏小淼，在路上遇到了痛哭着的她，她对我说看见顾堇修充满感情地凝望着你……她冻得瑟瑟地发抖……我送她回家……你们都不在，我想是出去找她了。夏小淼一直在哭，她看上去那么柔弱，我只想安慰她，我抱住她……当她感觉到我的拥抱时开始挣扎，而她的睡衣肩带突然滑落了下来……我的脑海里就是一片空白了……

沈青禾断断续续地说着。

而我已经完全地被震蒙了。

事实竟然是这样狰狞，原来夏小淼的离开竟然带着这样大的伤口。

我愣在那里，说不出话来。

我的身体，被撕得粉碎，都是疼。

命运，原比我想的还要残酷。对我们，对我们四个人，为什么如此的残酷，让我们如此的痛苦？

夏小淼，我亲爱的朋友，在那个雪夜里遗失了。

而，我们三个人都为此背负了一个生命的沉重。沈青禾完全地让自己放逐了，他在懊悔里把自己抛弃了，他那么的爱夏小淼，却给她重重地一击。

我想我明白他为何如此地恨我了，因为对夏小淼有太多的愧疚，无法走出来，只能去守护她的爱情，觉得这样，是唯一能为她做的事了。

原来，承受最多痛苦的人，是沈青禾。

无法面对朋友，无法面对家人，学业，前途都不想要了，变得冷酷，无情，变得敏感，多疑，变得面目全非。

那些夜里，唤着夏小淼的梦里。一定也是疼痛的。

现在，不愿意让自己看见，觉得是惩罚，觉得是报应。可是，这些年他受的罪责已经很多了，他的心已经为此付出了代价。在夏小淼离开的那天起，他就把自己困住了。

他梦呓一样地说，夏小淼，我总是看见夏小淼……

夜那么的沉，我们的身上也那么地沉，带着一个巨大的壳，把自己关在了里面。

林夕颜……你和顾堇修在一起吧，你们是彼此相爱的……我会离开，远远地离开你们的生活……你们要幸福……

他离开后，我一个人跑出了医院，在街边的小摊上，叫了一打啤酒。是许多年没有喝啤酒了，我想再和夏小淼喝一次。

我把啤酒往地上汩汩地倒了去，一边倒，一边哭。

我这样的不知所措，让帮我开酒的老板，也不知所措了。

夏小淼，原谅我们吧！

从这一刻起，我决定忘记你。而我们，都要忘记你，在你的影子里，我们走得太累，太辛苦了，我们想要走到太阳下，想要仰起头来，让温暖笼住我们的脸。

那些过往的时光，我要统统地收藏了起来，我不想，再被过往刺伤，再因为你，而疼痛不止。

而我，会为你守住所有的秘密。

我知道，你为什么一个字也没有留下地离开。你爱得那么刚烈，爱得那么执著，爱得一尘不染，不许自己有一点的瑕疵。你已经无法面对顾堇修，何况那个伤害你的人，是顾堇修的亲哥哥！

你，选择了永远的缄默。

而我，也会缄默下去。永远不告诉顾堇修这样惨烈的真相，伤害已经造成了，我们不能再继续伤害了。

夏小淼，你那么好，那么善良。我知道，你一定会希望我们幸福的，希望我，顾堇修，还有沈青禾，幸福。

那么，我要忘记你了。

忘记我们曾经有过的最喧嚣的十七岁，最疼痛的十七岁，忘记，你在我们的生命里留下怎样的痕迹。

是彻彻底底地忘记，是完完全全地放下。

沉重的东西，悲伤的部分……那些，爱与恨，那些纠葛与矛盾，到此为止。

到此为止吧。

5. 青春里走过的，叫伙伴

我为沈青禾联系了手术。

我对他说，忘记夏小淼，她不是用死来惩罚我们，她只是无法面对自己了。她选择缄默地离开，就是想保全我们能好好地生活。

在天堂里的她，一定会祝福我们。

因为，她一直那样地美好。

还有，我知道了，那些寄给夏小淼妈妈的汇款，不仅有我，顾堇修，更多的是沈青禾。放弃学业去工作，开公司，就是为了挣更多的钱给夏小淼的妈妈。

沈青禾不停地说，林夕颜，对不起……

我握住他的手，对他浅浅地笑，忘记过去吧，振作起来，重新去爱值得你爱的女孩，过更幸福的生活。我永远是你的朋友，永远的朋友。

转身的时候，他真诚地说，林夕颜，和顾堇修在一起吧。

阳光很好，大片大片地，我抬起头来的时候，我的眼睛里就开始闪闪发亮。

我给顾堇修打电话，我对他说，想要和他约会一次。

这些年，我一直把夏小淼的死罪责于他。我说了很多伤害他的话，做了很多伤害他的事。我对他的冷漠和疏离，都是扎到他心里的武器，现在，我要把这些武器全部收回来。我要抹平他心里的伤口，希望这不晚。

顾堇修骑着单车在我的楼下等我，他卷起手来大声地喊，林夕颜。

我脆脆地答应他，然后奔跑着下楼。原来和喜欢的人约会是这样紧张雀跃的心情，原来当我迈开步子的时候，也可以这样轻快欢喜。

长裤，帆布鞋，碎发。这是我喜欢的模样。

我看见顾堇修倚着单车在阳光下朝我微笑，风吹呀吹，扑面而来，是香草的气息。我坐在他的单车后，手环住他，头轻轻地倚在他的后背上。他不时地回过头来冲我笑，他笑起来真的好俊美，英气逼人。

我在的他的笑容里，陶醉了。

我说，顾堇修，我喜欢你。

我说，顾堇修，我一直都喜欢着你。

我说，顾堇修，我爱你。

我说，顾堇修，我一直都深爱着你。

他把单车骑得歪歪扭扭，然后戛然地停了下来。他拽过我，单车轰然地倒在了地上。

他的嘴唇一张一翕地，却发不出任何的声音。

看着我，只是看着我，然后眼泪漫了出来。他琥珀色的眼睛里，有我的样子，这样平凡普通的我。

我抬起手来，细细擦他滚滚滑落的泪水。

顾堇修，即使我们不在一起，即使我们会分开得很久，但是，你要记得，林夕颜是爱过你的，她的生命里一直会有你的存在……以一种守望的姿态存在。

他深深地注视着我。

顾堇修，我们都把夏小淼忘记吧。忘记她，忘记十七岁。我已经选择忘记了，为了更好地忘记她，我只能和你告别……你要知道，我们不是因为不相爱才分开，而是为了要抚平心里的伤口所以分开。

这些伤口，也许会要很长的一段时间才能好起来……所以，我们彼此放手吧。

我等你，我等你心里的伤口抚平，不管多少时间，我都等你。顾堇修急切地说。

放我走吧，顾堇修。

三天后。

我坐了很长时间的飞机，走了很远的距离，去了一个很偏僻的地方。

那里山清水秀，民风淳朴。

我做了一名志愿者，在这里有了十一个学生。

我教他们写字，读书，告诉他们山外的世界。

很简单的生活，每天只是和孩子们在一起。还有，我又开始画画了，不上课的时候，我就拿着画板去山坡上坐着。

我开始画人物，画穿着长裙的女孩，有琥珀色眼睛的男孩。画长长的青石板路，还有很多的朝颜花。

这里的空气很新鲜，让我的心一点一滴地鲜活了起来。

我没有再和顾堇修见面，但是我在电视上看到过他。他越来越成功，成为一流的赛车手，他的脸上满满的都是自信，眼睛里是温暖的气息。

我知道了，他很好。

而我，也很好。

我们再一次被人海茫茫淹没了，再一次地错过了。

但是，我的心里，却不再感觉到孤独了，因为我知道，不管我们隔了多长的时间，多远的距离，我们都在彼此陪伴。

陪伴着一起走过青石板的街，一起走过我们的青葱年少，一起走过我们的人生旅途。

在每一个草长莺飞的季节里，我们都不曾，错过。

还有你，在我青春里走过的，所有的伙伴。

（试读篇）

Preface

许多年后的某一天，我再次见到了正恩。

那是夏日，太阳灼烤着大地，空气中有树叶烧焦的味道和轻微的汗味。街道上尽是过马路的人群，忽然我听到有人叫我的名字：蔻丹，蔻丹。

极其细小的声音，宛如玻璃碎片一般，轻盈而透明。我回过头，在凌乱的身影之中看到正恩，他依旧是十岁时的模样，穿绸缎的白衬衣，背带短裤，精致的面孔，细软的头发。我从来没有见过比他更好看的小孩，那一双眼睛犹如晴朗的夜晚，瞳孔无比漆黑，布满碎钻样的星辰。

我走到他面前，蹲下来，静静看着他。

姐姐。他轻轻叫我，声音小小的。

我将手伸过去抚摸他的脸，他的皮肤细嫩冰凉，仿佛稍微用力一些就会碎裂一般。他望着我问：我已经死了吗？

我点头：是。

那我会消失吗?

会的。

那么姐姐，你会记得我吗?他凑近我，睁大湿润的眼睛凝视我。

我已经哽咽，好久后用力地点点头。他像是得到了满意的答案，咯咯笑了起来。然后他退后几步，将两手背到身后，轻轻说：姐姐，我还是喜欢你。

边说着，他转身向远处跑去，身体变得越来越淡，越来越淡，人们从他的身体中穿过，来来去去，来来去去。他对我笑，眼睛眯成一条线，乌黑浓密的睫毛盖住瞳孔，嘴角扬成一个很好看的弧度。

然后他便不见了。

我站起身，有片刻的眩晕。绿灯再次转红，车鸣声刺耳。我恍惚地退回到路边，盯着不断经过的车辆发呆。日光之下并无新鲜事，没有人发现这小小的人儿来过，亦无人看到他离开。

然而这样的时刻，我忍不住泪盈与睫。

此刻这世上，不会有人比我更想念正恩，用筋骨与血肉咀嚼他的每一根头发与细胞，不断地不断地回忆与反刍，利利生生地爱着与疼着。我想我大概再也没有机会忘记这个人，这一幕。唯有不忘，才能永生。

正恩，我用这种方式怀念你。

Part one 童年往事.母亲

Chapter Ⅰ

少年时，我与母亲独自住在碧水街的一幢大宅内。碧水街是一条老街，在市区外的小镇上，房子一律独门独户，各家拥有一个小小庭院。墙是暗红色砖墙，蔷薇花枝缓缓垂下，远处是落日西斜。

我们那一片花园整日荒废着，唯一繁盛的植物是一棵年岁已老的槐树。春末，树开满粉红或乳白色的花，有风吹过便纷纷落下，十分美丽。

那种不起眼的槐花有着极清淡的香气，并且可以拿来做食物。陈姨每每捡起收起来，在煮粥或泡茶的时候丢几片进去，味道便翻一大番，回味悠长。

陈姨是家中保姆，已步入中年，最小的儿子还比我大两岁。她是一位非常慈祥可爱的阿姨，待我与母亲都像自己的亲人。她服侍母亲一家整整一生，看着母亲长大，离开，然后带着我回来。

“你母亲小时候与你一样，非常漂亮，但她比你活泼许多，很爱笑，爱唱歌，家里一有客人来就主动表演舞蹈，赶她走她都不肯走。”陈姨常常这样说。

我却想象不出来，印象中的母亲实在无法同活泼这样的词联系在一起。她并不爱讲话，神情也总是淡得不易察觉。当然，她很美丽，然而并不容易亲近。有时我将自己画的画拿去给她看，渴望得到她几句夸奖，但她总是看一眼便走，回卧室洗澡，然后换上裙子出来在客厅听唱片。

家中有那种极旧的唱片机，靠一根小磁针摩擦唱片发声。她听的大多是老歌，邓丽君、周旋，还有一些叫不出名字的西洋音乐。平时若不工作，她可以在窗前那张旧椅上坐一整天，动也不动一下，像是睡着了一般。但走近来看，眼睛却是睁开的，目光忽然欢喜忽然哀愁，像是在回忆往事。

会是怎样的往事呢？我不知道，她亦不会讲起。

但她对我很好，每到换季便去市区购物，买最新款的服装，好看的款式各色拿一件。我年年都长高一点，旧的衣服隔一年就变小，只能作废，然而她毫不在乎，结账的时候从包中拿出一张精巧的卡片，刷一下，签一个名即可离开。那张卡似是万能，我们所有的家用都靠她，漂亮的衣服，精致的糕点，珠宝首饰。然而钱从哪里来，我不得而知。

十八岁那一年她去英国念书，不久外公去世，她便带着我回来。遗产是这幢大宅以及数额不小的存款，母亲用它开了一间小小的画廊。画廊在市区的一处静地，只有六十多平，墙上挂满各种油画，中间却空荡荡。那几十幅画十年如一日地挂在墙上，没有卖出去一幅，但她丝毫不介意，任由它们摆在那里，隔一段时间扫扫上面的灰尘。

我没有父亲。

没有父亲的人有许多，离异、天灾人祸，单亲的小孩并不止我一个，大家早已司空见惯。

但我从有至尾，都没有过父亲。他是谁？长什么样？为什么没有同我们在一起？我全然不知。

小时候在书上读到“父亲”这个词，跑去问陈姨我父亲是谁，她立刻捂住我的嘴巴，压低了声音对我讲：“我不知道，我从来没听你母亲提到过他。但你千万不要去问她，她会生气的。”

我没有见过母亲生气，她像是不会生气的那种人。

但是我始终怕她。

那种怕，是儿童特有的心理，见到相貌丑陋的动物会怕，见到陌生的人也会怕。我怕母亲，大概是因为我们之间恒存的距离，即使住在同一个房间，每天见面，却几乎没有沟通与接触。她既不会亲昵地唤我，也不会给我拥抱。有时候她突然转过头来注视我，眼神怪异，像是发呆，又像是随时都会跳起来将我扔出去。我呆呆立在那里，身体会轻微地颤抖起来。

“蔻丹。”她叫我的名字，就像念一首诗一般，然后再转过头去，不再说话。

她是个怪人。

也是个美人。

乌黑的长发，浓眉大眼，皮肤白得如同凝脂，却没有光泽。她喜欢红色，红裙，红鞋子，红嘴唇，脖子间一根细细的红绳，底下吊着一枚玉牌。环形的玉，靠皮肤的那一面被磨得光亮，没有任何花纹，没有刻痕，普通得找不到词来形容。但那玉从未离开过她的身，她不给它注视与抚摸，待它如待我，似乎可有可无，却又不分离。

五岁那一年，她请来了老师来家中教我念书写字，大宅的窗户被蔷薇枝藤盖住，光线十分不好，我们便在院子里念书。时光十分寂静，树枝上停着几只鸟，天空蓝而脆，仿佛用手指一戳就能碎掉一般。我跟着老师念古诗：林花谢了春红，太匆匆。

傍晚时夕阳将天边的云烧起来，金色的光照耀着大地。院子外开始有各种声音，汽车驶过的声音，走路的声音，有小孩子放学回家，一路笑嘻嘻地打闹着。我站在铁门内看着他们，都是与我一样大的孩子，穿着相同的衣服，背书包，戴一顶帽子，活力十足。

我问母亲："为什么我不能去学校念书？"

她转过头看我，问："你想去吗？"

我点点头，她便笑一下，闭上眼睛轻轻说："时候到了会送你去的。"

什么是"时候到了"，也没有人告诉我。我亦不会问，因为她从来不会回答我的问题。

童年时我过得很孤单，唯一的朋友是陈姨的儿子子甄，他比我大一岁，据说成绩非常好。有时他会来找我，同我一起在院子里看书画画，我问起他学校里的生活，他淡淡地说："就是很多人一起学习，也没有什么意思。"

"很多人一起不是很热闹吗？"

"很吵的，"他说，"而且，并不是每一个人都能跟你成为朋友。"

我再问："那么你有朋友吗？"

他笑着摇摇头，然后说："蔻丹，只有你同你母亲不嫌弃我穷。"

他很懂事，有时会帮母亲分担工作。其实家中并无太繁重的事情要做，一天三顿饭，擦擦洗洗，都有最先进的机器，按一下按钮就完成一切，但他仍然会抢着按那个按钮。

母亲似乎很喜欢他，常常留他一起吃饭，文具用品也是一式两份，我与子甄对半分。子甄并不像其他的男孩子一般调皮，他瘦瘦小小的，表情恬淡，不爱讲话。

他去上课的时候我无事可做，只好闷在书房里看书。二楼向阳的那一间屋子摆满各种书籍，也是外公留下来的，我坐在椅子上一本接一本地看，遇到不懂的字和词就去问老师。书中有一个大的世界，各种有趣的人与故事，我虽不完全懂，却心中充满向往。

没有人知道，我的童年有多寂寞。

然而我终究还是一天天地长大，时光像是被拉长的线，漫长而脆弱。那些苍蓝色的天空，在云朵流动的年月里转眼化作烟尘，所有一切倏忽走远。十二岁那一年我已经长得很高，不再穿散开的裙子和圆头皮鞋，脸颊慢慢圆润，胸部开始饱满。有时我对着镜子发呆，在其中寻找母亲的眉眼。鹅蛋脸，明亮的双眼，线条柔和的嘴唇。生命是太过奇妙的事情，一个人从另一个人那里得到似是而非的面容，那么命运呢？是否也会继续延续下去？

我思考着诸如此类的问题，与此同时，母亲开始晚归。

有时是深夜，有时是凌晨，她哼着歌，轻手轻脚地开门进来，将钥匙扔在一边，脱掉鞋子光着脚在地毯上跳舞。

我将门开了一条小缝偷偷看她，她仿佛非常地快乐，表情愉悦，双颊绯红，像十几岁的少女一般。半晌她看到了我，便向我招手："蔻丹，你下来。"

我穿着睡裙走下去，她将我拉至面前，认真地问："你说，我结婚好不好？"

我怔住，好久后才问："同谁？"

“一个很好的人，”她说着，站起来，在房间内转一个圈圈，再停下来看着我问，“你不是一直想要个父亲的吗？”

我睁大眼睛：“你是说，他是我父亲？”

“你觉得是就是咯！”她说完，突然呵呵地笑了起来，像个小孩一样，停也停不住。我惊讶地望着她，她却已经上楼了，用力地关住了门。我恍惚片刻，她喝醉了，因此才会说这么多的话。

然而我父亲到底是谁呢？我不是没有幻想过的。他会不会很英俊？会不会很亲切？

他留哪一种发型，穿什么牌子的衣服？是否能抽出空陪我看书，在我睡觉前念童话给我听？

或者他并不温和，他喜欢赌博、抽烟、酗酒。也或者他是再平庸不过的一个人，做一份普通工作，回家后累得一句话说不出，倒头就睡。

我把书中看来的各种父亲的性格拼凑起来，但始终无法勾勒出父亲的具体模样。母亲在英国生下的我，也许他是个外国人，然而我并不是混血儿，我继承了母亲的黑发黑眼，十分东方的面孔。

也或者她也不知我父亲是谁，某一个冬日，她走在街角听到婴儿的啼哭，心生爱怜，便将我抱了回去——我大部分时候，都在幻想有关身世的种种。这是个孤独的游戏，永远没有人证明你是对或否，亦没有人可以同你一起讨论。有时候我想到一半时便索然起来，无聊地玩魔方。那个魔方是我们回国后母亲送我的礼物，六个面，颜色分别是黑白红黄蓝绿，每面三十六个格子，我从来也没办法把相同的颜色拼到一起。

再过几天，我见到了送母亲回来的车，是一辆黑色的小轿车，车内的男人穿一件蓝白条纹衬衣，身影非常高大。他随母亲一起下车，站在门口望着母亲笑，然后伸手将她的头发拨弄到耳后。

那是个充满情谊的动作。

我盯着那个男人看，想看清他的长相。但光线很暗，我只能看到一个模糊的轮廓。不久后母亲开门进来，我跳回到床上假装已经睡着，接着听到了车离开的声音。

他就是那个要与母亲结婚的人吗？

母亲开始约会之后，我有了许多自由的时间。陈姨做完事情离开后，我便换上衣服，棕色条纹裤子，圆头皮鞋，将头发塞进一顶贝雷帽里，像个小男孩一般手插口袋走出去。

夜里的街道并不十分寂静，经过一幢房子时偶尔能听到里面的声音，有时是欢笑，也有时是争吵。这条街的路灯均被树枝遮住，光线十分暗淡。我沿着围墙慢慢向前走，很享受这种惬意的光景。天空漆黑一片，看不到星星，月亮犹如一朵硕大洁白的花，吸一吸鼻子，似乎能闻到香气一般。我轻轻吹了声口哨，这时，听到远处传来的哭泣声。

那是我第一次见到正恩。

他蹲在墙角抱着膝盖，看身影超不过十岁，穿一件绸缎的白衬衣，黑色背带短裤，两只细细的腿。我朝他走近，他有所察觉，转过头，一张如瓷般的脸，眼睛里满是泪水。

“你怎么了？”我问。

“我找不到家了。”他眉毛皱成一团，扁着嘴巴，随时都能哭起来的样子。我从来没见过这么好看的小孩，像某种温顺的小动物一般，可怜巴巴的样子。我忍不住蹲到他面前问：“告诉我，你家是什么样子的？”

“有一个院子，红色的屋顶，院子里种着花……”他慢慢地描述，过了一会儿忽然想到什么，又说，“旁边的院子里有一棵很高很大的树，开粉色的小花。”

那不是我家吗？那么旁边是……我愣了一下，问他：“你姓蓝？”

他点点头。

我便笑起来，朝他伸出手：“来，我知道你家在哪儿。”

他握着我的手站起来，我们朝来时的方向走。他比我矮很多，只到肩膀，手也小小的，十分柔软。我问他："你叫什么？"

"正恩，姐姐你呢？"他的声音也像他本人一般细细嫩嫩，听到便觉得身体酥软起来。

"我叫蔻丹，你几岁了呢？"

"十岁。"

十岁，我十岁的时候身高已经超过一米三，但他看起来最多一米，像八岁，或者更小。

他问我："姐姐你住在这附近吗？为什么我从来没有见过你。"

我笑着回答他："我住在离你很远的地方，看到那颗星星了吗？我住在那里。"

他睁大眼睛，我向他眨了眨眼："嘘——不要告诉别人，其实我是个仙女。"

他惊讶地合不拢嘴巴，似乎很相信我说的话，但又无法接受事实一般。这时远处传来他母亲的声音："正恩！"她朝我们奔跑过来，一把抱住正恩，焦急地说："你跑去哪里了？我快担心死了你知不知道！"

正恩解释："我追一只小猫，走着走着就认不到路了，是这个姐姐带我回来的。"他用力地捏了捏我的手，然后笑了起来。

正恩的母亲站起来看我，她是一个很年轻的女人，低眉顺眼，但十分秀气，有一种贤惠的气质。我向她微笑，她便伸出手来拍我的肩膀："真不知道怎么谢你，来，一起去家里喝果汁。"

他家与我家只有一墙之隔，同样的面积与布局，却是完全不同的装修。客厅里是欧洲式家具，棉布沙发，上面印着色彩艳丽的碎花。房间干净温馨，看得出是很下过一番工夫的。茶几上铺着白色的桌布，一只瓷器花瓶，里面插满康乃馨，看起来很典雅。相比之下我家里就显得破旧了，只有老式的木头家具，一律的红褐色，凑近一闻，充满岁月的腐朽味。

一个男人坐在桌子边看报纸，想来那是正恩的父亲，三十多岁，看起来很精明。正恩妈妈向他介绍我，他很大方地与我握手，说："实在是谢谢你了，你们在底下玩，我还有些事情要做，先上楼了。"他歉意地对我笑了笑，之后向楼上走去。

正恩母亲端来橙子汁和巧克力招待我，我第一次来到一个陌生人家中，十分拘谨，两只腿紧紧并在一起。正恩侧着头对我笑，过了一会儿小声说："别怕，地球人不会伤害你的。"

我被他这句话逗笑了，于是不客气地拈起一块巧克力塞进嘴里。正恩妈妈问我："你也住这附近吗？"

"是，就在隔壁，我姓王，叫蔻丹。"我大方地介绍自己，正恩听到后做出一个困惑的表情，似乎是在分辨我所说的哪一个才是事实。但想了一会儿他就不再想了，而是跑到楼上的房间拿出一个铁皮机器人，他边拧发条边介绍说："它叫安德鲁，是我最好的朋友。"

那小机器人被放在茶几上，突突地向前走去。它光着脑袋，咧大了嘴巴，很夸张的开心表情。我也忍不住笑了起来，正恩这时凑到我耳边小声说："姐姐，我相信你真的是仙女。"

他有一种纯洁的天真，让人心生欢喜。我伸过手揉了揉他的脑袋，他的头发很细很软，乖巧地贴着面颊。他有一位温和贤淑的母亲，懂礼貌，有教养，将来长大了一定会成为一个王子型的男生。

果汁喝到半杯时我起身告辞，正恩与妈妈一起送我到门口，这时我才发现他们的院子里种满花草，天色很暗，看不清品种，但有着极浓的香气，我细细辨认，有玫瑰和薄荷。

多么有情趣的母亲。

"你会一直住在隔壁吗？"正恩问我。

"当然。"

"那我可不可以去找你玩？"

"好，我随时等你。"我再次拍拍他的头，然后挥挥手告别。

我推开院子大门他们才回去，我心情不错地朝前走，几步之后忽然停下来，房间里灯光是亮着的，这么说，母亲已经回来了。

我僵在那里，这时大门打开，我看到一个身影走了出来。我认出了他，他也看到了我，于是走到我面前，微微笑着问："蔻丹，你好吗？"

他看起来亲切极了，就像我们认识了很久一般。然而我却不知道该怎么回答，只是抬头看着他。他不算年轻，应该已经四十岁，浓眉毛，一双有神的眼睛，笑起来脸上有不易察觉的细纹。我盯着他看，想从他的面孔上找到一些蛛丝马迹，我们有没有相像的地方？

他并不介意，只是微笑着看我，半晌我才发现自己的放肆，忽然红了脸，拔起腿就跑进房子内。

母亲正坐在客厅的沙发上吸烟，听到声音转过头来看我，眉毛微微皱起问："怎么这么慌张？"

我摇摇头，故作平静地蹲下来脱鞋子，但心脏一直跳动得剧烈。他是不是我父亲？

母亲这时说："今天他向我求婚。"

我怔了一下，抬起头看着她。

"我答应他了。"她说。

Chapter Ⅱ

那天夜里我做了一个梦，梦到更小时候的自己，只有三四岁的样子，穿洋装，扎两只辫子，被一个健硕的男人抱着，两只大手托住腰，忽然地用力向上抛，再接住，用下巴上的胡楂蹭。我咯咯地笑，快乐极了。然而当我试图抬头看他的时候，却并没有办法看到他的脸，他是一个没有头的人，脖子上方是一片空白。我的眼睛越睁越大，忍不住尖叫一声，然后猛地坐了起来。

好久之后才能明白这是一个梦。

噩梦。

窗外的天空正蒙蒙发亮，一片很薄的云被即将升起的太阳染成胭脂一样的粉红色，美丽动人。我躺在床上一直盯着那片云发呆，直到天彻底亮了起来才起身梳洗，然后下楼。

陈姨已经做好了早点，小米粥和炒蛋，是我最爱吃的。桌子的另一边放着母亲的早点，是咖啡与面包片，她喜欢吃的食物向来与我们不同。

“蔻丹起得真早，有没有刷牙啊？”她总当我是小孩子。

我却不出声，静静吃着东西，好久后才说：“妈妈要结婚了。”

“什么？”陈姨转过头来，吃惊地看着我。

“她要结婚了，”我重复说，“昨天她告诉我的。”

“同谁结？”

“一个男人，我昨天见到他，年纪有些大，但很英俊。”我尽量控制自己的语气，不表露任何情绪。陈姨却惊讶地说不出话来，坐在椅子上发怔。我吃完东西收拾好桌子，然后搬一张板凳到外面去看书。

茨威格的《一个陌生女人的来信》，作家在四十一岁生日时收到一封没有署名的信，打开来，却是一段刻骨铭心的感情故事。女孩在十八岁那一年初遇迷人倜傥的男人，顿时整个世界都被他占据，再装不下任何东西。之后的年岁里她先后几次接近这个男人，并为他生下一个孩子，然而每一次重逢，他都记不得她是谁。

母亲是否也是这样，奋不顾身地爱一个人，生下一个孩子，却并不打扰他的生活？

书看到结尾时陈姨走出来，坐在我旁边问我：“蔻丹，你怎么想？”

我摇摇头，诚实地说：“不知道。”

“你想要个父亲吗？”

我不回答，想能怎么样？不想又能怎么样？我已经十三岁，很快会长大，成年，离开家。他在我最重要的时期没有陪在我身边，那么现在来已经改变不了什么。

这时有个声音叫：“蔻丹姐姐！”

我转过头，看到墙壁上面露出一个脑袋，是正恩。他用力地向我挥手，陈姨吓坏了：“是谁家的小孩？怎么爬到那么高的地方去？快下来快下来！”她匆忙跑过去，拿了一只椅子踩上去，把正恩抱了下来。正恩一见我就笑了起来，从口袋里拿出他的玩具——那只发条机器人。

“这是隔壁家的小孩，昨天迷路了，我正好碰到他。”我跟陈姨介绍，一边对正恩说，“正恩，快叫陈姨。”

正恩便乖巧地点头：“陈姨好。”

“呦，长得真好看。”陈姨蹲下来捏他的脸蛋，他又笑了起来，模样实在可爱极了。之后我们一起回房间，陈姨拿来糖果和汽水给他，他抱着杯子趴在桌子的对面看我问：“你为什么不去上学？”

我回答：“因为我是仙女呀，仙女都不用上学的。你又为什么不去上学？”

“我病了，”他用手摸了摸额头回答，“我的头比别人的烫，所以老师允许我在家休息几天。”

“那你为什么不好好休息？”

“来找你帮忙啊，仙女都是有魔法的对吧？”

我忍不住人笑起来，他实在是太可爱。

楼梯上传来脚步声，正恩向我背后看去，过了一会儿突然地睁大眼睛。我立刻收住笑，端正坐好继续喝果汁，母亲走到我身后问：“咦？哪里来的小孩？”

“是隔壁邻居。”我淡淡地说。

她便不再问，坐在桌子的另一边吃早点。盘子里放着一个煎好的蛋，她用刀子切着吃。气氛忽然沉闷下来，我们三个人都没有说话，陈姨在厨房里收拾东西，过了会儿走出来，看到妈妈便向我使了个眼色。

"正恩，我们去院子里玩。"我拉着正恩的手走出去，并帮她们把门关起来。正恩仰着脑袋问我："那是你妈妈吗？她好漂亮！"

我在大树旁边坐了下来，心里一阵忧愁。

她真的会结婚吗？

正恩凑过来问："姐姐，她们是不是要吵架？我爸妈吵架的时候也赶我到院子里玩，把门关得紧紧的。"

"什么，你父母会吵架吗？"看起来那么和睦的一对夫妻。

"他们常常都吵的……"正恩说着说着，突然不说了，也坐到我旁边来发呆。我们就好似一对被人遗弃的小孩，表情充满困惑和烦恼。没多久隔壁传来大门打开的声音，正恩猛地站起来："啊，妈妈起床了！我该回去了，下次再来找你。再见，仙女姐姐！"

他向我挥了挥手，这一次是从正门跑了出去，过一会儿隔壁院子传来正恩妈妈的声音："呀，这么早你跑到哪儿去了？"

"嘎"一声，门又合上。

我回到椅子上继续看书，这一天很热，太阳就像一个原本温和的少女，忽然变成凶狠毒辣的野兽。我流了很多汗，衣服沾在身上，很不舒服。而房间的门依然紧闭，她们会说些什么呢？

母亲一向对陈姨很好，但她不喜表达，遇到问题时通常是陈姨讲她听。陈姨是个再普通不过的女人，有一些唠叨，母亲却从不计较。据说母亲很小时外婆就去世，是陈姨把她带大的，她跟母亲讲话时直接叫她的名字：琴台，一个古典又雅致的名字。

而我叫蔻丹，我特意地查过字典，意为红色的指甲，好听归好听，却并没有深意。也许母亲只是因为喜欢红色而取这个名字给我，假如我不叫蔻丹，那么便会叫朱丹、赤丹、红丹，毫无本质的区别。

我大概，只是母亲的一件纪念品吧。

纪念那个她爱过的人，或者纪念她曾快乐过的时光。

(未完待续)

值得拥有价：16.80元

[敬请关注]

“花火”蓝色伤痕文学系列 02

《北极星下落不明》

在所有物是人非的风景里，挂着我最透明的心事。
那些下落不明的青春秘密，让北极星轻轻告诉你。

陌生男人李承珏闯进了这对母女的生活，从此整个世界改变——蔻丹遇见了才华横溢的廖德伟；母亲选择自杀；亲生父亲的秘密也渐渐浮出水来。

蔻丹在经历一切之后而选择隐忍生活，仓促结束初恋，变得早熟而敏感。但童年时代认识的男生蓝正恩在多年后出现，却搅乱了她平静的生活。此时的他们已不再如当初，感情还能继续吗？因嫉妒而生出的恨意、不甘心却无法再追回的爱慕，将两个人推向痛苦的边缘，生命彼此覆盖交叠，然而灵魂却不知能否再次得到救赎……